DIE RETTUNG VON EMILY

Die Rettung von Emily (Die Delta Force Heroes, Buch Zwei)

SUSAN STOKER

Besuchen Sie Susan im Netz!
www.stokeraces.com
facebook.com/authorsusanstoker
twitter.com/Susan_Stoker
bookbub.com/authors/susan-stoker
instagram.com/authorsusanstoker
Email: Susan@StokerAces.com

*An die echte Mrs. Ogliaruso. Sie waren die beste Grundschul-
lehrerin, die die Gilbert Linkous Grundschule in Blacksburg,
VA je hatte. Sie hatten einen großen Einfluss auf mein Leben
und dafür werde ich für immer dankbar sein.*

*Für Shannel. Der beste Tag in Olivers Leben war der, an dem
du seine Pflegemutter wurdest. Von der Pflege bis zur Adoption,
du bist meine Heldin.*

*Danee, danke, dass du mir von deinem Gutenacht-Leseritual
erzählt hast. Es war perfekt für diese Geschichte!*

Er schlug seine Wohnungstür so fest hinter sich zu, dass die Wand zitterte, während er laut und lange fluchte. Er warf seinen Hut quer durch den Raum und war verärgert darüber, dass er ein paar Meter weiter zu Boden fiel. Er stapfte im Zimmer umher und wusste, dass er die Demütigung, die er hatte ertragen müssen, als er vor dem Oberst stand und den Ekel in seinen Augen gesehen hatte, nie vergessen würde.

Seine Männer hatten sich so darüber gefreut, dass sie für das Spezialtraining ausgewählt worden waren, und dachten, dass sie es schaffen würden, sich unentdeckt durch die improvisierte Stadt zu bewegen. Sie waren Infanteriesoldaten und hatten stundenlang – nein, jahrelang – trainiert, um in einer städtischen Umgebung nicht aufzufallen. Während der dreißig Tage, die sie im Nationalen Trainingscenter in Fort Irwin in Kalifornien verbracht hatten, hatten sie alles gelernt, was sie wissen mussten.

Doch irgendwie war ihr ganzer Plan innerhalb von

fünf Minuten nach dem Startschuss auseinandergefallen. Anstatt durch die Stadt zu schleichen und unversehrt zum Treffpunkt zu gelangen, war jeder einzelne seiner Mannschaft bereits auf halbem Weg durch das Trainingsszenario »getötet« worden, das heißt, mit Lasern von speziell entwickelten, nicht-tödlichen Waffen getroffen worden.

Als er daran dachte, wie lässig die andere Einheit sich verhalten hatte, nachdem sie all seine Männer »getötet« hatte, fühlte es sich wieder an, als hätte jemand Salz auf eine offene Wunde gestreut. Sie hatten so getan, als hätten sie nicht nur seine Karriere ruiniert, sondern auch seinen Ruf. Klar, der Oberst hatte gesagt, es sei *nur* eine Übung. Und dass seine Mannschaft es gut gemacht hätte. Doch er hatte *gelogen*.

Sie hatten es nicht gut gemacht.

Und es war todsicher nicht nur eine Übung gewesen.

Er hatte gesehen, wie der Oberst mit einem anderen Offizier darüber gelacht hatte, wie schnell sie getötet worden waren. Und das Team, das sie geschlagen hatte, tat so, als wäre es keine große Sache gewesen. Die Männer hatten sich gegenseitig auf die Schultern geklopft und sich abgeklatscht. Was das Ganze noch schlimmer machte, war die Tatsache, dass das andere Team keinen einzigen Verletzten aufzuweisen hatte. *Keinen einzigen!* Die Männer hatten seine gesamte Mannschaft ausgeschaltet, als wäre es ein Kinderspiel gewesen.

Er ging in das kleine Badezimmer in seiner Wohnung und starrte sich eine Weile im Spiegel an.

Sein ganzes Leben lang war er nie gut genug gewesen.
Weil du erbärmlich bist.

Er schüttelte den Kopf, als er die Stimme in seinem Kopf hörte. Das war er nicht. Sie waren es. *Sie* waren erbärmlich. Er musste dem Oberst zeigen, dass er genauso gut war wie das andere Team.

Er nickte, als hätte er eine bedeutende Entscheidung getroffen, und begann, einen Plan zu schmieden. Er und seine Freunde hatten viel Arbeit vor sich, doch wenn alles bereit war, würde die andere Einheit bereuen, wie abfällig sie seine Mannschaft auf dem simulierten Schlachtfeld behandelt hatte, und er würde sich bei dem General, der für dieses Training verantwortlich war, wieder rehabilitieren.

»Kenne deinen Feind« war die erste Regel im Kampf und er schwor sich in diesem Moment, dass er einen Schwachpunkt in der Gruppe der anderen Soldaten finden und ihn zu seinem Vorteil nutzen würde.

Diese Arschlöcher hatten keine Ahnung, was sie erwartete. Wenn er mit ihnen fertig war, würden sie ihr hochmütiges Gehabe und die Art, wie sie seine Mannschaft erniedrigt hatten, bereuen. Er mochte heute zwar geschlagen worden sein, doch der Kampf war noch nicht vorbei.

Er würde sie *vernichten*. Egal mit welchen Mitteln.

KAPITEL EINS

Cormac »Fletch« Fletcher schaute sich auf dem Monitor auf der Küchentheke die Frau an, die vor seiner Haustür stand. Seine Überwachungskameras fingen jeden Zentimeter seines Grundstücks ein, von der Garage bis zum Hinterhof. Er wusste genau, wer die Einfahrt hinauffuhr und wer vor seiner Tür stand, ohne dass er das Haus verlassen musste. Er konnte sich sogar in die App einloggen und sich die Aufnahmen ansehen, wenn er Tausende von Meilen weit weg auf einem Einsatz war. Alles, was er brauchte, war eine WLAN-Verbindung.

Die Frau, die vor seiner Tür stand, war etwa einen Meter fünfundsiebzig groß, größer als die Frauen, zu denen er sich normalerweise hingezogen fühlte. Es war schwierig, ihr Alter zu schätzen, weil sie müde aussah. Er schätzte, dass sie wahrscheinlich Ende zwanzig oder Anfang dreißig war. Ihr braunes Haar war zu einem Pferdeschwanz zusammengebunden. Fletch wusste nicht, welche Farbe ihre Augen hatten, da sie ihren Blick nach unten gerichtet hielt und die Kamera, die in dem kunstvollen Türklopfer versteckt war, ihr Gesicht nicht genau einfangen konnte.

Er hatte mehrere Anfragen für die Mietwohnung über seiner Garage erhalten und Fletch hatte ein paar Termine mit Interessenten vereinbart. Die Wohnung war wirklich nichts Besonderes. Sie hatte ein Badezimmer mit Dusche / Badewanne-Kombination, ein Schlafzimmer und eine kleine Küche. Es waren nur wenige Möbel vorhanden: ein Doppelbett, ein Kühlschrank, eine alte Couch und ein Couchtisch. Sie war beim besten Willen nicht luxuriös, doch sie war sauber und sicherer als die meisten Wohnungen, wenn man in Betracht zog, wer er war und wie er seinen Lebensunterhalt verdiente.

Er hatte nicht viele Feinde, doch es gab immer wieder Leute, die neidisch darauf waren, dass er ein Mitglied der Delta Force war. Das war nicht allgemein bekannt – eigentlich gab es nicht viele Leute, die das wussten –, doch es wurde oft vermutet, dass er und sein Team nicht nur gewöhnliche Soldaten waren. Sie leisteten verdammt gute Arbeit und schienen keine Probleme damit zu haben, Frauen zu bekommen. Diese Kombination hatte in der Vergangenheit einigen der anderen Deltas Probleme bereitet, auch ohne dass jemand etwas von ihrem Hintergrund beim Sondereinsatzkommando wusste. Wenn er die Wohnung vermietete, bedeutete das, dass jemand auf seinem Grundstück war und darauf aufpasste, während er sich auf einem Einsatz befand.

Nachdem er den letzten Teller in der Spüle abgewaschen hatte, trocknete er sich die Hände ab und schaltete den Sicherheitsmonitor aus. Er wollte nicht, dass jemand wusste, dass er ein derart ausgeklügeltes Sicherheitssystem installiert hatte. So konnte er jeden, der dumm genug war und sein Haus ausrauben oder seine Besitztümer beschädigen wollte, auf frischer Tat ertappen. Er ging zur Tür und öffnete sie. Die Frau, die da stand, schaute zu ihm hoch, schnappte nach Luft und trat einen Schritt zurück, als sie ihn sah.

Fletch wusste, dass er vielen Leuten Angst machte. Er war eins neunzig groß und muskulös. Er verbrachte einen Großteil seiner Zeit damit, sich fit zu halten. Er wollte, dass man ihm sofort ansah, dass er ... gefährlich war.

Seine Arme waren mit Tätowierungen übersät. Sie waren farbenfroh und etwas grell. Er sah aus wie ein typischer Seemann. Einige der Tattoos hatte er machen lassen, als er jung und dumm war. Heute würde er vermutlich andere Motive auswählen, doch dafür war es jetzt zu spät. Fletch wusste, dass Leute, die ihn nicht kannten, vorsichtig waren, wenn sie ihn zum ersten Mal sahen. Er war groß und wusste, wie er das zu seinem Vorteil nutzen konnte, um Leute einzuschüchtern. Doch die Frau vor seiner Haustür wollte er nicht verjagen. Er lächelte, als er sie begrüßte.

»Hallo, sind Sie Emily Grant? Sind Sie wegen der Wohnung hier?«, fragte Fletch und versuchte, die Frau zu beruhigen.

Emily schaute den Mann an, der vor ihr stand. Wenn sie nicht so verzweifelt gewesen wäre, hätte sie wahrscheinlich auf dem Absatz kehrtgemacht, sich wieder in ihren Honda Civic Baujahr 1998 gesetzt und wäre weggefahren. Sie wusste nicht, wen sie erwartet hatte, als sie die Einladung des Mannes angenommen hatte, sich seine

Wohnung anzuschauen. Zumindest niemanden, der so aussah, als ob er sie als Gewicht zum Bankdrücken hätte benutzen können, obwohl er nicht viel größer war als sie.

Seine Tattoos waren auch eine Überraschung. Viele der Soldaten auf dem Stützpunkt hatten Tätowierungen, doch in der Regel waren sie in dunkleren Tönen gehalten. Schwarze Tribal-Designs oder Ähnliches. Doch dieser maskuline Kerl hatte Zeichentrickfiguren auf seinen Unterarmen. Er trug ein kariertes Hemd, dessen Kragen offen war – gerade weit genug, damit sie sehen konnte, dass er keinen Pelz auf der Brust hatte – und dessen Ärmel bis zu seinen Ellbogen hinauf gerollt waren. Sie konnte die Tattoos nicht genau erkennen und wollte ihn nicht unhöflich anstarren, doch sie überraschten sie trotzdem. Irgendwie passten sie zu ihm.

Emily schob den Gedanken an seine Tätowierungen – und ob er wohl welche hatte, die nicht sichtbar waren – beiseite und schaute den Mann an. Sie brauchte diese Wohnung. Es gab nicht viele Wohnungen auf dem Markt, die in der Nähe ihres Arbeitsplatzes und der Schule lagen und die sie sich leisten konnte.

Sie atmete tief durch. »Ja, ich bin Emily. Danke, dass Sie sich Zeit für mich nehmen.« Sie streckte ihm tapfer die Hand entgegen.

Fletch lächelte die Frau an. Er durchschaute ihre Tapferkeit und wusste, dass sie Angst vor ihm hatte. Aber er hielt ihr zugute, dass sie sich nicht weiter von ihm wegbewegte und ihm die Hand geben wollte.

Er ergriff ihre Hand und achtete darauf, sie nicht zu fest zu drücken. »Schön, Sie kennenzulernen. Kommen

Sie rein. Wir können über die Einzelheiten reden und ich zeige Ihnen dann die Wohnung.«

Emily nickte, packte die Handtasche, die von ihrer Schulter hing, und folgte ihm ins Haus. Fletch beobachtete, wie sie sich umschaute, als ob sie versuchte, mehr über ihn herauszufinden. Er wusste, dass sein Haus nicht wie das eines Junggesellen aussah. Es war aufgeräumt und ordentlich, jedes Ding war an seinem Platz ... genau so, wie er es mochte.

Sie gingen in ein kleines Esszimmer, das neben einer Küche lag, die aus einem Kochmagazin hätte stammen können. Fletch bot ihr einen Stuhl an dem dunklen Mahagonitisch an und rückte ihn zurecht, während sie sich hinsetzte.

»Möchten Sie etwas trinken? Wasser? Eistee?«

»Nein danke«, sagte Emily und wusste, dass es dumm gewesen wäre, etwas zu trinken von einem Mann zu akzeptieren, den sie kaum kannte. Es wäre einfach, ihr Drogen in einem Glas Wasser oder Tee zu verabreichen. Vor allem, da sie sich in seinem Haus aufhielt. Sie könnte das Bewusstsein verlieren, bevor ihr überhaupt klar wurde, was mit ihr geschah. Normalerweise war sie kein ängstlicher Mensch, doch in letzter Zeit hatte sie sich zu viele Krimiserien angeschaut, wenn sie nicht schlafen konnte.

Fletch konnte praktisch ihre Gedanken lesen. Sie saß unbehaglich auf dem Stuhl an seinem Tisch. Sie hielt die Handtasche, die in ihrem Schoß lag, so fest, als ob sie dachte, dass er sie ihr jeden Moment entreißen könnte. Und doch war er alles andere als beleidigt; es beeindruckte ihn, dass sie so vorsichtig war. Er nahm auf der anderen Seite des Tisches Platz und achtete darauf, ihr genügend Raum zu geben.

»Kenne ich Sie von irgendwoher?« Die Frau kam Fletch bekannt vor, doch er wusste nicht woher.

Sie zuckte mit den Schultern. »Ich arbeite bei PX. Vielleicht haben Sie mich dort gesehen.«

Fletch nickte. Jetzt, wo sie es erwähnte, glaubte er, sie ein- oder zweimal dort gesehen zu haben. »Das muss es sein. Mein Name ist Cormac Fletcher, aber alle nennen mich Fletch. Das Haus gehört mir und ich lebe alleine. Ich arbeite auf dem Stützpunkt und bin sehr oft unterwegs. Ich bin diskret und werde Ihnen nicht in die Quere kommen, das erwarte ich jedoch auch von Ihnen als Mieterin. Ich bin an einem Punkt in meinem Leben angelangt, wo ich keine nächtelangen Partys mehr will oder brauche. Ich führe ein ruhiges Leben und möchte, dass jeder, der sich auf meinem Grundstück befindet, das ähnlich hält.« Er hielt inne und wartete auf ihre Reaktion. Emily saß still da und schenkte ihm ihre volle Aufmerksamkeit.

Als sie nicht sofort protestierte und er keine andere Emotion außer Neugier entdecken konnte, fuhr er erleichtert fort: »Die Wohnung ist nicht luxuriös. Erst kürzlich habe ich sie zwei Leuten gezeigt, die die Nase gerümpft und entschieden haben, dass sie nichts für sie ist. Die Miete ist inklusive Nebenkosten. Es ist zu mühsam herauszufinden, wie viel Strom jeder von uns verbraucht. Ich bitte Sie nur, nichts zu tun, das die Stromrechnung in die Höhe treiben würde, wie zum Beispiel Marihuana anzupflanzen.«

»Kein Marihuana, verstanden«, murmelte Emily und nickte.

Fletch wollte lächeln, doch er hielt sich zurück und fuhr mit seiner gut eingeübten Rede fort. »Sie können eine Seite der Garage für Ihr Auto benutzen, aber alle anderen Sachen müssen Sie entweder in der Wohnung behalten oder Sie müssen sich einen Lagerraum mieten. Für mehr ist da drin einfach nicht genügend Platz. Normalerweise parke ich neben dem Haus und es ist völlig in Ordnung, wenn Sie den leeren Platz in der Garage für Ihr Auto verwenden.

Wenn ich nicht da bin, wäre es toll, wenn Sie sich um meine Post und um das Haus kümmern würden, doch wenn Sie das nicht tun möchten, ist das kein Grund, Ihnen die Wohnung nicht zu vermieten. Die Miete ist in der ersten Woche des Monats fällig, den Tag dürfen Sie auswählen. Irgendwelche Fragen?«

Emily versuchte, nicht nervös zu werden, als Fletch sie direkt anschaute. Seine Augen waren hellblau und sein Blick hielt sie gefangen. Seine Haare waren länger, als es normalerweise bei der Armee erlaubt war, und er schien sich seit ein paar Tagen nicht mehr rasiert zu haben. Er sah gut aus und obwohl sie sich zu ihm hingezogen fühlte, suchte Emily im Moment nicht nach einer Beziehung. Sie hatte genug um die Ohren.

Es blieb nur noch eine Sache zu klären, bevor sie die Wohnung mit gutem Gewissen nehmen konnte. Sie räusperte sich und sagte: »Sie müssen wissen, dass ich ein Kind habe. Der Vater lebt nicht mit uns zusammen. Meine Tochter ist sechs und geht in die erste Klasse. Ich weiß nicht, ob das ein Problem ist. In der Anzeige wurde nicht erwähnt, ob Kinder erlaubt sind oder nicht.«

»Schreit sie den ganzen Tag?«

»Äh ... nein.«

»Stiehlt sie? Bemalt sie Wände? Macht sie Dinge kaputt?«

»Nein!« Emily setzte sich aufrecht hin und fühlte sich leicht gereizt. »Sie ist *sechs*. Sie ist kein Mitglied einer Bande. Sie hängt abends nicht mit ihren Kumpels an der Straßenecke ab. Sie spielt mit ihren Spielsachen, liest Bücher und schaut sich Zeichentrickfilme an.«

»Dann denke ich nicht, dass wir irgendwelche Probleme haben werden«, sagte Fletch mit einem Lächeln, amüsiert darüber, wie einfach es war, die Frau, die vor ihm saß, zu verärgern.

Emily kaute auf ihrer Lippe herum, als ob sie überlegte, was sie als Nächstes sagen sollte. Fletch konnte genau erkennen, in welchem Moment sie sich entschloss, ihm zu sagen, was sie bedrückte.

»Sie kann jedoch sehr *neugierig* sein. Sie stellt Fragen ... *viele* Fragen. Sie kann eine ganz schöne Nervensäge sein.«

»Nervensäge?«, fragte Fletch mit hochgezogener Augenbraue.

»Ja, Nervensäge. Die Sache ist die. Annie ist klug. Wirklich klug. Ich versuche, sie zu beschäftigen und Dinge zu finden, die sie interessieren, doch sie hat ein unersättliches Bedürfnis danach zu lernen. Einige meiner Nachbarn haben sich in der Vergangenheit darüber geärgert, dass sie ständig Fragen gestellt hat. Sie tut es nicht, um lästig zu sein, sie findet einfach gern Dinge heraus.«

»Natürlich tut sie das. Sie ist ein Kind. Ich habe kein Problem mit Fragen, Emily.«

»Okay, aber –«

»Wird sie in mein Haus einbrechen und mitten in der Nacht in mein Zimmer kommen und mich fragen, wie der Garagentoröffner funktioniert?«

Emily kicherte. »Vielleicht nicht mitten in der Nacht, aber ich kann Ihnen versichern, dass sie das früher oder später wissen will. Soweit ich weiß hat ihr bis jetzt noch niemand beigebracht, wie man ein Schloss knackt.«

»Gut zu wissen«, sagte Fletch und grinste.

»Ich will einfach ... es gibt Leute, die Kinder nicht mögen, und ich will nicht wieder irgendwo wohnen, wo sie sich wie eine Ausgestoßene fühlt.«

»Wieder?«, fragte Fletch mit tiefer Stimme. »Sie haben irgendwo gelebt, wo sie sich wie eine Ausgestoßene gefühlt hat? Ein sechsjähriges *Kind*?«

»Sie war vier, und ja.« Emilys Antwort war knapp und sie gab keine weiteren Einzelheiten preis.

»Ich bin nicht oft mit Kindern zusammen, aber jeder, der Wissensdurst als etwas Schlechtes sieht, ist ein Arschloch. Sie halten sich und Ihre Tochter besser von solchen Leuten fern.«

»Ja. Danke«, entgegnete Emily leise.

Fletch versuchte, seine Schultern zu entspannen. Es machte ihn sauer, dass jemand so grausam zu einem Kind sein konnte. Als Kind war er auch klüger als seine Klassenkameraden gewesen und hatte am eigenen Leib erfahren, was Emily da schilderte. Vermutlich nicht ganz so extrem wie ihre Tochter, ihrem Beschützerinstinkt nach zu urteilen. »Möchten Sie sich die Wohnung ansehen?«

»Ja, aber ... darf ich fragen, wie hoch die Kaution ist? Ich brauche sie mir nicht anzusehen, wenn ich sie mir nicht leisten kann.«

Fletch neigte den Kopf zur Seite und schaute Emily an. Musterte sie genau. Da er nicht sicher gewesen war, ob er ihr die Wohnung vermieten wollte, hatte er sich vorher nicht die Zeit dazu genommen. Doch was er bisher gehört hatte, gefiel ihm.

Sie trug T-Shirt und Jeans. Ihre Füße steckten in einem alten Paar Turnschuhe. Sie sah ganz normal aus, doch Fletch spürte etwas, das er bei keinem der anderen Bewerber wahrgenommen hatte – Verzweiflung. Die konnte er andauernd bei seinen Einsätzen sehen. Die Leute trugen oft Masken, doch er konnte sehen, dass diese Frau die Wohnung wirklich *brauchte*. Er kannte ihre Geschichte nicht, doch er wusste instinktiv, dass es für sie von entscheidender Bedeutung war, den kleinen Raum über seiner Garage zu mieten.

Fletch beeindruckte auch, wie offen sie war, was ihre Tochter betraf. Er hatte gerade an diesem Morgen jemandem die Wohnung gezeigt, von dem er wusste, dass er etwas vor ihm versteckte. Mit der Zeit hätte er wohl herausgefunden, was es war, doch er hatte keine Lust, sich überhaupt darauf einzulassen. Der Mann hatte keinen guten Eindruck auf ihn gemacht und es war ihm den Aufwand nicht wert, etwas herauszufinden, das dann dazu führte, dass er den Mann rauswerfen musste, obwohl er von Anfang an gewusst hatte, dass er hätte ablehnen sollen.

Emily war offen gewesen und hatte ihm nicht nur mitgeteilt, dass sie ein kleines Kind hatte, sondern auch, dass es begabt war und anderen Leuten in der Vergangenheit auf die Nerven gegangen war.

Er traf eine schnelle Entscheidung und zog ein paar hundert Dollar von der Miete ab; er brauchte das Geld sowieso nicht. Er zog es vor, jemanden als Mieter zu haben, der zuverlässig und verantwortungsvoll war und auf sein Haus aufpasste, wenn er nicht da war.

»Ich konnte sie bisher noch nicht vermieten«, sagte Fletch lässig, »wenn Sie also damit einverstanden sind, auf das Haus aufzupassen, wenn ich weg bin, überlasse ich sie Ihnen für fünfhundert pro Monat, mit einer halben Monatsmiete als Kaution.«

Emily starrte den Mann an. Fünfhundert Dollar? Und nur zweihundertfünfzig als Kaution? Machte er Witze? »Soll das ein Scherz sein?« Sie konnte sich die Frage nicht verkneifen.

Fletch lächelte, als er Emilys ungläubigen Gesichtsausdruck sah. Er nahm es ihr nicht übel; er wusste, dass er wahrscheinlich doppelt so viel hätte verlangen können. Doch es war offensichtlich, dass sie etwas Unterstützung gut gebrauchen konnte. »Kein Scherz. Möchten Sie sie sehen? Sie können sich entscheiden, wenn Sie sie gesehen haben. Sie hat nur ein Schlafzimmer, das müssten Sie sich mit Ihrer Tochter teilen. Sie ist nichts Besonderes, vielleicht gefällt sie Ihnen gar nicht.«

»Sie wird mir gefallen«, sagte Emily und konnte ihr Glück immer noch nicht fassen. Sie hatte sich den Tag freigenommen, denn sie wusste, dass sie trotz der verpassten Arbeitsstunden, die ihrem Budget schaden würden, einen besseren Wohnort für sie und Annie finden *musste*. Der Vermieter der heruntergekommenen Wohnanlage, in der sie momentan lebten, hatte es immer hartnäckiger auf sie abgesehen und Emily wusste, dass er sich nicht für *sie* interessierte – sondern für Annie.

Ihre Tochter war wunderschön. Sie war zwar erst sechs, doch sie war groß für ihr Alter, und schlank. Sie hatte langes, hübsches, blondes Haar, das sie von ihrem Vater geerbt hatte. Sie hatte blaue Augen und noch nie einen Fremden getroffen. Annie war freundlich und quirlig und Emily wusste, dass der Vermieter – verdammt sollte er sein! – ein krankhaftes Interesse an ihrer Tochter hatte.

Geld war immer ein Problem. Annies Vater hatte Emily schon während der Schwangerschaft verlassen und seitdem mühte sie sich ab, Annie ein sicheres und glückliches Leben zu bieten. Sie arbeitete bei PX in Fort Hood. Das war der Gemischtwarenladen auf dem Stütz-punkt. Sie konnte nicht Vollzeit arbeiten, weil sie nicht genügend Geld hatte, um für Annies Kinderbetreuung aufkommen zu können. Sie hatte Nachbarn gehabt, die sich um ihre Tochter gekümmert haben, bevor sie in den Kindergarten kam, doch jetzt, wo Annie in der ersten Klasse war und den ganzen Tag in der Schule verbrachte, konnte Emily sechs Stunden pro Tag arbeiten. Sie setzte Annie um sieben Uhr dreißig in der Grundschule ab und konnte um acht bei der Arbeit sein. Sie arbeitete bis um zwei, ohne Mittagspause, und holte Annie dann um zwei Uhr dreißig ab.

Emily hatte keine Krankenversicherung und keinen Pensionsplan, doch Annie war glücklich. Es war die Mühe wert gewesen. Aber dass sie nun einen sicheren und ruhigen Ort für nur fünfhundert Dollar pro Monat angeboten bekam, war unglaublich. Es war, als hätte Emily im Lotto gewonnen.

Schon bevor sie die Anzeige für diese Wohnung in der Zeitung gesehen hatte, hatte sie beschlossen, ihre schäbige Bleibe noch vor Monatsende zu verlassen. Selbst wenn sie im Auto hätten übernachten müssen. Das hatte sie während ihrer Schwangerschaft tun müssen, hatte sich jedoch geschworen, dass Annie nie so würde leben müssen. Doch Emily hatte die Hoffnung schon fast aufgegeben, etwas Angemessenes zu finden.

Die billigste Wohnung, die sie finden konnte, hatte achthundert pro Monat gekostet und sah noch schlimmer aus als ihre bisherige Unterkunft. Da sich das Gebäude in der Nähe der Militärstützpunkts befand, hatte Emily gedacht, dass sie sich sicher fühlen würde, in der Umgebung der Soldaten zu leben. Der Vermieter hatte ihr versichert, dass die meisten anderen Mieter alleinstehende Männer und Frauen waren, die in Fort Hood arbeiteten. Doch leider war das nicht der Fall gewesen.

Annies Vater hatte ihr bewiesen, dass jemand noch lange kein guter Mensch war, nur weil er Soldat war. Während *sie* davon ausgegangen war, dass sie ihr Leben zusammen verbringen würden, war es *ihm* anscheinend nur um Sex gegangen. Irgendwie hatte er es fertiggebracht, sich nicht lange, nachdem sie ihm überglücklich mitgeteilt hatte, dass sie schwanger war, zu einem anderen Stützpunkt versetzen zu lassen, und sie gebeten, ihm nicht zu folgen.

Emily wusste, dass sie zur Armee gehen, einen Vaterschaftstest machen lassen und ihn dazu hätte zwingen könnte, Kindergeld zu zahlen, doch das wollte sie nicht. Nicht für sich und nicht für Annie. Bei dem Gedanken, sich jahrelang finanziell auf jemand anderen verlassen zu müssen, drehte sich ihr der Magen um.

Ihr und Annie war es bis jetzt gut gegangen und Emily wusste, dass sie auch weiterhin alles dafür tun würde, damit ihre Tochter glücklich und sicher war ... auch ohne Hilfe.

Fletch nickte und stand auf. »Also, dann schauen wir uns mal die Wohnung an. Wenn sie Ihnen gefällt, kommen wir zurück und erledigen den Papierkram, einverstanden?«

»Einverstanden.«

Zehn Minuten später saßen sie wieder an Fletchs Esstisch. Emily hatte sofort geäußert, dass der kleine Raum perfekt war, obwohl Fletch erklärte, dass es viele Dinge gab, die er tun sollte, um ihn zu verbessern.

»Ich muss eine Kopie von Ihrem Ausweis machen«, sagte Fletch zu Emily so unbekümmert er nur konnte. Für die Unterzeichnung des Mietvertrags war das nicht wirklich notwendig, doch er wollte auf keinen Fall, dass jemand in seinem Haus lebte, dessen Hintergrund er nicht geprüft hatte. Das war zwar nicht ganz legal, doch sein Freund Tex war diskret und konnte das innerhalb einer Stunde erledigen.

Tex war ein aus medizinischen Gründen pensionierter SEAL, der in Pennsylvania lebte. Früher hatte er in Virginia gewohnt, hatte jedoch seinen gesamten Betrieb verlegt, nachdem er eine schöne Frau namens Melody im Internet kennengelernt hatte. Tex fungierte als Augen und Ohren hinter den Kulissen für das Delta Force-Team und mehrere andere Spezialeinheiten. Der Mann war ein reines Computergenie und konnte an Informationen gelangen, die besser versteckt waren als das Geld in Fort Knox. Keiner von ihnen fragte jemals, wie er tat, was er tat, sie waren einfach nur dankbar dafür, dass er auf ihrer Seite war.

Fletch beobachtete, wie Emily nach unten schaute und ihr Portemonnaie aus der Handtasche zog. Sie übergab ihm ihren Führerschein und sagte: »Wenn Sie über meinen Vornamen lachen, muss ich Ihnen wehtun.«

Emily beobachtete, wie Fletch das kleine Plastikkärtchen anschaute, das sie ihm gegeben hatte, und versuchte, sich das Grinsen zu verkneifen. Seine Lippen zuckten zwar, doch er schaute sie mit ernster Miene an und fragte: »Miracle? Wie ›Wunder‹?«

Emily seufzte und war es offenbar gewohnt, die Geschichte über ihren Vornamen zu erzählen. »Ja. Meine Eltern waren schon etwas älter. Sie hatten sich immer Kinder gewünscht und als ich geboren wurde, nannten sie mich ›ihr kleines Wunder‹.«

»Aber Ihr Rufname ist Emily?«

Sie nickte. »Ja. Definitiv.«

»Miracle ist ein hübscher Name.«

Emily zog eine Grimasse. »Das mag sein, aber nachdem ich jahrelang in der Grund- und Mittelschule gehänselt wurde, fand ich ihn nach einer Weile nicht mehr so toll.«

»Kinder sind grausam.«

»Ja.«

»Leben Ihre Eltern noch?«

Emily wollte nicht mit Fletch über ihre Eltern reden. Er war schließlich immer noch ein Fremder – aber sie wollte auch nicht unhöflich sein. »Leider nein. Sie starben, als ich am College war.«

»Schade.«

Das war die Untertreibung des Jahrhunderts, doch sie entgegnete nur: »Ja.«

Fletch trug Emilys Führerschein zu dem kleinen Drucker, der in seinem Wohnzimmer stand, und machte eine Kopie.

»Sie sind also nicht verheiratet?«, fragte Emily und fand, dass sie auch neugierig sein durfte.

»Nein.«

Emily wartete, doch als er nichts weiter sagte, fuhr sie fort: »Dieses Haus sieht aus, als ob Sie verheiratet wären.«

Fletch musste laut lachen. »Das tut es, nicht wahr? Ich habe jemanden angeheuert, um es einzurichten. Ich habe ihr freie Hand gelassen und das war das Endresultat.«

»Sie hat gute Arbeit geleistet«, sagte Emily und schaute sich um.

»Ja. Anscheinend macht es Spaß, das Geld von jemand anderem auszugeben.«

Emily lächelte nicht, ließ ihren Blick jedoch weiterhin über jeden Zentimeter des Raumes schweifen. »Bestimmt.«

Fletch lehnte sich an die Wand neben dem Drucker und beobachtete, wie Emily sein Haus begutachtete. Er fragte sich, was sie wohl sah. Er schaute sich um und versuchte, die Dinge mit ihren Augen zu betrachten. Er hatte zwei Ledersofas, die steif und formell wirkten, doch wenn man sich hinsetzte, versank man in den Kissen. Er hatte einen großen Flachbildfernseher an der Wand und einen Couchtisch, der zwar völlig normal aussah, jedoch ein Geheimfach enthielt, in dem er momentan eine Pistole des Kalibers Sig Sauer .40 aufbewahrte. Er war immer auf Unvorhergesehenes vorbereitet. Als er darüber nachdachte, wie viele Waffen er im Haus herumliegen hatte, wurde ihm bewusst, dass er überprüfen musste, ob alle gesichert waren. Da er bald ein Kind im Haus haben würde, wollte er auf Nummer sicher gehen.

Nicht dass ihre Tochter sich oft bei ihm aufhalten würde, doch wenn sie mit ihrer Mutter kam, um nach der Post zu schauen, wollte er auf keinen Fall, dass sie eine seiner Waffen fand und diese versehentlich losging. Der Gedanke brachte ihn zum Schaudern und er nahm sich vor, alle Waffen außer Reichweite von Kindern zu verstauen, sobald Emily gegangen war.

Ein Paar Stiefel lag auf dem Boden neben einem der Sofas; er hatte sie am Vortag dort liegen lassen, als er vom Stützpunkt zurückgekommen war. Alles andere war an seinem Platz und es lagen weder Zeitungen noch Zeitschriften herum oder sonst irgendwelches »Zeugs«, das man sehen konnte.

»Ich bin ein leichter Ordnungsfanatiker«, erklärte Fletch unnötigerweise, als er zum Tisch zurückkam und sich neben sie setzte.

»Ja, das kann ich sehen«, sagte sie lachend und lenkte den Blick wieder zu ihm. »Aber es ist schön. Sie hat gute

Arbeit geleistet. Es ist formell und nicht zu ausgefallen. Gemütlich und nicht zu spießig. Ich hoffe, Sie erwarten nicht, dass meine Wohnung so aussieht«, sagte sie neckend. »Annie und ich sind *keine* Ordnungsfanatiker.«

Fletch lachte und gab ihr den Führerschein zurück. »Nein, mir ist scheißegal, wie Ihre Wohnung aussieht, solange sie nicht voller Mäuse und Kakerlaken ist.«

Emily schauderte. »Oh nein. Wir sind vielleicht nicht sehr ordentlich, aber wir sind sauber.«

»Dann ist ja alles in Ordnung.«

Sie lächelten sich gegenseitig an. Fletch schob ihr den Mietvertrag zu. »Nehmen Sie ihn mit nach Hause. Lesen Sie ihn durch und lassen Sie ihn von einem Anwalt begutachten, wenn Sie wollen. Ich möchte einfach sicher sein, dass Sie alles verstehen und mit allem einverstanden sind, bevor Sie unterschreiben.«

Emily schaute ihn verwirrt an. »Steht denn irgendetwas Seltsames drin?«

»Etwas Seltsames?«

»Ja, etwas Seltsames.«

»Was meinen Sie damit?«, fragte Fletch.

»Ich weiß nicht. Zum Beispiel Dinge wie, dass mein Auto nur vier Meter Platz in der Garage einnehmen darf und wenn ich das nicht einhalte, schmeißen Sie mich raus. Oder etwas Seltsames wie, dass ich mehr Miete bezahlen muss, wenn Sie Annie nach vier Uhr nachmittags sehen. Oder dass Sie mich rausschmeißen, wenn ich die Miete ein paar Stunden zu spät bezahle.«

Fletch hatte sie anfänglich angelächelt, doch nachdem er ihre Kommentare gehört hatte, runzelte er die Stirn. »Auf keinen Fall. Schauen Sie, Emily. Ich bin bestimmt vieles, aber ich bin kein Arschloch. Wenn Sie die Miete nicht rechtzeitig zahlen können, dann sagen Sie es einfach und wir finden eine Lösung. Ich habe Ihnen schon erklärt, dass es mir nichts ausmacht, dass Ihre Tochter da ist. Ich würde mich höchstens ärgern, wenn sie in der Garage mit Dingen spielt, die nicht für Kinder gedacht sind, aber nur, weil sie sich dabei verletzen könnte, nicht weil mir irgendetwas da draußen viel bedeutet. Es ist nur Zeug. Zeug, das ersetzt werden kann. Der Mietvertrag ist simpel, ich habe ihn aus dem Internet heruntergeladen. Da steht nichts Seltsames drin.«

»Okay. Danke.« Emilys Stimme war leise, doch sie brach den Augenkontakt nicht ab. »Ich wollte nur sicher sein.«

»Gut. Schauen Sie ihn sich in aller Ruhe an und bringen Sie ihn zurück, wenn der Inhalt für Sie stimmt. Danach können Sie einziehen, wann immer Sie wollen. Heute ist der zwanzigste. Sie können gern schon vor dem Ersten einziehen. Für diesen Monat werde ich nichts verlangen, betrachten Sie es als Geschenk.« Fletch kniff die Augen zusammen. »Und falls irgendwer da draußen Annie das Leben schwer macht, dann können Sie auch sofort einziehen. Kein Kind sollte sich schlecht dafür fühlen müssen, es selbst zu sein.«

»Nochmals vielen Dank.« Emily hatte keine Ahnung, wie sie das verdient hatte, doch sie war noch nie in ihrem ganzen Leben so froh gewesen, eine Wohnungsanzeige in der Zeitung gelesen zu haben. Sie hatte die Sonntagszeitung in der Mülltonne hinter der Wohnanlage entdeckt. Normalerweise las sie die Zeitung, wenn sie bei PX war, doch da sie an diesem Sonntag nicht arbeitete, hatte sie sie aus der Mülltonne gefischt.

»Kann ich ihn morgen nach der Arbeit vorbeibringen?« Emily wollte, dass ihr Boss ihn sich ansah. Sie konnte sich keinen Anwalt leisten, doch Jimmy mochte sie und würde ihr sagen, falls sie etwas übersehen hatte.

»Natürlich. Ich lege einen Wohnungsschlüssel unter die Matte bei der Treppe.«

»Äh, Sie wissen bestimmt, dass das der erste Ort ist, an dem Einbrecher nach Ersatzschlüsseln suchen, nicht wahr?«

Fletch musste laut lachen. *Falls* es jemandem gelingen sollte, unentdeckt sein Grundstück zu betreten, würde sein Gesicht aus so vielen verschiedenen Blickwinkeln aufgezeichnet werden, dass er erwischt werden würde, bevor er entkommen konnte. »Ich denke, für einen Tag oder so wird es schon in Ordnung sein, Em.«

Emily lächelte Fletch schüchtern an und sagte neckend: »Okay, aber wenn ich zurückkomme und jemand die Couch dort oben gestohlen hat, erwarte ich, dass Sie sie ersetzen.«

»Abgemacht.« Fletch lächelte zurück. Vielleicht war es doch nicht so schlecht, wieder einen Mieter zu haben. Nach dem letzten hatte er sich lange überlegt, ob er es nochmals versuchen sollte. Fletch würde Tex bitten, die Hintergrundprüfung von Miracle Emily Grant durchzuführen, bevor sie am nächsten Tag den unterzeichneten Mietvertrag zurückbrachte. Das würde ein Kinderspiel für den Mann sein.

Fletch würde unterschreiben, nachdem er sicher war, dass sie die Person war, die sie vorgab zu sein. Er nahm nicht an, dass er sich Sorgen machen musste. Die Frau schien offen und ehrlich zu sein und erleichtert darüber, ein Zuhause für sich und ihre Tochter gefunden zu haben, auch wenn es nur eine kleine, kaum möblierte Zweizimmerwohnung war.

Sicherheit war wichtiger als materielle Dinge; er verstand das besser als viele andere Männer. Er hatte während seiner zehn Jahre in der Armee und der fünf Jahre in der Delta Force zu viel gesehen. Die Menschen logen, betrogen und töteten für Sicherheit. Er hatte es immer wieder bezeugt. Mütter, die alles taten, was die Terroristen und Tyrannen vor Ort ihnen befahlen, nur um ihre Kinder zu beschützen. Kinder, die sich Banden anschlossen, nur um ihre Familien zu ernähren. Die Ungeheuerlichkeiten nahmen kein Ende.

Doch Fletch wusste, dass die Frau, die jetzt vor ihm saß, eine ganz andere Person war als die, die er vor dreißig Minuten in sein Haus gebeten hatte. Sie war entspannter und ruhiger, nicht mehr so nervös, vorsichtig und misstrauisch wie am Anfang. Einfach weil sie eine sichere Bleibe für sich und ihre Tochter gefunden hatte.

Fletch mochte das an ihr. Es fühlte sich gut an. Er hatte in seinem Leben unzähligen Menschen geholfen, doch er konnte die Erleichterung, die die Frau ausstrahlte, direkt in seinem Bauch spüren. »Sagen Sie Annie, dass sie ein neues Zuhause hat, und wir sehen uns dann später. Okay?«

Emily nickte. »Ja.«

Sie standen auf und Fletch begleitete sie zur Tür. Er stand im Eingangsbereich und beobachtete, wie Emily zu ihrem Auto ging. Sie hielt auf halbem Weg an und drehte sich zu ihm um. »Danke, Fletch. Ich weiß, dass Sie die Kaution und die Miete gewaltig reduziert haben, und ich weiß das zu schätzen. Ich werde so viel wie möglich helfen mit dem Haus, Sie müssen mir einfach sagen, was ich tun soll. Ich kann harken, Rasen mähen, wischen und – obwohl Sie damit sicher keine Hilfe brauchen – sogar das Haus putzen, wenn Sie es möchten.«

»Gern geschehen, Emily. Aber ich habe Sie nicht als Dienstmädchen angestellt. Und schließlich profitiere ich von dieser Vereinbarung genauso viel wie Sie. Ich habe eine verantwortungsvolle Mieterin, die nicht daran interessiert ist, mich auszurauben oder verrückte Partys zu schmeißen. Es ist eine Win-win-Situation. Wir sehen uns später.«

Fletch rollte geistig die Augen, als er ihr Angebot hörte. Es war zwar süß, aber er würde sie todsicher nie darum bitten, Hausarbeit zu verrichten. Sie konnte sich um das Haus kümmern, wenn er bei einem Einsatz war, ansonsten gab es nicht viel zu tun, was er nicht selbst erledigen konnte.

»Okay. Bis später.«

Fletch schloss die Haustür und hörte, wie sie ihr Auto startete. Nachdem er den Sicherheitsmonitor eingeschaltet hatte, konnte er beobachten, wie sie aus seiner Einfahrt fuhr und in die Straße neben seinem Haus einbog. Er nahm den Zettel, auf dem er Emilys Kontaktdaten notiert hatte, und rief Tex an. Er war fast zu hundert Prozent sicher, dass Emily genau diejenige war, die sie vorgab zu sein, und auch so aussah – wie eine Frau, die eine Pechsträhne hatte und ein ruhiges Zuhause für sich und ihre Tochter wollte.

Plötzlich freute er sich darauf, ihre Tochter kennenzulernen. So wie Emily erzählt hatte, war sie lustig und frühreif. Fletch hatte nie wirklich daran gedacht, Kinder zu haben, oder viel Zeit mit Kindern verbracht, doch er dachte plötzlich, dass es ihm Spaß machen würde, einem Kind Dinge beizubringen, wie zum Beispiel wie ein Garagentoröffner funktionierte.

Je schneller Emily und Annie einzogen, desto besser. Sie würden in der kleinen Wohnung über seiner Garage sicher sein. Dafür würde er sorgen.

KAPITEL ZWEI

»Was machst du?«, fragte jemand hinter Fletch.

Die Frage überraschte ihn nicht. Er hatte die ganze Woche an seinem 1968er Dodge Charger gearbeitet und das kleine Mädchen gesehen, das ihm jeden Nachmittag aus der Ferne zusah. Doch sie hatte erst heute den Mut aufgebracht, mit ihm zu sprechen.

Den unterzeichneten Mietvertrag hatte er einen Tag, nachdem er sich mit Emily getroffen hatte, in seinem Briefkasten vorgefunden. Er hatte einen Schlüssel unter die Matte gelegt, so wie er es versprochen hatte, und ihr auch seinen zusätzlichen Garagentoröffner gegeben. Sie war an einem Tag eingezogen, an dem er sich auf dem Stützpunkt aufgehalten hatte. Fletch hatte ihr eigentlich mit dem Umzug helfen wollen, aber entweder hatte sie nicht so viel Zeug oder sie hatte Hilfe von jemand anderem bekommen, denn als er an ihre Tür klopfte, um zu fragen, ob alles in Ordnung wäre, öffnete sie die Tür nur einen Spaltbreit, ohne die Kette zu entfernen, und erklärte, alles wäre perfekt.

Fletch hatte sie in Ruhe gelassen. Er hatte alle Schlösser in der kleinen Wohnung ausgetauscht, weil er wollte, dass Emily und ihre Tochter sich sicher fühlten. Er hatte einen neuen Riegel und zwei Ketten an der Tür angebracht. Eine befand sich auf Emilys Augenhöhe und die andere einen Meter vom Boden entfernt. Fletch wusste nicht, warum er das zweite Schloss so niedrig angebracht hatte, vermutlich wegen der Vorstellung, dass die alleinerziehende Mutter ohne Partner in der Wohnung lebte und wollte, dass auch ihre Tochter die Tür verriegeln konnte.

Fletch arbeitete, ohne aufzuschauen, am Motor weiter. Er beugte sich über das Auto und tauschte die Zündkerzen aus. »Ich versuche, dieses alte Auto zu reparieren.«

»Warum?«

»Weil ich will, dass es wieder funktioniert.«

»Warum?«

»Warum nicht?«

»Weil es alt ist. Du kannst dir ein neues kaufen.«

»Warum sollte ich ein neues kaufen wollen, das hier ist doch in Ordnung?«

»Das hier ist aber nicht gut.«

Fletch wollte nicht mit dem kleinen Mädchen streiten. Er musste noch viel am Charger arbeiten, bevor der wieder straßentauglich war. Er schaute zu ihr hinüber. »Annie, richtig?«

»Mhm.«

»Manchmal ist alt gar nicht so schlecht.« Fletch konnte sehen, dass Annie über seine Worte nachdachte.

»Eines Tages werde ich Sachen besitzen, die nicht alt sind.«

Fletch spürte, wie sich sein Magen zusammenzog, doch Annie fuhr fort, bevor er ihre Worte oder seine Gefühle untersuchen konnte.

»Kann ich helfen?«

»Du willst mit dem Auto helfen?«

»Mhm. Mama sagt, dass ich eine gute Helferin bin.«

Fletch richtete sich vor der Motorhaube des Autos auf und musterte Annie eingehend. Sie trug eine Jeans, die etwas zu kurz für sie war. Er sah, dass sie weiße Socken und ein ausgetragenes Paar Turnschuhe an den Füßen hatte. Sie trug ein schwarzes T-Shirt, das etwas zu groß für ihren dünnen Körper war. Ihr blondes Haar wurde von zwei Haarspangen auf beiden Seiten ihres Kopfes zurückgehalten, ein paar Strähnen hatten sich jedoch gelöst und hingen ihr ins Gesicht. Ihre Wange und ihre Hände waren schmutzig. Nicht nur das, auf den zweiten Blick erkannte er, dass das Mädchen buchstäblich von Staub und Schmutz bedeckt war.

»Was hast du denn gemacht?«, fragte Fletch und wischte seine schmutzigen Hände mit einem Lappen sauber.

»Gespielt.«

»Wo denn?«

Annie deutete hinter sich und Fletch machte einen Schritt zum Garagentor hin, um zu sehen, worauf sie zeigte. Er entdeckte einen Haufen Plastik- und Metallautos, die auf einem Fleck seines Rasens, auf dem nie Gras gewachsen war, verteilt waren. Er lag im Schatten der Garage und es sah so aus, als hätte das kleine Mädchen eine Rennstrecke im Dreck gebaut. An einigen Stellen war der Sand aufgetürmt worden und Fletch konnte die Abdrücke ihrer Knie erkennen, die sie hinterlassen hatte, während sie mit den Autos spielte.

»Du magst Autos?«

Annie zuckte mit den Schultern. »Sie sind ganz okay.«

Fletch versuchte, nicht zu lächeln. Es war mehr als offensichtlich, dass das kleine Mädchen Autos mochte. »Was ist mit Puppen? Spielst du gern mit Puppen?«

Ihr Gesicht verzog sich vor Abscheu. »Nein. Puppen sind doof.«

»Doof, was?«

»Mhm. Ich mag Spielzeug für Jungs. Meine Mommy mag das zwar nicht, aber ich schon.«

»Welche Art von Spielzeug?«, fragte Fletch, lehnte sich gegen den Charger und lächelte das ernste kleine Mädchen an.

»Alles Mögliche. Lastwagen, Monster, Autos, *Star Wars*. Und ich mag Militärsachen.«

Fletch war überrascht. Mit ihrem blonden Haar, ihren blauen Augen und ihrem Engelsgesicht sah sie zart und mädchenhaft aus; es war amüsant zu erfahren, dass sie eine ganz andere Seite hatte. »Nicht Plüschtiere, Kleider oder Puppen?«

»Nein.«

»Deine Mom hat mir erzählt, dass du gern liest.«

Annie schaute ihn von unten an und fragte etwas streitlustig: »Wirst du dich über mich lustig machen, wenn es so ist?«

Fletch runzelte die Stirn und kniete nieder, sodass er auf mit dem kleinen Mädchen auf Augenhöhe war.

»Nein, Annie. Ich werde mich nicht über dich lustig machen. Ich wollte nur wissen, *was* du gern liest.«

Sie musterte ihn mit einem Blick, der viel weiser als der einer Sechsjährigen war. »Abenteuergeschichten.«

»Abenteuergeschichten.« Fletch kam sich dumm vor, weil er ihre Antwort wiederholte, doch sie überraschte ihn erneut.

»Mhm. Und Krimis. Mommy hat mir *Die Chroniken von Narnia* vorgelesen und jetzt sind wir bei *Die Eisenbahnkinder*. Danach werden wir mit den *Hardy Boys* und den *Nancy Drew-Büchern* beginnen.«

»Ist das so?«

»Mhm. Und ich kann sie auch lesen, aber ich bin zu langsam. Mommy hilft mir dabei, aber ich mag es, wenn sie mir vorliest, weil wir schnellerer vorankommen.«

Fletch war erstaunt. Er hatte nie viel Zeit mit Kindern verbracht, doch Emily hatte recht. Es war offensichtlich, dass Annie anderen Kindern ihres Alters weit voraus war. »Das sind tolle Geschichten.«

»Hast du sie gelesen?«, fragte Annie erstaunt. »Wirklich?«

»Ja. Sie sind großartig.«

»Toll«, hauchte das kleine Mädchen.

»Annie!«, rief Emily von der Haustür aus, die am oberen Treppenende gleich um die Ecke lag. »Wo bist du?«

»Hier, Mommy!«, entgegnete Annie und ging zur Hausecke, damit ihre Mutter sie sehen konnte.

»Du sollst doch dort spielen, wo ich dich sehen kann.«

»Ich weiß, es tut mir leid, Mommy. Ich habe gerade

mit ...« Sie hielt inne und schaute zu Fletch hoch. »Wie heißt du?«

»Fletch.«

Annie zog eine Augenbraue hoch und runzelte die Stirn. »Fletch? Ist das dein Vorname?«

Fletch verkniff sich ein Lachen. Annie war liebenswert. »Das ist ein Spitzname. Mein Vorname ist Cormac und mein Nachname lautet Fletcher. Meine Freunde nennen mich Fletch.«

Annie nickte. »Ja, das ist viel besser. Ich werde dich auch Fletch nennen.«

Fletch grunzte lachend. Nur Kinder schafften es, einen total zu beleidigen und gleichzeitig zum Lachen zu bringen.

»Ich bin bei Fletch!«, rief Annie ihrer Mutter zu.

»Ich bin hier, Annie, du brauchst nicht zu schreien«, sagte Emily und legte die Hand auf Annies Kopf. Sie war die Treppe heruntergekommen, während Annie sich mit Fletch unterhalten hatte. »Habe ich dir nicht gesagt, dass du Mr. Fletcher in Ruhe lassen sollst, wenn er arbeitet?«

»Ich weiß, aber Mommy, er hat hier drin herumgehämmert und einige dieser Worte gesagt, von denen du mir gesagt hast, dass ich sie nicht sagen darf. Ich bin nur hereingekommen, um zu sehen, ob er Hilfe braucht, und dann haben wir angefangen zu reden.«

Fletch hatte seit langer Zeit nicht mehr so viel gelächelt wie heute. »Es ist in Ordnung, Emily. Wir haben uns gerade miteinander bekannt gemacht.«

»Ich hoffe, sie hat Sie nicht gestört.«

»Überhaupt nicht.«

Emily lächelte Fletch schüchtern an. Sie hatte offensichtlich immer noch die verachtenden Kommentare anderer Leute im Ohr, die sich über ihre Tochter geärgert hatten. »Okay. Komm, Annie, zeig mir, was du heute gemacht hast. Ich kann sehen, dass du dir viel Mühe gegeben hast, die perfekte Rennstrecke zu bauen.«

»Oh ja, Mommy, sie ist fantastisch! Komm, schau! Das gemeine alte blaue Auto konnte heute nicht gewinnen, es ist kaputt, wie unseres damals, *und* das rote und das grüne Auto haben es in der letzten Sekunde überholt.«

Fletch beobachtete, wie Mutter und Tochter um die Hausecke gingen, wo Annie im Dreck ihre Rennstrecke gebaut hatte. Er beugte sich wieder über den Motor des Chargers, während er zuhörte, wie Annie mit ihrer Mutter über Autos plauderte. Das Kind hatte eine erstaunliche Fantasie und Fletch freute sich darauf, es besser kennenzulernen.

Aber es war nicht nur das kleine Mädchen, das er besser kennenlernen wollte. Emily faszinierte ihn. Er hatte gesehen, wie sie ihn gemustert hatte, doch obwohl Fletch ihr gegenüber freundlich und offen war, machte sie sich nicht die Mühe, sich mit ihm zu unterhalten. Ihre Interaktionen beschränkten sich auf ein freundliches »Hallo« und »Bis später«. Sie war aufmerksam und liebevoll mit ihrer Tochter, doch es war mehr als das. Er hatte gegen eine überraschende Anziehungskraft ankämpfen müssen, seit sie vor ein paar Wochen an seine Tür geklopft hatte. Überraschend deshalb, weil er sich in der Regel zu Frauen hingezogen fühlte, die ... polierter waren, sozusagen. Frauen mit modernen Haarschnitten und perfektem Make-up, die ihre Körper in provokanten Kleidern zur Schau trugen.

Emily sah meistens sehr natürlich aus. Normalerweise trug sie Jeans und T-Shirt und ihr Haar war zusammengebunden. Sie trug selten Make-up, doch das hatte sie auch nicht nötig. Ihr Äußeres ließ sie sehr zugänglich erscheinen. Bodenständig.

Ihr leicht zerknitterter Look brachte ihn dazu, darüber zu sinnieren, wie sie wohl aussah, nachdem sie Liebe gemacht hatte, oder früh morgens im Bett nach dem Aufwachen.

Fletch bewegte sich und stöhnte. Er konnte jetzt wirklich keinen Ständer gebrauchen. Er grinste, doch der Gedanke daran, was für ein Anblick sie erwarten würde, wenn sie zurück in die Garage kam, reichte aus, um seine Erektion abflachen zu lassen.

Fletch beschloss genau in diesem Moment, dass er Emily besser kennenlernen wollte. Es war wahrscheinlich nicht klug, sich mit einer Mieterin einzulassen, doch zum Teufel damit. Irgendetwas in seinem Inneren drängte ihn dazu herauszufinden, ob er eine Beziehung mit Emily eingehen konnte. Er verließ sich oft auf seinen Instinkt. Er hatte ihm schon mehr als einmal das Leben gerettet. Und gerade jetzt sagte ihm sein Instinkt, dass Emily genau die Art von Frau war, die verstehen würde, wer er war und was er beruflich tat.

Zufrieden mit seiner Entscheidung machte sich Fletch wieder an die Arbeit an seinem Auto, pfiff glücklicher, als er seit langer Zeit gewesen war, vor sich hin und dachte darüber nach, wie er sich Emily am besten nähern konnte. Er war voller Vorfreude darauf, dass er ihr bald den Hof machen würde.

Emily küsste Annie auf die Stirn und klappte die neueste Episode von *Die Eisenbahnkinder*, die sie ihr vorgelesen hatte, zu. Sie hielt jede Woche bei der Bibliothek an und lieh sich genügend Bücher aus, damit sie ihre Tochter eine Woche lang unterhalten konnte.

»Mommy, warum darf Fletch seine ganzen Arme bemalen und ich nicht?«

Emily unterdrückte ein Lächeln und versuchte, ein ernstes Gesicht zu machen. »Das sind Tätowierungen, Süße, und die sind dauerhaft. Das sind keine Zeichnungen.«

»Er hat so viele. Wie hat er sie denn dauerheft gemacht?«

»Dauerhaft. Das bedeutet, dass sie nicht mehr weggehen. Sie werden mit einer Nadel gemacht.« Emily versuchte, den Prozess so unangenehm wie möglich zu beschreiben, weil sie wusste, dass ihre Tochter Nadeln nicht ausstehen konnte. »Die Nadel wird in die Farbe getaucht und dann immer wieder in die Haut gestochen, bis die Zeichnung unter der Haut ist und sie nicht mehr weggewischt werden kann.«

»Eine Nadel?«, fragte Annie voller Schrecken.

Emily nickte mit ernster Miene.

»Igitt. Warum?«

»Manche Leute lassen sie sich als Verzierung machen, andere benutzen sie als eine Möglichkeit, sich auszudrücken.«

Annie verzog ihr Gesicht. »Die, die er hat, sind schön, aber ich verstehe es nicht.«

Emily musste ihrer Tochter recht geben, Fletchs Tattoos *waren* schön, doch das würde sie nie zugeben. Sie wechselte das Thema. »Erinnerst du dich daran, worüber wir heute Abend gesprochen haben?«

»Mhm.«

»Was?«

»Dass ich nie jemanden in unsere Wohnung lassen darf. Dass es *unser* Haus und unser sicherer Ort ist.«

»Genau, Süße. Und was ist mit der Haustür?«

»Dass ich immer die Tür hinter mir abschließen soll, wenn ich reinkomme. Und dass ich meine Spezialkette anbringen soll.«

»Gut. Und warum sollst du das tun?«

»Weil das unser Haus ist und niemand reinkommen darf, außer wir bitten ihn herein.«

Emily nickte. »Ja. Ich will nicht, dass du Angst vor Menschen hast, mein Schatz, aber es gibt auch schlechte Leute auf dieser Welt, die sich Dinge nehmen wollen, die ihnen nicht gehören.«

»Zum Beispiel Räuber?«

Emily nickte, war sich jedoch bewusst, dass ihre Tochter nicht wirklich verstand, was sie meinte. »Genau, wie Räuber. Wenn wir hier in unserer Wohnung sind, sind wir sicher vor Räubern. Es ist unser Zuhause.«

»Und wie die gruseligen Männer, da, wo wir vorher gewohnt haben ... richtig, Mommy?«

Emilys Augen wurden feucht. Sie küsste den Kopf ihrer Tochter, um ihre Gefühle vor ihrem kritischen Blick zu verbergen. »Ja, Annie, wie die gruseligen Männer, da, wo wir vorher gewohnt haben. Aber sie sind nicht hier.

Es ist einfach nur eine gute Angewohnheit, die Tür hinter sich zu verriegeln. Stimmt's?«

»Stimmt, Mommy. Aber Fletch ist nicht gruselig.«

»Nein, das ist er nicht. Aber du solltest ihn wirklich nicht stören, wenn er arbeitet, Annie. Vielleicht mag er es nicht, wenn du ihn unterbrichst.«

»Er sagte, dass seine Freunde ihn Fletch nennen. Ich gehöre auch zu seinen Freunden. Es macht ihm nichts aus, wenn ich ihn unterbrechte.«

Emily neigte sich zu ihrer Tochter und küsste sie wieder. »Ich hab dich lieb, Annie.«

»Ich hab dich auch lieb, Mommy.«

»Schlaf gut.«

»Okay, du auch.«

Emily zog die Decke auf der Seite des Bettes, auf dem ihre Tochter schief, hoch. Sie teilten sich manchmal das Doppelbett. Annie gefiel es, eingewickelt zu schlafen, deshalb schlang sie die Decke fest um ihren Körper und warf dann ihre eigene Decke über sich, als sie zu Bett ging. Meistens schlief Emily jedoch auf der Couch, damit sie Annie nicht störte, wenn sie spät zu Bett ging. Sie machte die kleine Nachttischlampe an, die sie auf einem Flohmarkt für einen Dollar erstanden hatte, verließ das Zimmer und schloss die Tür hinter sich.

Sie wanderte in dem kleinen Wohnzimmer herum, wischte die Theke in der Küche und wusch ein paar Teller ab, die in der Spüle lagen. Sie steckte ein paar Cracker in eine kleine Tüte, legte einen Apfel dazu und bereitete für Annies Mittagessen am nächsten Tag ein Sandwich vor. Sie schaute auf die letzten beiden Äpfel, die auf der Theke lagen, und schüttelte den Kopf. Sie musste sie für Annie aufsparen. Emily wusste, dass sie am Ende der Woche ihr Gehalt bekommen und in der Lage sein würde, ihnen beiden einen Leckerbissen zu gönnen.

Ihr knurrte der Magen – sie war eigentlich immer hungrig, aber es stand außer Frage, dass sie ihrer Tochter etwas wegessen würde. Stattdessen ging sie zu dem kleinen Schrank im Flur und zog eine Decke heraus. Sie ging zur Couch, legte sich hin und machte es sich mit der flauschigen Decke gemütlich, die sie letztes Jahr auf dem Trödelmarkt der Kirche gefunden hatte. Sie schaltete den kleinen Fernseher ein, den Fletch irgendwann, nachdem sie sich die Wohnung zum ersten Mal angesehen hatte, in die Wohnung gestellt hatte.

Er hatte eine Notiz hinterlassen, auf der stand: *Hatte einen Fernseher, den ich nicht brauche. Ist an meine Satelliten-schüssel angeschlossen. Gebührenfrei. Viel Spaß. F.*

Sie dachte an Fletch. Er hatte sie überrascht. Sie war zu abgestumpft geworden, seit Annies Vater sie verlassen hatte, und scherte alle Soldaten über einen Kamm. Das hatte sie sich angewöhnt, als sie nach Annies Geburt allein und pleite gewesen war. Doch ihr neuer Vermieter war anders. Während der wenigen Wochen, die sie nun schon in seinem Haus wohnten, hatte er sich immer bemüht, mit Annie zu sprechen und mit ihr zu kommuni-zieren, anstatt nur abwesend zuzuhören.

Er war nicht nur nett zu ihrer Tochter, er gab auch *ihr* seine volle Aufmerksamkeit. Er schaute sie an, als ob ihm gefiele, was er sah … was lange nicht mehr passiert war. Emily fühlte sich zum ersten Mal seit Ewigkeiten wieder fraulich. Und es fühlte sich echt an. Sie lief zwar nicht in provokativer Kleidung herum und es konnte sein, dass sie Fletchs Signale falsch interpretierte. Es war schon eine ganze Weile her, seit sie überhaupt daran gedacht hatte, zu flirten oder die Aufmerksamkeit eines Mannes auf sich zu lenken. Sie hatte sich daran gewöhnt, einfach Tag für Tag ihr Leben zu meistern und alles um sich herum und jeden außer Annie zu ignorieren.

Aber Fletch brachte sie dazu, es zu versuchen. Sie wollte sich für ihn hübsch machen. Sie lächelte vor sich hin. Fletch sah gut aus. Er war muskulös und kräftig gebaut, und sie stellte sich vor, wie sie ihre Finger durch sein langes Haar, das sich in seinem Nacken zusammenrollte, gleiten ließ und leicht daran zog, während er ihre Lippen verschlang.

Herrgott, es war schon so lange her, dass sie irgendwelche sexuellen Gefühle gehabt hatte, dass es sie fast überraschte, doch es fühlte sich gut an. Es war wahrscheinlich nicht klug, sich überhaupt mit jemandem einzulassen, der ihre Miete bestimmte und sie jederzeit rausschmeißen konnte, doch sie konnte es sich nicht verkneifen, darüber nachzudenken. Sie würde ihm wahrscheinlich auf jeden Fingerzeig hin gehorchen.

Sie wand sich auf der Couch, während sie an Fletch dachte. Sie hatte schon lange keinen Mann mehr gehabt, doch das bedeutete nicht, dass sie keinen gesunden Sexualtrieb hatte. Langsam ließ Emily die Hand an ihrem Bauch entlanggleiten, unter den elastischen Bund ihrer Hose. Sie schloss die Augen und stellte sich eine ihrer Lieblingsszenen aus einem Liebesroman vor, den sie einmal gelesen hatte, und überlagerte sie mit Fletchs Gesicht, seinen Händen und seinem Körper.

Sie lag nackt auf einem riesigen Bett und Fletch stand daneben, ebenfalls nackt. Im Buch beugte der Mann sich über die Heldin, leckte sie bis zum Orgasmus und nahm sie dann von hinten. Doch in ihrem Kopf nahm Fletch seinen beeindruckenden Schwanz in die Hand, streichelte sich selbst und ermutigte sie, dasselbe zu tun.

Emily ließ die Finger über ihre feuchten Falten gleiten, während sie sich vorstellte, dass Fletch ihr beteuerte, wie schön sie sei und dass er es kaum erwarten konnte, in sie einzudringen. Sie ließ ihre Finger schneller über ihre Klitoris wandern und stöhnte, während sie sich vorstellte, wie Fletchs blaue Augen auf das fixiert waren, was sie tat.

Es dauerte nicht lange, bis Emily stimuliert und bereit war. Die heißen Wellen des Orgasmus kamen schnell und sie stöhnte leise, als sie den Höhepunkt erreichte, damit sie Annie nicht aufweckte. Ihr Becken bebte und sie streichelte sich leicht, um die köstlichen Gefühle zu verlängern, und Emily stellte sich Fletchs Orgasmus vor, wie seine Hand sich um sich selbst straffte, während er stöhnte, da es ihn ebenfalls bis zur Spitze trieb, ihr dabei zuzusehen, wie sie ihren eigenen Höhepunkt erlebte.

Seufzend ließ sie die Hand sinken und räkelte sich gesättigt. Sie hatte zwar keinen Freund, wusste aber trotzdem, wie sie sich befriedigen konnte. Das tat sie schon seit langer Zeit und bisher hatte es sich immer großartig angefühlt. Aber heute Abend war es anders. Wahrscheinlich weil es Fletch gewesen war, den sie sich vorgestellt hatte, anstatt eines namenlosen Unbekannten. Aber ein Typ wie er konnte unmöglich Single sein. Und wenn er es war, musste etwas mit ihm nicht stimmen.

Emily versuchte, ihren sexy Vermieter aus ihren Gedanken zu verbannen. Es brachte nichts, sich etwas zu wünschen, das nicht klug war und wahrscheinlich sowieso nie passieren würde. Sie könnte von ihm träumen, aber das war es dann auch.

Emily schlief auf dem Sofa ein und träumte davon, wie sie von einem Mann mit prallen Muskeln und einem sexy Lächeln auf ein Bett geworfen wurde und dann Liebe mit ihm machte ... und sich zum ersten Mal seit langer Zeit sicher fühlte.

KAPITEL DREI

»Wer ist da?«, rief Emily durch die geschlossene Tür.

»Fletch.«

Allein wenn sie seine Stimme hörte, fing ihr Herz an, schneller zu schlagen. Sie versuchte, sich unter Kontrolle zu behalten, damit sie ihm nicht um den Hals fiel, sobald sie die Tür öffnete. Emily entfernte die beiden Ketten, schob den Riegel zurück und öffnete die Tür. »Hey Fletch.« Sie versuchte, ruhig und beherrscht zu klingen, obwohl sie sich innerlich wie ein aufgeregter Teenager fühlte, glücklich darüber, ihren Schwarm zu sehen.

»Hallo.«

»Was gibt's?«

»Zwei Dinge.« Fletch redete nicht lange um den heißen Brei herum. »Ich habe etwas für Annie mitgebracht.«

Emily schaute auf Fletchs Hände und sah, dass er eine Tüte hielt.

»Es hat mir gefallen, in den letzten Wochen Zeit mit

ihr zu verbringen. Und dann habe ich das hier gesehen und an sie gedacht.«

»Oh ... ähm ...« Emily war nicht sehr begeistert davon, dass ein Mann, den sie kaum kannte, ihrem kleinen Mädchen Geschenke machte.

Als sie nicht nach der Tüte griff, legte Fletch sie neben der Tür auf den Boden. »Und außerdem wollte ich Ihnen sagen, dass ich für eine Weile die Stadt verlassen werde.«

»Oh, okay.«

»Ich habe den Schlüssel mitgebracht und hoffe, dass Sie immer noch bereit sind, auf das Haus aufzupassen und sicherzustellen, dass alles in Ordnung ist, und die Post reinzubringen.« Er zog einen Schlüsselanhänger aus seiner Tasche, an dem ein einzelner Schlüssel baumelte.

»Natürlich. Ich helfe gern«, sagte Emily.

»Mommy!«, ertönte es aus der Wohnung. »Beeil dich! Ich kann nicht so schnell lesen wie du und will wissen, was passiert!«

Die Erwachsenen lächelten über die Ungeduld in Annies Stimme. Emily drehte den Kopf und rief ihrer Tochter zu, ohne jedoch darüber nachzudenken, dass dieses Verhalten nicht sehr damenhaft war, während Fletch vor ihr stand. »Immer mit der Ruhe! Ich bin gleich da!«

Fletch grinste noch breiter. Emily und ihre Tochter waren liebenswert.

Emily trat aus der Wohnung, schloss die Tür hinter sich und streckte die Hand aus, um den Schlüssel in Empfang zu nehmen. »Irgendwelche besonderen Anweisungen?«

»Ja, ich habe ein Alarmsystem. Wenn Sie das Haus betreten, müssen Sie den Code eingeben, sonst kommt innerhalb von ein paar Minuten die Polizei.«

Emily lachte nervös. »Oh, okay. Obwohl ich gestehen muss, dass ich keine Ahnung von Alarmanlagen habe. Sie machen mich nervös und dann gebe ich natürlich immer den falschen Code ein, oder ich gebe ihn nicht schnell genug ein oder was auch immer. Ich darf PX nicht mehr auf- oder zuschließen, weil ich zu oft den Alarm ausgelöst habe und meinem Chef endlich klar wurde, dass ich ein hoffnungsloser Fall bin.«

Fletch grinste die zappelige Frau an. Sie trug eine schwarze Yogahose und ein lilafarbenes Trägerhemd. Sie flirtete nicht mit ihm und versuchte nicht, seine Aufmerksamkeit auf sich zu lenken. Vielleicht lag es genau *daran*, dass er sie ihr doch schenkte. Sie war schlank, hatte jedoch an den richtigen Stellen Kurven. Er stellte sich vor, wie er seine Hand von ihrem Bauch zu ihren Brüsten gleiten ließ und –

Er schüttelte den Kopf. Weder der richtige Zeitpunkt noch der richtige Ort. Er hatte einen Einsatz, auf den er sich vorbereiten musste, und konnte sich solche Gedanken nicht leisten. Fletch räusperte sich und versuchte, sie zu beruhigen.

»Es ist ganz einfach. Möchten Sie rüberkommen, damit ich Ihnen zeigen kann, wie es funktioniert? Oder ich schreibe Ihnen den Code auf und Sie sehen sich später alles an.«

»Ich glaube, ich komme besser jetzt. Sonst verliere ich am Ende noch den Zettel oder finde die Tastatur nicht, wenn ich ins Haus gehe.« Sie drehte den Knauf, öffnete die Tür und rief Annie zu, erneut, ohne sich Gedanken darüber zu machen, dass Fletch neben ihr stand. »Annie! Ich muss kurz nach nebenan gehen. Komm und schließ die Tür hinter mir!« Emily wusste, dass das wahrscheinlich übertrieben war, da sie nur für ein paar Minuten zu Fletchs Haus ging, doch sie hatte es sich in der anderen Wohnanlage zur Gewohnheit gemacht, jedes Mal die Tür zu verriegeln, wenn sie die Wohnung verließ. Es war schwierig, sich das abzugewöhnen.

Sie warteten und hörten, wie kleine Füße zur Tür liefen, und sofort jammerte Annie: »Ich will auch kommen!«

»Es dauert nur eine Minute, Süße, du kannst hierbleiben ...«

»Ich will auch koommeen!«

»Ann Elizabeth Grant«, warnte Emily ihre Tochter mit strenger Stimme.

Annie öffnete die Tür, steckte den Kopf heraus und schaute Fletch an. »Ich will mitkommen, Fletch. Bitte!«

Fletch sah Emily an. Er würde ihr natürlich nie vor ihrer Tochter widersprechen, doch er warf ihr einen Blick zu, der ihr hoffentlich sagte, dass er nichts dagegen hatte, wenn das kleine Mädchen sie begleitete.

Emily lachte und schüttelte den Kopf. »Großer Gott, was für ein Hundeblick. Gut, Annie, du kannst mitkommen, aber du darfst in Mr. Fletchers Haus nichts anfassen.«

»Juchhu!«

»Zieh dir deine Turnschuhe an. Du brauchst dich nicht weiter anzuziehen, wir werden nicht lange weg sein.«

»Okay! Bin gleich wieder da. Geht nicht ohne mich!«

Emily lächelte, als ihre Tochter in die Wohnung lief, um ihre Schuhe zu holen. Sie drehte sich um und schaute Fletch an. »Danke, dass sie mitkommen darf. Wir werden nicht lange bleiben. Geben Sie mir einfach den Code und zeigen Sie mir, was ich tun muss, und dann sind wir wieder verschwunden. Sie haben sicher eine Menge Dinge zu erledigen, bevor Sie morgen abreisen.«

Fletch log: »Nein, ich habe nicht zu viel zu tun. Es ist in Ordnung.« Eigentlich gab es Befehle, die er prüfen musste, Karten, die studiert werden wollten, und außerdem war es seine Aufgabe, einen Aktionsplan zu erarbeiten, da alle Jungs im Delta Force-Team an diesem Einsatz beteiligt waren. Am nächsten Morgen würden sie sich gegenseitig ihre Pläne erläutern und die beste Vorgehensweise bestimmen. Doch er ließ es sich nicht nehmen, ein paar Minuten mit Emily und Annie zu verbringen. Sie munterten ihn immer auf.

Annie kam angerannt und stolperte fast über die Tüte, die neben der Tür auf dem Boden lag. »Was ist das?«, fragte sie mit kindlicher Neugier.

»Das ist für dich«, sagte Fletch, hob die Tüte auf und streckte sie ihr entgegen.

Annie griff nicht danach, sondern schaute ihre Mutter an, so wie es ihr beigebracht worden war. Das kleine Mädchen griff erst nach der Tüte, die Fletch ihr entgegenhielt, nachdem Emily zustimmend genickt hatte.

Sie öffnete sie und schaute hinein. Fletch hätte schwören können, dass ihre Augen auf die dreifache

Größe anwuchsen. Sie schaute zu ihm auf. »Für mich? *Wirklich*? Es ist nicht mal mein Gebur-Tag.«

»Ja, Knirps. Für dich. Ich weiß nicht, wann dein Geburtstag ist, aber ich habe sie gesehen und dachte mir, dass sie dir gefallen würden. Das ist aber eine Ausnahme. Du bekommst nicht jeden Tag ein Geschenk. Es ist ein Willkommensgeschenk.«

Annie kniete sich hin, griff in die Tüte und zog zwei Päckchen heraus. Es waren G.I. Joe-Puppen. Fletch hatte sie an diesem Morgen in einem Laden gesehen und an Annie gedacht. Er hatte sich gedacht, dass ihr genau so etwas gefallen würde. Es waren zwar Puppen, aber Fletch nahm an, dass die Militäroutfits Annie davon ablenken würden, dass sie vorher nie mit Puppen hatte spielen wollen.

Annie legte sie ehrfürchtig auf den Boden und betrachtete sie. Sie strich mit den Fingerspitzen über die Verpackung der einen Schachtel und schaute zu ihrer Mutter hoch. »Mommy, sie sind *neu*.«

»Das sehe ich, Süße.«

»*Ganz neu*«, sagte Annie erneut, beugte sich vor und legte ihr Gesicht direkt neben das Päckchen, als ob sie mit dem Plastiksoldaten im Inneren sprechen würde. »Hallo, Soldat. Ich bin Annie.«

Fletch schaute dem kleinen Mädchen verwirrt zu. Er hatte noch nie jemanden gesehen, der so wie Annie ein Geschenk in Empfang genommen hatte. Es war rührend, süß ... und zugleich traurig. Die meisten Kinder würden vergnügt die Verpackung aufreißen, um zu den Spielsachen zu gelangen, doch Annie schien es nicht eilig zu haben, sie auszupacken. Sie schaute die eine Puppe in der Verpackung an, als ob sie kostbar und zerbrechlich wäre.

»Annie, willst du immer noch mitkommen? Oder willst du hier bei deinen neuen Spielsachen bleiben?«, fragte Emily sanft.

Das kleine Mädchen schaute auf und antwortete sofort. »Mit dir und Fletch. Könnt ihr auf mich warten? Ich will sie reinbringen, damit sie sicher sind und nicht schmutzig werden.«

»Natürlich, Süße. Geh schon, wir warten. Lass dir Zeit.«

Fletch beobachtete, wie Annie sorgfältig das eine Päckchen aufhob und es wieder in die Tüte steckte. Dann tat sie dasselbe mit dem anderen. Sie stand auf und verschwand wieder in der Wohnung.

»Woher wissen Sie, dass sie Militärfiguren mag?«, fragte Emily.

Fletch zuckte mit den Schultern und schob die Hände in die Hosentaschen. »Sie hat es mir letzte Woche erzählt.«

Emily wollte gerade erklären, warum Annie so begeistert von der Tatsache war, dass die Spielsachen neu waren, doch Annie kam zurück, bevor sie überhaupt darüber nachdenken konnte, wie sie das erklären sollte.

Das kleine Mädchen ging direkt zu Fletch und schlang die Arme um dessen Oberschenkel. Sie drückte fest zu. »Danke, Fletch. Dankedankedankedanke.«

Fletch strich mit der Hand über Annies Kopf. »Gern geschehen, Knirps.«

Er stand einen Moment lang unbeholfen da und spürte, wie sich sein Herz aufgrund von Annies süßer

Zuneigung auftat. Schließlich drängte Emily ihre Tochter: »Komm, lass uns gehen, es ist bald Schlafenszeit, Annie.«

Das kleine Mädchen schaute zu Fletch hoch und nickte abwesend. »Das ist das Beste, was ich je bekommen habe. Danke.«

Fletch nickte und dachte für sich, dass es irgendwie traurig war, wenn die G.I. Joe-Figuren, die zehn Dollar gekostet hatten, das Beste waren, was Annie jemals bekommen hatte. Er wollte herausfinden, wie er sie weiterhin etwas verwöhnen konnte, natürlich ohne Emilys Gefühle zu verletzen. Wenn sie es sich nicht leisten konnte, ihrer Tochter neue Spielsachen zu kaufen, wollte er sie auf keinen Fall verärgern. Sie waren ihm beide wichtig ... besonders Emily. Er wollte sie am liebsten in die Arme nehmen und festhalten.

Das Trio ging über den Hof in Richtung Haus. Annie befand sich in der Mitte und hielt mit der einen Hand die Hand ihrer Mutter, mit der anderen Fletchs Hand fest. Sie plapperte fröhlich drauflos und schien wieder sie selbst zu sein. Sie betraten das Haus und Fletch zeigte Emily, wo sich die Tastatur für die Alarmanlage befand. Er verriet ihr nicht, dass das Alarmsystem nicht nur die örtliche Polizeiwache alarmierte, sondern auch ein paar andere besondere Leute, die Fletch kannte und denen er vertraute, darunter Tex in Pennsylvania.

»Der Code ist zwei-sechs-vier-drei-sieben. Wenn Sie reinkommen, müssen Sie diese Zahlen eingeben und dann den grünen Knopf drücken. Das entschärft den Alarm. Wenn Sie gehen, müssen Sie wieder die gleichen

Zahlen eingeben und den roten Knopf drücken. Nachdem Sie den Code eingegeben haben, haben Sie eine Minute Zeit, um das Haus zu verlassen, und umgekehrt, wenn Sie das Haus betreten. Wenn Sie längere Zeit bleiben wollen – um sich einen Film anzuschauen oder was auch immer –, drücken Sie die gleichen Zahlen, zwei-sechs-vier-drei-sieben, und die gelbe Taste. Das wird den Alarm einschalten, jedoch ohne die Bewegungsmelder im Inneren zu aktivieren, sodass Sie sich frei bewegen können, ohne sich Gedanken darüber machen zu müssen, den Alarm auszulösen. Alles klar? Wollen Sie es mal versuchen?«

»Äh ... ja, obwohl ich immer noch nicht denke, dass das eine gute Idee ist. Ich wusste nicht, dass Sie Bewegungsmelder haben.«

Fletch schaute zu, wie Emily nervös die Zahlen eintippte und den Alarm einschaltete. Dann gab sie die gleichen Zahlen ein und drückte den grünen Knopf, um ihn auszuschalten.

»Genau so. Ganz einfach. Habe ich Ihnen doch gesagt.«

»Wenn ich mich an die Zahlen erinnern kann«, scherzte Emily.

»Es ist einfach, Mommy«, sagte Annie. »Es ist mein Name.«

»Was?«

»Mein Name. Zwar etwas falsch geschrieben, aber es könnte immer noch mein Name sein.«

Fletch ging in die Hocke, damit er Annie in die Augen schauen konnte. »Wie buchstabiert man ihn denn, Knirps?«, fragte Fletch, um sie aufzumuntern.

»A-N-I-E-S, als würde es mir gehören, einfach mit nur einem N statt zwei.«

»Wovon redest du, Annie?«, fragte Emily verwirrt.

Annie schaute Fletch an und flüsterte: »Wie die Rauchzeichen der Indianer ... es ist ein Code. Das haben wir in der Schule gelernt.«

»Die Rauchzeichen der Navajos?«

»Mhm.«

»Verrätst du mir diesen geheimen Code?«

Annie nickte feierlich. »Es ist der Telefon-Code.«

Fletch schaute in Annies blaue Augen. Sie hatte sich vertrauensvoll an ihn gelehnt. Genau in diesem Moment erkannte er, wie klug Emilys kleines Mädchen *wirklich* war. »Der Telefon-Code. Ja, du hast recht. Genau der ist es.«

»Könnte mich einer von euch beiden einweihen?« Während sie den gut aussehenden Mann beobachtete, der sich erneut hingekniet hatte und sich ganz normal mit ihrer Tochter unterhielt, bekam sie Herzklopfen und wünschte sich Dinge, die vermutlich nur Träume waren.

»Sollen wir sie in den Geheimcode einweihen?«, fragte Fletch spielerisch und zwinkerte Annie zu.

Sie kicherte. »Ja, sie ist ja meine Mommy, ich denke, wir können es ihr sagen.«

Fletch nickte einvernehmlich. »Ja, Geheimnisse vor Mommy zu haben ist keine gute Sache.« Er schaute zu Emily hoch. »Der Telefon-Code. Jeder Zahl auf dem Telefon sind bestimmte Buchstaben zugewiesen. Zum Beispiel A, B und C der Zahl zwei. D, E und F der Zahl drei, und so weiter.«

Annie machte dort weiter, wo Fletch aufgehört hatte.

»Ja, und G, H und I der Vier. Deshalb können die Zahlen des Codes zwei-sechs-vier-drei-sieben viele Dinge buchstabieren, aber eines davon ist ›Anies‹ ... mit einem N anstatt zwei.«

Emily schaute verblüfft zu ihrer Tochter hinunter. Großer Gott, sie würde sie wohl bald in eine Schule für Begabte schicken müssen.

Fletch zerzauste Annie das Haar, während er sich erhob. »Du bist ganz schön schlau.«

»Ich weiß«, erwiderte Annie und lächelte.

»Ich habe es bereits erwähnt und meine es ernst«, sagte Fletch zu Emily, »bitte kommen Sie einfach vorbei, wenn Sie sich einen Film anschauen wollen. Sie können die Post auf den Tresen in der Küche legen. Ich glaube, den Code werden Sie *jetzt* sowieso nicht mehr vergessen, nicht wahr?«

»Nein, das glaube ich kaum«, stimmte Emily zu, immer noch ein wenig schockiert über den Beweis dafür, wie klug ihre Tochter tatsächlich war.

»Gut. Sie können diesen Schlüssel behalten, damit Sie immer einen haben, wenn Sie ihn brauchen. Kommen Sie, ich bringe Sie zu Ihrer Wohnung zurück.«

»Das ist nicht nötig, sie liegt ja gleich gegenüber.«

»Ich bringe Sie zurück.«

Annie nahm Fletchs Hand und zog ihn zur Tür. »Beeil dich, Mommy, ich will zurück in die Wohnung und mir meine Spielsachen ansehen!«

Sie durchquerten den Hof und gingen die Treppe hinauf zu der kleinen Wohnung über der Garage. Emily schloss die Tür auf und Annie stürmte hinein, ohne sich von Fletch zu verabschieden, voller Freude, wieder zu ihren neuen Spielsachen zurückkehren zu können.

Es war Fletch nicht entgangen, dass Annie verkündet hatte, wieder in ihr Zimmer zu wollen, um ihre neuen Spielsachen *anzuschauen*, nicht um mit ihnen zu spielen. Das war keine Verwechslung der Wörter gewesen. Es war ihm während der letzten Wochen aufgefallen, dass Annie meistens sagte, was sie meinte.

»Nochmals vielen Dank für das Geschenk, es gefällt ihr«, sagte Emily zu Fletch.

»Gern geschehen.«

»Wie lange werden Sie weg sein? Soldaten haben oft monatelange Einsätze, nicht wahr?«, fragte sie.

»Ja, aber ich bin Mitglied einer speziellen Gruppe, nicht eines Zuges oder einer Einheit. Ich kann nicht wirklich viel darüber erzählen, tut mir leid. Ich weiß nicht genau, wie lange wir dieses Mal weg sein werden. Unsere Einsätze dauern manchmal nur einen Tag, sie können aber auch langfristig sein, bis zu einem Jahr. Ich bin aber ziemlich sicher, dass dieser hier kurz sein wird, vermutlich ungefähr eine Woche.«

Emily schnappte nach Luft. »Ein Jahr? Wirklich?«

»Ja, obwohl ich noch nie einen hatte, der so lange gedauert hat.«

»Oh. Okay.«

»Werden Sie beide sich hier zurechtfinden?«

»Ja, uns geht es großartig. Die Wohnung ist perfekt für uns. Sie gefällt mir.«

»Gut. Ich weiß es zu schätzen, dass Sie sich um alles kümmern, während ich weg bin.«

»Wer hat sich in der Vergangenheit um Ihr Haus gekümmert?«

»Freunde haben nach der Arbeit ab und zu vorbeigeschaut«, sagte Fletch.

»Ah. Okay, nun, ich hole gern Ihre Post und sehe nach dem Rechten.«

»Danke. Wir sehen uns, wenn ich zurück bin.«

»Ja, klingt gut.«

»Passen Sie gut auf sich und Annie auf, während ich weg bin.«

Diese Worte überraschten sie, doch sie gaben ihr ein gutes Gefühl. »Das werde ich. Machen Sie sich keine Sorgen um uns, es wird schon alles schiefgehen. Passen Sie auf *sich* auf. Okay?«

»Das werde ich, danke. Bis bald.«

»Bis dann.« Emily schloss die Tür hinter Fletch und lehnte sich dagegen. Sie hatte keine Ahnung, wie zum Teufel sie es schaffen sollte, in Zukunft ihre Finger von ihm zu lassen. Er war äußerst attraktiv. Doch so sehr sie auch hoffte, dass er den ersten Schritt machen würde, war er offenbar immun gegen sie. Und sie war aus der Übung, was das Flirten anging. Sie liebte Annie von ganzem Herzen, doch das kleine Mädchen war in dieser Hinsicht keine gute Rückendeckung.

Nun ja. Sie würde versuchen, Fletch nach seiner Rückkehr mit etwas Charme aus der Reserve zu locken. Das war wahrscheinlich nicht sehr klug und es konnte sein, dass sie sich zum Narren machte, doch Fletch war so verdammt sexy und es war viel zu lange her, seit sie sich überhaupt zu einem Mann hingezogen gefühlt hatte.

In der Zwischenzeit würde sie weiterhin von ihm träumen.

***

Fletch schloss die Tür hinter sich und schaltete die Alarmanlage ein. Er überprüfte die Monitore und beobachtete, wie die Lichter in der Wohnung gegenüber ausgingen. Er seufzte. Es fiel ihm schwer, sich von Emily fernzuhalten. Sie schien alles zu sein, was er an einer Frau mochte. Fleißig, mitfühlend, gut aussehend ... und sie war eine tolle Mutter. Das war offensichtlich. Er hatte sich dabei ertappt, wie er sich immer öfter vorstellte, wie er ihr die Kleider vom Körper streifte und sie ihn leidenschaftlich anschaute, während er ihren Körper liebkoste.

Erst neulich hatte er einen Traum gehabt, in dem er über ihr gestanden und beobachtet hatte, wie sie sich selbst streichelte. Das war verdammt heiß gewesen und er hätte nicht gedacht, dass ihn das so antörnen würde. Doch als er aufwachte, war seine Erektion so hart, dass er tatsächlich den Kopf drehte, um zu sehen, ob es vielleicht doch kein Traum gewesen war. Leider lag er alleine in seinem Bett. Fletch schloss sofort wieder die Augen und brachte das Bild zurück, das sein Unterbewusstsein erträumt hatte. Innerhalb weniger Minuten hatte er sich zum Orgasmus gebracht.

Die Gedanken an Emily wurden zu einer Art Besessenheit und Fletch wusste, dass er etwas dagegen unternehmen musste. Er war noch nie der Typ Mann gewesen, der nur dasaß und sich etwas wünschte. Er nahm sich, was er wollte – und er wollte Emily.

Und dann war da Annie. Fletch hatte sich nie als väterlichen Typ gesehen, doch als er die Ehrfurcht in den Augen des kleinen Mädchens wahrgenommen hatte, als sie die Militärpuppen sah, die er ihr mitgebracht hatte, wusste er, dass er diese immer wieder sehen wollte. Er wollte sie beschützen und alles in seiner Macht Stehende tun, um sie glücklich zu machen.

Doch wenn es um Beziehungen ging, konnte man sich nicht auf ihn verlassen. Sein Job war nicht nur extrem gefährlich, er hatte auch noch nie das Bedürfnis gehabt, für immer mit einer Frau zusammenzubleiben. Er hatte nie gewollt, dass ihn jemand so vereinnahmte, dass es seine Arbeit beeinflusste ... doch er befürchtete, dass es dafür zu spät war. Seine neue Mieterin ging ihm ganz schön unter die Haut.

Er wollte Emily *und* ihre Tochter für sich gewinnen, doch er musste es klug angehen und sich Zeit lassen. Sobald Fletch von dem bevorstehenden Einsatz zurückkam, würde er den ersten Schritt machen und sehen, ob Emily überhaupt an ihn gedacht hatte. Er wollte, dass es trotz all der Fallstricke irgendwie zwischen ihnen funktionierte. Er hatte schon lange nichts mehr so sehr gewollt, wie er Emily wollte.

KAPITEL VIER

Der Mann wartete ungeduldig und hielt sich am Ende der Einfahrt versteckt. Er wusste, dass der Arschlochsoldat und seine Freunde sich gerade auf einem Einsatz befanden, und es war Zeit, den zweiten Teil seines Plans in die Tat umzusetzen.

Er grinste und zog sich die schwarze Baseballmütze tiefer ins Gesicht, während er darauf wartete, dass die Frau nach Hause kam. Es war so einfach gewesen, den ersten Teil seines Plans zu entwerfen. Einer der Soldaten, mit denen er getrunken und gespielt hatte, arbeitete in dem Gebäude, in dem sich das Team oft zu Besprechungen traf. Als Gegenleistung dafür, dass einige seiner Spielschulden vergessen wurden, hatte er mehrere Wochen lang ihre zwanglosen Gespräche belauscht.

Die Gruppe war erstaunlich langweilig und sprach nie offen über irgendetwas im Zusammenhang mit Einsätzen, doch sie redeten über so ziemlich *alles*, was ihr Privatleben betraf. Der Informant hatte alle möglichen Details über die Gruppe an ihn weitergegeben, einschließlich wer auf welchen Singlebörsen Profile hatte und in welcher Bar sie am liebsten tranken.

Doch am nützlichsten war, dass Fletchs neue Mieterin arm wie eine Kirchenmaus war und nur fünfhundert Dollar Miete pro Monat bezahlte. Offenbar war Fletch ein leichtes Opfer, dem die dumme Frau und ihr Kind leidtaten.

Der Informant hatte behauptet, dass die Männer die ganze Zeit über die Dinge lachen, die die Tochter der Frau sagte und tat. Sie war eine Art verrücktes Genie.

Der Mann nahm seine Mütze ab, wischte sich mit seinem Unterhemd den Schweiß von der Stirn und setzte sie wieder auf.

Die Frau ist eine Schlampe.

Der Mann nickte und gab der Stimme in seinem Kopf recht. Das war sie. Alle Frauen waren Schlampen. Sogar seine Exfreundin hatte nur so getan, als ob sie ihn mochte, damit sie ihn ausnutzen konnte.

Sie wird schon noch bekommen, was sie verdient.

Er grinste. Ja. Dafür würde er sorgen. Er war schlau genug, immer nach etwas zu suchen, das er gegen jemanden verwenden konnte. Man konnte nie wissen, wann es nützlich sein würde. Und jetzt hatte er alle Informationen, die er brauchte, um mit dem zweiten Teil seines Plans zu beginnen.

Der Arschlochsoldat und sein gesamtes Team würden den Tag bereuen, an dem sie ihn und seine Mannschaft auf dem Schlachtfeld in Verlegenheit gebracht hatten. Niemand konnte ihm die Tour vermasseln und damit davonkommen. *Niemand.*

Als ein Auto in die Einfahrt einbog und in Richtung

Garage fuhr, bewegte sich der Mann leise und vorsichtig den Bürgersteig entlang und versteckte sich im Schatten der Bäume.

Emily fuhr in die Garage und seufzte müde. Es war ein langer Tag gewesen, aus irgendeinem Grund länger als die meisten. Vielleicht lag es an dem riesigen Schlussverkauf, den sie bei PX hatten, und an dem verrückten Getümmel, das mit solchen Anlässen immer einherging. Vielleicht lag es daran, dass sie Fletch vermisste. Nicht dass sie viel Zeit mit ihm verbracht hatte, und es war erst drei Tage her, seit er abgereist war, doch es beruhigte sie, nach Hause zu kommen und zu wissen, dass er sich gleich gegenüber aufhielt.

Oder vielleicht lag es an der Tatsache, dass Annie heute außergewöhnlich gesprächig war. Emily hatte sich vor langer Zeit geschworen, nie zu ihrer Tochter zu sagen, sie würde zu viel reden. Sie drückte sich einfach aus, das war, was Kinder eben taten. Doch es war nicht das erste Mal, dass sie sich wünschte, dass sie einfach den Mund hielt.

»Und dann hat John zu der Lehrerin gesagt, sie sei dumm!«, rief Annie, offensichtlich schockiert darüber, dass jemand es wagen würde, einem Erwachsenen zu widersprechen, ganz zu schweigen einer Lehrerin.

»Hat er das? Was ist dann passiert?«

»Nun, Mrs. O. hat gesagt, er solle es beweisen.«

Emily lächelte. Mrs. O. war eigentlich Mrs. Ogliaruso, da das für Sechsjährige jedoch ziemlich schwierig auszusprechen war, hatte sie ihren Schülern erlaubt, sie Mrs. O. zu nennen. Emily griff nach den beiden Plastiktüten mit Lebensmitteln, die auf dem Rücksitz lagen. Sie hatte sie sich bei der Arbeit geholt. Die Müsliriegel und der Brotlaib waren heruntergesetzt gewesen, da sie das Verfallsdatum überschritten hatten, und für die sechs Dosen Suppe hatte sie Rabatt bekommen, weil sie Dellen hatten. »Und? Konnte er beweisen, dass sie falschlag?«, fragte sie und wartete darauf, dass Annie aus der Garage ging, damit sie den Knopf, der die Türe schloss, drücken und selbst heraus eilen konnte.

»Nein. Er hat es aber versucht und als er es nicht geschafft hat, hat er geschmollt und einen Bleistift durch den Raum geworfen.«

»Oh, das klingt gefährlich.«

Annie nickte und schwang sich ihren G.I. Joe-Rucksack über die Schulter. »Das war es auch. Deshalb wurde er ins Büro des Direktors geschickt. Mrs. O. hat gesagt, dass er in Schwierigkeiten steckt, nicht weil er gesagt hat, dass sie sich irrt, sondern weil er Dinge herumgeworfen hat. Sie hat gesagt, dass es in Ordnung ist, die ... Atorität zu hinterfragen, aber nicht, auf Gewalt zurückzukeifen.«

»*Autorität* und auf Gewalt *zurückzugreifen*«, korrigierte Emily sie automatisch.

»Ja, das habe ich doch gesagt«, behauptete Annie unnachgiebig.

»Hallo.«

Die Stimme kam aus dem Nichts und Emily und Annie drehten sich beide überrascht um, während sich das Garagentor hinter ihnen schloss. Ein Mann stand nach Emilys Geschmack viel zu nahe bei Annie, und sie packte mit ihrer freien Hand ihre Tochter und schob sie hinter sich.

Emily hatte den Mann noch nie zuvor gesehen. Er hatte eine Art ... Hochmut an sich, die sie auch bei Fletch gesehen hatte, aber bei diesem Mann schien er anders zu sein. Fletch war selbstbewusst, jedoch auf beschützerische Weise. Er wusste, dass er stärker und gefährlicher als die meisten anderen um ihn herum war. Nicht ein einziges Mal hatte Emily das Gefühl gehabt, dass er ihr oder Annie gefährlich werden würde.

Doch dieser Mann war geltungsbedürftig, so wie Tyrannen es waren. Er hatte ein schiefes Grinsen im Gesicht, als ob er wüsste, dass sie Angst vor ihm hatte. Sein schwarzes Unterhemd war über seine muskulöse Brust gespannt und Emily konnte sehen, dass ein schwarzer Totenkopf auf seinen Unterarm tätowiert war. Er trug eine Tarnhose, wie sie sie jeden Tag bei der Arbeit sah, und eine Baseballmütze, die er sich tief in die Stirn gezogen hatte, was es schwierig machte, seine Augen zu erkennen. Es war offensichtlich, dass er ein Armeeangehöriger war. Emily kam zu dem Schluss, dass er hier sein musste, um Fletch zu sehen.

»Fletch ist nicht da.«

»Ich weiß.« Seine Antwort kam schnell und klang herausfordernd. »Ich bin hier, um Sie zu treffen, Emily.«

»Annie, geh nach oben.« Emily benutzte ihre autoritäre Stimme, der Annie immer sofort gehorchen musste. Man konnte es vielleicht Mutterinstinkt nennen; alles an diesem Fremden ließ Emily die Haare im Nacken zu Berge stehen. Emily hatte keine Ahnung, weshalb er ihren Namen kannte, doch ihr Beschützerinstinkt nahm

Überhand und sie wollte ihre Tochter so fern wie möglich von diesem Mann halten.

Annie nahm den Schlüssel, den ihre Mutter ihr reichte, drehte sich um und ging wortlos die Treppe an der Seite des Gebäudes hinauf.

»Sie ist hübsch.«

»Was wollen Sie?«, fragte Emily und versuchte, ihn von ihrer Tochter abzulenken.

»Interessante Frage. Die Sache ist die ... Emily ... Ihr Vermieter schuldet mir Geld.«

»Warum warten Sie nicht, bis er wieder zurückkommt und reden mit *ihm*«, antwortete Emily etwas sarkastisch. Es gefiel ihr nicht, dass dieser Mann ihren Namen kannte. Es gefiel ihr nicht, dass er sie damit hatte überraschen können. *Vor allem* gefiel ihr nicht, wie er Annie angeschaut hatte.

»Weil ich vor seiner Abreise mit ihm geredet habe und er mir versprochen hat, dass *Sie* mir das Geld geben würden.«

»*Wie bitte?*«

»Ja. Er hat gesagt, dass er Ihnen diesen Laden fast umsonst vermietet und dass Sie mir an seiner Stelle monatlich zurückzahlen würden, was er mir schuldet.«

Emily runzelte verwirrt die Stirn. Das klang überhaupt nicht nach etwas, das Fletch tun würde, doch sie kannte den Mann noch nicht lange und sie hatten sich eigentlich nur flüchtig unterhalten.

»Setz dich zu mir«, verlangte der Soldat, griff nach ihren Einkaufstüten und stellte sie sanft auf den Boden. »Solange du dich nicht aufregst und alles tust, was ich dir sage, passiert nichts. Verstanden?« Er nahm ihre Hand in seine, so als wäre er ihr Geliebter, doch anstatt sie zärtlich zu halten, drückte er fest zu und quetschte ihre Finger zusammen, bis es schmerzte.

Da sie nicht wusste, was der Mann wollte – und erst recht nicht, was er ihr oder Annie antun würde, wenn sie »sich aufregte« –, folgte sie ihm widerstandslos. »Wer bist du?«, fragte sie, während er sie zu einem großen Felsen neben der Einfahrt schleppte.

Der Mann drückte sie nieder und sie hatte keine andere Wahl, als sich hinzusetzen. Er drehte sie mit dem Rücken zum Haus und griff nach ihrer anderen Hand. Er hielt sie fest, während er sich vor ihr hinkniete.

»Das spielt keine Rolle. Es ist nur wichtig, dass Fletch mir einen Haufen Geld schuldet.«

»Davon weiß ich nichts ...«

»Du wirst mir zweihundert pro Woche bezahlen.«

Emily wich schockiert zurück. Zweihundert ... pro *Woche*? Es war unmöglich, diesen Betrag zusätzlich zu ihrer Miete, Lebensmitteln und Nebenkosten zu bezahlen. Außerdem konnte sie nicht glauben, dass Fletch ihr seine Schulden auflasten würde, egal wie verzweifelt er war. »Ich glaube dir nicht. Fletch würde niemals wollen, dass ich seine Schulden zurückzahle.«

»Ach nein? Er dachte sich schon, dass du das sagen würdest. Er weiß, dass du scharf auf ihn bist, aber du hast bei ihm keine Chance. Er findet es urkomisch, dass du denkst, er könnte sich überhaupt für dich interessieren. Neulich, als wir uns über deine Situation unterhalten haben, hat er mir erzählt, dass er nur fünfhundert Kröten Miete pro Monat von dir verlangt. Und dass du ihm gesagt hast, dass du mit dem Geld, das du sparst, dein

Sparkonto auffüllen willst. Wie viel hast du schon gespart? Tausend Kröten? Zwei? Er schuldet mir zwanzigmal so viel.

Dein Vermieter hat ein Spielproblem, Emily. Er schuldet mir eine Menge Geld und wenn du weiterhin mit deiner altklugen Tochter hier leben und vor den Übeltätern, die überall in der Stadt lauern, sicher sein willst, wirst du mich bezahlen.«

Emily wurde weiß im Gesicht, doch der Mann fuhr fort und schien zu genießen, wie sie litt.

»Und wenn du nicht bezahlst ... wenn du denkst, dass ich nur bluffe und du mit deinem Vermieter reden kannst, um alles zu klären ... um ihn dazu zu bringen, seine Schulden selbst zu bezahlen? Dann wird das Jugendamt einen Anruf über eine missbräuchliche Situation erhalten. Es wird erfahren, dass ein kleines Mädchen mit einem alleinstehenden Mann in einem Haus lebt, der die ganze Zeit mit seinen männlichen Freunden Partys feiert. Und dass es stundenlang alleine gelassen wird, während seine Mutter arbeitet.«

»Man würde dir nicht glauben«, sagte Emily in einem Ton, der nicht so selbstbewusst klang, wie sie wollte.

»Vielleicht. Vielleicht auch nicht. Aber es müsste trotzdem ermittelt werden. Und während das Jugendamt Missbräuche untersucht, werden die Kinder aus dem Haus geholt und in eine Pflegefamilie gesteckt. Möchtest du, dass deine Tochter in eine Pflegefamilie kommt, Emily?«

»Nein!«, rief Emily entsetzt. Allein der Gedanke, von Annie getrennt zu sein und nicht zu wissen, ob sie richtige Mahlzeiten erhielt oder ob sie lesen durfte, was sie wollte, brach ihr das Herz. »Natürlich nicht. Aber ich habe nichts mit ihm zu tun, ich kenne ihn kaum. Ich ...«

Emily erkannte nun den bösen Blick des Mannes, während er eine Hand hob, ihr Gesicht streichelte und eine Haarsträhne, die sich gelöst hatte, hinter ihr Ohr schob. Sie zuckte zusammen, als er sie so sanft berührte, und war sich bewusst, dass die Geste alles andere als zärtlich gemeint war.

»Das ist mir egal. Und ich weiß, dass du lügst. Du kennst ihn. Er hat uns erzählt, wie du ihn jedes Mal, wenn er dir begegnet ist, mit Blicken ausgezogen hast. Er hätte kein Problem damit, dich zu ficken, wenn es das ist, was du willst; diese Chance würde er sich nicht entgehen lassen. Doch eins musst du wissen, Emily – ich werde alles daransetzen, dir deine kostbare Annie wegzunehmen, wenn du mich nicht jede Woche bezahlst.«

Er musste den Widerwillen in ihrem Blick gesehen haben, denn er neigte sich nahe zu ihr, knurrte und spuckte ihr ins Gesicht. »Ich bin ein Scharfschütze, Emily Grant. Wenn du denkst, dass ich dir deine Tochter nicht wegnehmen kann, liegst du falsch. Ich kann ihr eine Kugel zwischen die Augen verpassen, ohne dass überhaupt jemand merkt, dass ich da war. Vielleicht ist dir Fletch wirklich egal und du willst nur von ihm gebumst werden. Aber was ist mit Annie? Sie spielt gern draußen, nicht wahr? Du kannst sie nicht die ganze Zeit drinnen behalten. Du kannst sie nicht beschützen, wenn sie in der Schule auf dem Pausenhof ist, nicht wahr?« Er hielt inne und krähte dann: »Ich bekomme immer, was ich will, Süße. Daran besteht kein Zweifel.«

Emily zitterte mittlerweile und erkannte, dass es dem

Mann hundertprozentig ernst war. Sie nickte deutlich und signalisierte ihm, dass sie seine Drohung verstanden hatte.

Der Furcht einflößende Mann stand auf, neigte den Kopf und streckte ihr seine Hand entgegen, so als würde er sie auf einem Ball um einen Tanz bitten. »Gut, ich bin froh, dass wir diese Unterhaltung geführt haben.«

Sie ignorierte seine Hand. »Und wie soll ich dir das Geld geben?«

»Ich werde vorbeikommen, wenn Fletch nicht da ist. Wenn er zu Hause ist, komme ich zu PX.«

»Nein, nicht zur Arbeit!«, protestierte Emily und wollte nicht, dass er in die Nähe ihrer Arbeitskollegen kam. Er konnte eine Menge Ärger verursachen und sie brauchte ihren Job, vor allem, wenn sie jeden Monat tausend Dollar zusätzlich verdienen musste, um ihm den Betrag, den Fletch ihm schuldete, zurückzubezahlen, und um ihre Tochter zu beschützen.

Eine kleine Stimme im Hinterkopf sagte ihr, dass etwas nicht stimmte ... dass sie nur mit Fletch reden musste und er sich darum kümmern würde. Doch dann erinnerte sie sich daran, was der Mann gesagt hatte. Dass er das Jugendamt informieren würde, wenn sie zu Fletch ging. Und dass er und Fletch darüber gelacht hatten, wie offensichtlich es war, dass sie sich zu ihm hingezogen fühlte. Sie hatte nicht gedacht, dass sie so leicht zu durchschauen war. Außerdem waren da die Drohungen, die der Mann Annie gegenüber ausgesprochen hatte. Wie konnte sie – oder Fletch – eine Kugel abwehren? Sie war verwirrt und wusste nicht, was sie tun sollte.

Der Soldat bückte sich, packte ihre Hand und zwang

sie zum Aufstehen. Dann legte er ihr beide Hände auf die Schultern und lehnte sich so weit vor, bis seine Stirn ihre berührte. Er knurrte mit leiser, bedrohlicher Stimme: »Doch, bei der Arbeit. Verarsch mich nicht, Emily, dann werde ich dich auch nicht verarschen. Zweihundert pro Woche. Nicht mehr. Nicht weniger. Wir sehen uns nächste Woche für die erste Rate. Grüß die hübsche Annie von mir.«

Er küsste ihre Stirn und Emily wollte nur noch mit ihrem Arm das schleimige Gefühl seiner Lippen von ihrer Haut wischen. Er gab vor, seinen Hut zu ziehen, während er sich von ihr entfernte und die Einfahrt entlang in Richtung Straße ging. Sie wusste nicht, ob er irgendwo in der Nähe ein Auto geparkt hatte.

Sie ging zurück in die Garage, ohne ihm auch nur für einen Moment den Rücken zuzudrehen. Sie packte die Tüten mit den Lebensmitteln, die der Mann auf den Boden gestellt hatte, und eilte hastig die Treppe hinauf. Als sie oben angelangt war, klopfte sie an die Tür.

»Annie, ich bin's. Mach die Tür auf!«

Ihre Tochter musste auf sie gewartet haben, denn Emily hörte sofort, wie die untere Kette entfernt wurde. Die Tür öffnete sich nach nur wenigen Augenblicken.

»Mommy!«

Emily stürzte in die Wohnung und schlug die Tür hinter sich zu, legte die Ketten an und schob den Riegel vor. Sie war sich bewusst, dass sie zu schnell atmete und Annie wahrscheinlich Angst machte, doch sie konnte ihren Atem nicht kontrollieren.

»Mommy?« Dieses Mal klang das Wort wie eine Frage.

Emily schaute nach unten und sah, wie ihre Tochter die Hände wrang. Ihre Augen waren tränenerfüllt und ihre Stirn lag in Falten. »Wer war dieser Mann?«

Sie kniete sich hin und nahm Annie in die Arme. Emily hielt sie fest, streichelte ihren Kopf und genoss die Umarmung genauso wie Annie. »Niemand von Bedeutung, Süße.«

»Ich mochte ihn nicht.«

Emilys erster Gedanke bestand darin, dass Kinder immer die Wahrheit sagten. Sie mochte ihn auch nicht. Aber sie wollte nicht, dass Annie sich Sorgen machte. Sie war schon sensibel genug. Sie wollte, dass Annie vorsichtig, jedoch nicht ängstlich war. Sie ließ Annie los und legte ihre Hände auf deren kleinen Schultern. Emily versuchte, die richtigen Worte zu finden, um zu erklären, was gerade passiert war.

»Er wollte mit mir über Erwachsenenkram reden, Süße. Ich war so stolz auf dich, als du mir sofort gehorcht hast und in die Wohnung gegangen bist. Danke.«

Annie kaute auf ihrer Lippe herum und sah immer noch besorgt aus. Emily sprach schnell. »Du erinnerst dich doch noch an unseren alten Vermieter, nicht wahr?« Annie nickte angewidert und Emily erklärte: »Ich möchte, dass du tust, was du getan hast, als du *ihn* gesehen hast, falls der Mann, den du heute gesehen hast, wiederauftaucht.«

»Weglaufen und mich verstecken?«

»Genau.«

»Ist er böse?«

Emily schüttelte den Kopf und wollte nicht, dass Annie jemandem etwas davon erzählte. Sie liebte ihre

Tochter über alles, konnte ihr jedoch keine Geheimnisse anvertrauen. Sie wollte auf keinen Fall, dass sie Fletch von dem »bösen Mann« erzählte, der sich hier herumtrieb. Er würde mehr wissen wollen und alles, was sie ihm sagte, direkt dem Mann erzählen, der sie bedroht hatte.

Emily mochte ihren Erpresser nicht, doch sie wusste, dass sie keine Wahl hatte. Fletch hatte ihr einen Gefallen getan, indem er sie hier für eine so niedrige Miete wohnen ließ. Sie war sich sicher, dass er das nicht mit der Absicht getan hatte, sie seine Schulden an jemand anderen zurückzahlen zu lassen. Manchmal passierten eben einfach schlechte Dinge und man musste sich mit ihnen abfinden. Die Art und Weise, wie Fletch mit *seinem Problem* umging, gefiel ihr nicht, doch sie würde ihm helfen und dafür sorgen, dass Annie in Sicherheit war. Während sie einen Teil seiner Schulden zurückzahlte – und nach einer anderen Wohnung suchte –, würde sie ihm vielleicht vorschlagen, Hilfe für seine Spielsucht zu suchen.

Emily hatte sich damit abgefunden, dass sie im Moment tun musste, was sie tun musste. Sie nahm sich vor, mit Fletch zu reden und ihn dazu zu bringen, seine Probleme zu bewältigen und sich hoffentlich mit seinem Freund auseinanderzusetzen, *ohne* sie und Annie zu involvieren. Je schneller sie ihn davon überzeugen konnte, seine Schulden zu übernehmen, desto besser. Dann war sie aus dem Schneider und sie konnten beide ihr Leben weiterleben.

»Er ist nicht böse«, sagte Emily zu ihrer Tochter, »aber er ist nur *mein* Freund und du solltest nicht in seiner

Nähe sein. In Ordnung? Wenn du ihn siehst, gehst du sofort in die Wohnung. Und wenn das aus irgendeinem Grund nicht möglich ist, dann gehst du zu Fletchs Haus.«

»Und nehme den Schlüssel, der unter dem falschen Rasen unter dem Busch neben der Tür versteckt ist und gebe den Code ein. Stimmt's, Mommy?«

»Genau. Erinnerst du dich an den Code?«

»A-N-I-E-S.«

»Ja, zwei-sechs-vier-drei-sieben.«

»Ich darf in Fletchs Haus gehen, wenn er nicht da ist?«

»Wenn du diesen Mann siehst und ich nicht da bin, dann ja. Sonst nicht. Nur mit mir zusammen. Okay, Süße?«

»Okay, Mommy. Ich habe Hunger.«

Emily umarmte ihre Tochter erneut, hielt sie fest und schwor sich, dass niemand Annie etwas antun würde, solange sie in der Nähe war.

Als Annie anfing zu zappeln, ließ sie sie los. »Warum schaust du dir nicht mal die Suppen an, die ich heute gekauft habe, und suchst eine für das Abendessen aus?«, schlug Emily vor.

»Super! Ich liebe Suppe!«

Emily lächelte und stand auf. Annie aß tatsächlich gern Suppe. Es gab nicht oft Suppe und vermutlich würden sie eine Weile lang keine mehr essen, wenn die sechs Dosen, die sie heute gekauft hatte, aufgebraucht waren. Sie war teuer im Vergleich zu anderen Dingen, die sie kaufen konnte.

Emily hörte, wie ihr der Magen knurrte, legte eine Hand auf ihren Bauch und atmete tief durch. Irgendwie hatte sie das Gefühl, dass der Mann genau wusste, dass sie keine zusätzlichen zweihundert Dollar pro Woche hatte, die sie ihm geben konnte, doch das schien ihn nicht zu kümmern.

Sie hatte schon oft harte Zeiten durchgemacht. Sie würde es irgendwie schaffen. Sie verdiente gerade genug, um dem Mann jede Woche Geld zu geben und ihre monatlichen Ausgaben zu decken. Eine Weile lang würde es gut gehen, denn sie hatte *tatsächlich* etwas gespart, damit hatte er recht gehabt. Doch ihre Ersparnisse würden rasch aufgebraucht sein und dann würde die Lage schnell ernst werden. Doch sie würde sich eher den Arm abschneiden, als Annie hungrig zu Bett gehen zu lassen.

Emily schaute sich in ihrer Wohnung um und überlegte, auf welche Dinge sie verzichten konnte. Sie hatte ein paar Sachen, die sie verkaufen konnte. Nichts, das Fletch gehörte, nur die kleine Mikrowelle, die sie gekauft hatte, und die Beistelltischchen und die Bilderrahmen, die sie günstig erstanden und mit Bastelsachen aus dem Handwerksladen aufgepeppt hatte. Die konnte sie verkaufen.

Dann würden sie über die Runden kommen. Sie hatte keine andere Wahl.

KAPITEL FÜNF

Fletch starrte auf sein Handy, während er sich die Videoaufnahmen seines Alarmsystems anschaute. Die Kameras waren so eingestellt, dass sie sich einschalteten, sobald sich etwas bewegte. Ihr Einsatz hatte nur eine Woche gedauert, so wie er Emily gesagt hatte. Er saß im Flugzeug auf dem Robert Gray Army Airfield in Fort Hood und wartete darauf, dass sie zur Nachbesprechung zum Stützpunkt gebeten wurden, sich duschen und nach Hause verschwinden konnten.

»Weshalb ziehst du so ein Gesicht?«, fragte Keane »Ghost« Bryson, sein Freund und Teamkollege.

»Meine Sicherheitsvideos«, sagte Fletch nur.

»Hat jemand eingebrochen?«

»Nein.« Fletch hatte die ersten paar Tage beobachtet, wie Emily und Annie morgens aus der Garage fuhren und jeden Tag ungefähr zur gleichen Zeit zurückkamen. Er lächelte amüsiert, weil er sehen konnte, wie Annies Mund sich unaufhörlich bewegte, während sie mit ihrer

Mutter plauderte. Er konnte nur raten, was sie Emily erzählte.

Die beiden hatten seine Post geholt und in die Wohnung gebracht. Fletch hätte erwartet, dass Emily sie vermutlich sammeln und erst rüberbringen würde, wenn er wieder da war, oder dass sie alle paar Tage einen Stapel liefern würde, anstatt das Haus täglich zu betreten. Sie hatte *tatsächlich* eine Abneigung gegen Alarmsysteme.

Doch am dritten Tag war alles ganz anders. Sie fuhr wie gewohnt in die Garage – und dann stand plötzlich ein Mann neben ihr.

Die Kameras hatten keine anderen Fahrzeuge auf dem Grundstück aufgezeichnet, er war offensichtlich zu Fuß zur Garage gegangen und hatte so vermieden, dass er aufgenommen wurde. Es gefiel ihm nicht, dass jemand es geschafft hatte, auf sein Grundstück zu gelangen und den Kameras auszuweichen. Fletch nahm sich vor, sie so anzupassen, dass sie jeden Winkel seiner Auffahrt aufzeichneten.

Sobald sie den Mann gesehen hatte, hatte Emily Annie in die Wohnung geschickt. Sie war geblieben und hatte sich mit ihm unterhalten. Er hatte ihre Hände gehalten und sich niedergekniet, während sie sprachen. Er hatte sogar ihre Stirn mit seiner berührt, bevor er sich verabschiedet hatte.

Sie schien nicht übermäßig glücklich gewesen zu sein, ihn zu sehen, aber auch nicht beunruhigt. Sie hatten sich während ihrer Unterhaltung an den Händen gehalten und obwohl er ihre Gesichter nicht sehen konnte, hatte sie sich nicht von ihm abgewandt, deshalb nahm er an, dass sie den Mann kannte.

Als er sah, wie der Mann Emily einen Kuss auf die Stirn drückte, verkrampfte sich sein Körper, und allein der Gedanke daran verursachte ihm ein flaues Gefühl in der Magengegend. Er hatte keine Ahnung gehabt, dass Emily einen Freund hatte. Sie hatte ihn nie erwähnt. Kein einziges Mal.

»Es ist nichts«, sagte Fletch und winkte ab.

»Für mich sah das aber nicht so aus«, beharrte Ghost.

»Es ist wirklich nichts. Beim Anschauen der Aufzeichnungen habe ich mich nur daran erinnert, dass ich vor meiner Abreise etwas hätte erledigen sollen, aber jetzt ist es zu spät.« Fletch wollte nicht schüchtern sein, doch er hatte noch mit keinem der anderen Jungs oder sonst jemandem über die Anziehungskraft seiner sexy Mieterin gesprochen. Er hatte erzählt, dass er eine neue Mieterin hatte, und sogar die kleine Annie erwähnt, aber nicht, wie sehr er sie bewunderte und mochte und wie sehr er sich wünschte, sie besser kennenzulernen. Er hatte ihre Privatsphäre respektiert, es aber trotzdem genossen, wenn sie ihn, so wie er dachte, kokett angeschaut hatte. Damit hatte er offensichtlich weit danebengelegen.

Ghost runzelte die Stirn und vermutete, dass seinen Freund irgendetwas beschäftigte, doch er wollte nicht aufdringlich sein. Er zuckte mit den Schultern und wechselte das Thema, Fletch hatte ja gesagt, dass es keine große Sache wäre. »Wir haben die nächsten zwei Tage frei und dann müssen wir die ›Bösewichte in der Wüste‹ spielen.«

»Schon wieder?«, ergriff Coach neben ihnen das Wort. Offensichtlich hatte er ihre Unterhaltung mitgehört.

»Ja«, bestätigte Ghost.

»Verdammt. Ich hasse es, immer den Bösen spielen zu müssen«, kommentierte Beatle und sprach aus, was sie alle dachten.

Die Armee hatte beschlossen, dass jeder Stützpunkt im Land Trainingsübungen absolvieren musste, ähnlich wie die, die das Nationale Trainingscenter in Fort Irwin, Kalifornien anbot. Die Armee gab viel Geld dafür aus, auf den Stützpunkten »Städte« zu bauen, damit die Züge Trainingsübungen in ihnen durchführen konnten und lernten, zu navigieren und zu kämpfen. Da Fort Hood ein Stützpunkt war, dessen Soldaten häufig im Nahen Osten eingesetzt wurden, fanden hier regelmäßig Trainingseinsätze statt.

Die Delta Force-Teams hatten weitreichendes Wissen über feindliche Taktiken aus erster Hand, sodass sie oft damit beauftragt wurden, die bösen Jungs zu spielen. Dass sie Deltas waren, war ein streng gehütetes Geheimnis, in das nicht viele auf dem Stützpunkt eingeweiht waren. Diejenigen, die jedoch Bescheid wussten, setzten sie gern im Training ein, da sie die Besten der Besten waren. Wenn die normalen Truppen sich gegen die Deltas behaupten konnten, waren sie für den Einsatz in Übersee bereit.

Obwohl es für beide Seiten ein gutes Training war, wurde es *tatsächlich* mit der Zeit etwas langweilig, immer den Feind spielen zu müssen.

»Das letzte Mal, als wir das gemacht haben, sind die Typen von dieser Infanterieeinheit richtig sauer geworden. Als ob sie nicht verstanden hätten, dass es nur eine Übung war«, kommentierte Truck überflüssigerweise.

Sie wussten alle, dass die anderen Soldaten verärgert gewesen waren, weil sie innerhalb von wenigen Minuten, nachdem sie die »Stadt« betreten hatten, ausgeschaltet worden waren. Später am Abend, als die Deltas sich auf ein Bier getroffen hatten, waren sie von zehn der Soldaten auf dem Parkplatz überfallen worden. Die Soldaten waren im schwachen Licht auf dem Parkplatz hinter der Bar genauso schlechte Verlierer gewesen wie bei der Übung – und hatten ihre Niederlage kein bisschen besser ertragen. Egal wie oft Ghost den Männern gesagt hatte: »Es war nur eine Übung, entspannt euch«, sie wollten es nicht hören.

Keine der Parteien hatte den Vorfall gemeldet, Ghosts Team hatte jedoch gehofft, dass die Feindseligkeit mittlerweile etwas abgeklungen war. Für die Deltas war es ein Tag wie jeder andere gewesen, offensichtlich hatten das die anderen Soldaten nicht so empfunden. Sie hatten die Niederlage persönlich genommen, anstatt sie als Lernerfahrung anzusehen.

»Wir haben keine andere Wahl«, sagte Ghost, offensichtlich frustriert. »Ich habe dem Oberst gesagt, dass es keine gute Idee ist, immer uns zu benutzen, und dass die Truppen innerhalb der Szenarien rotieren müssen, doch bisher konnte er seine Vorgesetzten nicht davon überzeugen.«

»Mist. Egal, lasst die Köpfe nicht hängen. Wir dürfen

auf keinen Fall zulassen, dass wir uns wegen dieser Scheiße gegenseitig abknallen«, warnte Blade.

»Ich werde stinksauer, wenn mich jemand auf amerikanischem Boden erschießt«, stimmte Beatle zu. »Es wäre echt beschissen, den ganzen Mist zu überleben, den wir so durchmachen, nur um von einem feigen Infanteristen getötet zu werden.«

Fletch nickte einvernehmlich, während seine Teamkollegen über die künftigen Trainingsszenarien diskutierten. Sie waren eine gute Ablenkung vom Alltag und der Planung von Einsätzen, bei denen es tatsächlich um Leben und Tod ging. Es machte Spaß, die Laserwaffen zu benutzen, doch da die Spannung zwischen den normalen Soldaten und den »bösen Jungs« immer mehr zunahm, war es das Ganze nicht mehr wert. Es war höchste Zeit, dass die Armee die normalen Züge und Truppen als »böse Jungs« einsetzte. Aus dieser Übung konnten sie genauso viel, wenn nicht noch mehr lernen.

Äußerlich sah Fletch so aus, als würde er seinen Freunden zuhören, doch in Wirklichkeit bedauerte er die Tatsache, dass Emily einen Freund zu haben schien. Er hatte zu lange damit gewartet, den ersten Schritt zu machen. Er hasste die Tatsache, dass sie und der geheimnisvolle Mann auf seinen Videoaufzeichnungen sich so nahe zu sein schienen. Er hatte nicht gern gesehen, wie der andere Mann ihre Hände gehalten und sich in ihrer Gegenwart scheinbar so behaglich gefühlt hatte, dass er nicht nur seine Stirn gegen ihre gedrückt, sondern sie sogar geküsst hatte.

Es musste jedoch eine ziemlich frische Beziehung sein, denn wenn Emily seine Freundin wäre, würde er sich nicht mit einem keuschen Kuss auf die Stirn zufriedengeben. Er schloss die Augen und presste seine Lippen aufeinander. Verdammt. Er hatte von ihren Lippen geträumt und obwohl er gedacht hatte, dass sie klar angedeutet hatte, dass sie sich für ihn interessierte, hatte er die Signale offensichtlich falsch interpretiert.

Fletch konnte den Mann auf den Aufnahmen nicht deutlich erkennen, weil dieser sich seine Mütze tief ins Gesicht gezogen hatte. Er konnte nur seinen Körperbau und seine ungefähre Größe erkennen und dass er und Emily sich nahezustehen schienen. Näher als *er* ihr je gekommen war, soviel stand fest.

Sein Finger schwebte über der Taste, mit der er in der App auf seinem Handy die Videoaufzeichnung löschen konnte. Es gab keinen Grund, die Aufnahme zu behalten, doch etwas hielt ihn davon ab, sie zu löschen. Vielleicht hatte es etwas damit zu tun, dass der Mann einfach aufgetaucht war, ohne eine der Kameras auf seinem Grundstück auszulösen. Vielleicht lag es daran, wie Annie die Treppe hinaufrannte. Vielleicht wollte er sich auch nur selbst bestrafen.

Fletch würde die Aufnahme wohl einfach behalten, damit er sich daran erinnern konnte, dass ihm Emily genommen worden war, während er sich seine Schwäche ihr gegenüber eingestanden hatte. Er schloss die App und griff nach seiner Tasche, als er hörte, dass sie schließlich das Flugzeug verlassen konnten.

Schöner Mist. Wer zuerst kommt, mahlt zuerst. An dieses Sprichwort hätte er sich früher erinnern sollen. Er hätte nicht erwartet, dass Emily sich mit jemandem traf, vor allem nicht, weil ihr Zeitplan Tag für Tag genau derselbe war. Aber sie war hübsch und arbeitete auf dem Stützpunkt. Sie musste jeden Tag mit Hunderten von Soldaten in Kontakt kommen. Kein Wunder, dass irgendwann einer von ihnen ein Auge auf sie geworfen hatte.

Ihr Freund war groß und fit, und obwohl Fletch ihn nicht deutlich hatte sehen können, hatte er seine Attraktivität ausmachen können. Das gefiel ihm gar nicht.

Er zuckte mit den Schultern. Im Moment konnte er nichts dagegen tun. Er musste einfach abwarten und schauen, ob sich etwas Dauerhaftes daraus ergab. Vielleicht passten sie gar nicht zusammen und er würde später zum Zug kommen.

***

»Mommyyyyyy! Fletch ist wieder da!«, kreischte Annie, als sie hörte, wie sich das Garagentor unter der Wohnung öffnete.

»Ich höre es, Süße. Könntest du bitte etwas leiser sprechen?« Emily hatte Angst davor, Fletch zu sehen. Sie hatte die ganze Woche lang über den mysteriösen Mann und das, was er über Fletch gesagt hatte, nachdenken müssen. Sie wusste, dass sie reinen Tisch machen und mit ihm darüber reden musste, was los war. Aber das war einfacher gesagt als getan. Sie musste sich nicht nur darüber Sorgen machen, dass der Mann tatsächlich das Jugendamt anrief, wenn sie Fletch davon erzählte; sie hasste Konflikte und wollte den Mann nicht in Verlegenheit bringen. Aber er konnte bestimmt nicht wollen, dass sie seine Schulden bezahlte. Er schien einfach nicht der Typ Mann zu sein, der sich in Sachen Geld auf eine Frau verlassen würde, egal ob es darum ging, für das Abendessen zu bezahlen, wenn sie zusammen ausgingen, oder seine Spielschulden zu begleichen. Er war einfach zu … männlich.

»Können wir zu ihm runtergehen? Bitte, bitte, bitte?«, jammerte Annie und Emily wusste, dass sie solange nicht damit aufhören würde, bis sie bekam, was sie wollte.

»Okay, aber sei vorsichtig auf der Treppe«, mahnte Emily ihre Tochter, während diese zur Tür lief und sich auf Zehenspitzen an der oberen Sicherheitskette zu schaffen machte, die sie nur knapp erreichte.

Annie lief die Treppe hinunter und wartete nicht einmal darauf, dass ihre Mutter das Licht anmachte, um zu verhindern, dass sie stolperte. »Fletch! Fletch! Du bist wieder da! Ich habe dich vermisst!«

Ihre Tochter verschwand um die Ecke der Garage und bis Emily die Treppe hinuntergegangen war, lag Annie bereits in Fletchs Armen.

»Hey, Knirps. Lass dich anschauen. Ich glaube, du bist ein paar Zentimeter gewachsen, während ich weg war!«

»Du bist albern«, sagte Annie ernst. »Menschen wachsen nicht so schnell!«

»Du hast mich erwischt. Warst du letzte Woche ein braves Mädchen?«

»Ja.«

Fletch bückte sich, stellte das Kind auf den Boden und lächelte es an.

»Hast du mir etwas mitgebracht?«

»Ann Elizabeth«, schimpfte Emily. »Du weißt doch, dass man sich so nicht benimmt.«

Annie scharrte mit dem Fuß im Dreck auf dem

Boden. »Tut mir leid, Fletch. Aufmerksamkeit ist das Beste, was du mir schenken kannst. Ich bin froh, dass du sicher und gesund zu Hause bist.« Sie wiederholte offensichtlich, was ihre Mutter ihr eingetrichtert hatte.

Fletch kniete sich hin und schaute Annie in die Augen. »Ich war beruflich unterwegs, nicht zum Vergnügen, Knirps. Dort, wo ich war, gab es keinen Laden, in dem ich etwas für dich hätte kaufen können.«

Sie nickte feierlich. »Das macht nichts. Ich habe ja die Armee-Puppen, die du mir geschenkt hast. Willst du raufkommen und sie dir ansehen? Sie sind immer noch sicher in der Verpackung.«

Emily spürte, wie sich in ihrem Hals ein Kloß bildete. Sie war nie in der Lage gewesen, ihrer Tochter neue Spielzeuge zu kaufen. Geburtstags- und Weihnachtsgeschenke kamen alle aus Gebrauchtwarenläden oder von Flohmärkten. Sie hatte sie immer sauber gemacht, sodass sie so neu wie möglich aussahen, aber sie wussten beide, dass das nicht der Fall war. Jeden Abend sprach Annie mit ihren Armee-Puppen, die sich immer noch in ihrer Plastikverpackung befanden. Sie weigerte sich, sie auszupacken, und wollte, dass sie in einwandfreiem Zustand blieben. Neue Spielsachen zu haben war etwas Außergewöhnliches und Emily wusste, dass sie Fletch ein bisschen übel nahm, dass er sie ihr geschenkt hatte.

»Ich kann nicht, tut mir leid. Ein anderes Mal, okay?«

»Einverstanden.« Annie war selten enttäuscht. Wenn Fletch sagte, er würde ein anderes Mal kommen, würde er das auch tun.

»Willkommen zu Hause, Fletch. Tschüss!«

Emily und Fletch beobachteten, wie Annie die

Treppe hinauf raste. Sie ging fast nie langsam und war immer in Eile.

»Hatten Sie eine gute Reise?«

Fletch nickte, sagte aber nichts.

»Ich habe Ihre Post mitgebracht.« Emily streckte ihm das Bündel entgegen, das sie gepackt hatte, bevor sie die Treppe hinuntergegangen war. »Wenn Sie bis morgen oder so nicht zurückgekommen wären, hätte ich sie reingebracht und dafür gesorgt, dass alles in Ihrem Haus in Ordnung ist, aber ich dachte, dass es dafür noch zu früh war, da Sie erst vor sechs Tagen abgereist sind.«

»Danke.« Fletch streckte die Hand aus und nahm ihr den Stapel Post ab. »War hier alles in Ordnung?«

Emily nickte und spürte, dass Fletch irgendwie anders war, ohne es genau beschreiben zu können. Vielleicht machte er sich Sorgen um seine Spielschulden – oder vielleicht fühlte er sich schuldig, dass sie sie bezahlen musste. Gerade als sie den Mund öffnete und das Thema ansprechen wollte, kam Fletch ihr zuvor.

»Ich habe gesehen, dass Sie diese Woche einen Besucher hatten«, sagte Fletch monoton.

»Was?«

»Einen Besucher. Ich habe Ihnen doch erzählt, dass das Grundstück verkabelt ist; ich habe Kameras aufgestellt.«

»Oh«, seufzte Emily erleichtert. Fletch hatte gesehen, dass der Mann vorbeigekommen war. Er würde das Geld besorgen und alles regeln. Annie würde sicher sein.

»Vielleicht habe ich das nicht ausdrücklich erwähnt, aber Sie können selbstverständlich jederzeit Besuch empfangen. Die Wohnung ist Ihr Zuhause; ich will nicht, dass Sie sich schlecht fühlen, wenn Leute vorbeikommen.«

Emily schaute Fletch verwirrt an. »Was?«

»Emily, das ist jetzt Ihr Zuhause. Ich würde es schätzen, wenn Sie keine wilden Partys feiern, aber Sie können natürlich Ihre Freunde oder Ihren Freund in die Wohnung einladen.«

Immer noch verwirrt öffnete sie den Mund, um Fletch zu bitten, mit seinem Freund zu sprechen und sich um seine Spielschulden zu kümmern – und um ihm zu erzählen, dass der Mann damit gedroht hatte, ihr Annie wegnehmen zu lassen –, doch er fuhr fort: »Es gibt Dinge über mich und mein Leben, die ich Ihnen nicht erzählen kann. Aber dass Sie hier sind, macht mein Leben einfacher, und ich weiß das zu schätzen. Es ist schön, dass Sie mir helfen.«

Emily biss sich auf die Lippe und starrte Fletch ungläubig an. Das klang nicht nur so, als wüsste er von dem Mann und seinen Forderungen, sondern auch, als *erwartete* er, dass sie den anderen Soldaten bezahlte.

»Ich möchte, dass meine Freunde auch *Ihre* Freunde sind. Sie bedeuten mir viel und wissen alles über mich. Mit der Zeit werden Sie sie alle kennenlernen. Aber ich möchte nicht, dass Sie sich unwohl fühlen, wenn Sie Ihre eigenen Freunde einladen. Alles klar?«

Emily konnte nur nicken. Sie stand unter Schock. Sie war sich sicher gewesen, dass er ihr sagen würde, dass sie sich keine Sorgen um die von seinem Freund geforderten Zahlungen machen sollte. Doch er hatte *nichts* davon gesagt – und es klang sogar so, als wären die Zahlungen Teil ihrer Vereinbarung, in seiner Wohnung zu wohnen.

»Ich bin müde und werde reingehen. Wir sehen uns später, okay?« Sie musste sich von Fletch entfernen. Sie hatte ihm vertraut, so sehr, dass sie die Wohnung über seiner Garage gemietet hatte. Es war ja nicht so, dass Fletch im Stadtzentrum wohnte, sein Grundstück lag sogar etwas abgelegen. Doch sie hatte sich in seiner Nähe wohlgefühlt.

Sie wollte ihn konfrontieren. Sie hatte ihn dafür, dass er sie in seine Probleme mit hineingezogen hatte, anschreien wollen, doch jetzt hatte sie Angst vor ihm. Sie befürchtete, dass der Mann, von dem sie dachte, dass sie ihn langsam kennenlernte, nur eine Illusion gewesen war. Sie hatte Angst und war entmutigt. Sie musste sich etwas Zeit nehmen und sich überlegen, was sie ihm sagen wollte. Wenn es sich nur um sie selbst gehandelt hätte, hätte sie es ihm an Ort und Stelle gesagt. Aber sie musste an Annie denken. Ihre Tochter war ihr Leben und sie wusste nicht, was sie tun würde, wenn sie ihr aus irgendeinem Grund weggenommen werden würde.

»Einverstanden.« Fletch nickte, drehte ihr den Rücken zu und ging in Richtung Haustür.

Emily musste schlucken und schaute verzweifelt zu Boden. Sie drehte sich langsam um und ging die Treppe hoch. Als sie darüber nachdachte, was gerade passiert war, drehte sich ihr der Kopf.

Fletch war ein Spieler, er schuldete seinem Freund Geld und erwartete, dass sie seine Schulden bezahlte.

Sie unterdrückte die Schluchzer, die aus ihr herausbrechen wollten. Sie hatte keine Ahnung, wie sie aus diesem Schlamassel, in das Fletch sie hineingezogen hatte, wieder herauskommen sollte, doch sie würde es irgendwie schaffen. Sie war eine Kämpferin und ließ sich nicht so leicht unterkriegen, und sie würde *niemals* zulassen, dass ihre Tochter in Mitleidenschaft gezogen würde. Auf keinen Fall.

***

Der Mann, der sich in den Büschen versteckte, ließ den Feldstecher sinken und lächelte. Er rutschte vorsichtig rückwärts und vermied es, irgendwelche Blätter und Äste zu berühren, während er sich bewegte. Er zog sich zurück, bis er weit weg vom Haus und den Kameras war, von denen der Soldat dachte, dass er sie geschickt versteckt hatte.

Es sah so aus, als stünden sich Emily und der Sergeant plötzlich nicht mehr so nahe. Perfekt. Bis jetzt lief alles nach Plan. Bald würde er den nächsten Teil in die Tat umsetzen. Der Sergeant und sein Team würden es bereuen, dass sie ihn so abschätzig behandelt hatten. Es würde sich zeigen, welches die besseren Soldaten waren. Das Beste daran war, die Kontrolle über das Leben eines anderen Menschen zu haben.

Sie verdiente es, unglücklich zu sein.

Er stimmte zu. Sie verdiente es *tatsächlich*. Da der Vater nicht in der Nähe war, musste sie dem Mann den Zugang zu seinem Kind verweigert haben. Und das war falsch. Seine *eigene* Mutter hätte sich nicht auf diese Art von seinem Vater scheiden lassen sollen.

Er lächelte und nickte, während die Stimme in seinem Kopf seinen Plan lobte und er zu seinem Auto ging, das er weit weg vom Haus des Soldaten geparkt hatte. Er grinste, während er zu seiner Wohnung zurückfuhr, in seinem Kopf verschiedene Szenarien durchspielte und sich vorstellte, wie der letzte Kampf aussehen würde. Es war perfekt. Er und sein Team würden sich durchsetzen. Er konnte es kaum erwarten.

KAPITEL SECHS

»Wie geht es deiner hübschen Nachbarin?«, fragte Ghost Fletch ein paar Wochen später, während sie beim Training eine Pause einlegten.

»Gut, nehme ich an.«

»Nimmst du an?«

Fletch zuckte mit den Schultern. »Habe sie nicht oft gesehen, seit wir von diesem Einsatz zurückgekommen sind.«

»Echt? Ich dachte, ihr wart dabei, euch kennenzulernen?«

Das hatte Fletch auch gedacht. Doch seit er von seinem Einsatz zurückgekehrt war, hatte sie sich von ihm distanziert. Er sah Annie immer noch ab und zu, doch Emily hielt sich von ihm fern. Er dachte, dass das wahrscheinlich wegen ihres Freundes war, und wollte nicht aufdringlich sein. »Na ja, sie hat einen Freund und ich glaube, sie will mir keine falschen Hoffnungen machen.«

»Hast du dir denn Hoffnungen gemacht, bevor der Freund aufgetaucht ist?«, wollte Ghost wissen.

Fletch bewegte den Kopf hin und her und versuchte, sein Genick zu entspannen. »Das spielt keine Rolle. Sie ist vergeben.«

»Du hast ihren Freund kennengelernt?«

»Nein. Sie bringt ihn nicht mit nach Hause ... zumindest nicht, wenn ich da bin.«

»Echt? Kommt dir das nicht etwas seltsam vor?«

»Nicht wirklich. Ich habe gesehen, dass er vor ein paar Tagen vorbeigekommen ist. Ich war schon auf dem Stützpunkt und Emily war auf dem Weg zur Arbeit und brachte Annie zur Schule. Die Kameras besitzen nicht die Reichweite, die ich gern hätte, aber er hat unten an der Einfahrt auf sie gewartet. Er traf sie bei ihrem Auto und sie stieg aus. Dann unterhielten sie sich etwa eine Minute lang, sie gab ihm einen Briefumschlag oder so etwas Ähnliches, dann umarmten sie sich und er folgte ihr die Straße hinunter.«

»Dafür, dass es dir anscheinend egal ist, ob sie einen Freund hat oder nicht, hast du dir die Aufzeichnung aber ziemlich genau angeschaut«, bemerkte Ghost trocken.

Fletch fuhr sich mit den Fingern durchs Haar und zuckte mit den Schultern. »Ich stelle ihr nicht nach, Ghost. Ich werde nie der Grund dafür sein, dass eine Frau ihren Freund oder Ehemann betrügt.«

»Ich weiß. Das war nur eine Beobachtung.«

»Was soll's, sie wohnt ja erst seit ein paar Monaten in der Wohnung. Das geht mich alles nichts an.«

»Vielleicht wirst du dich besser fühlen, wenn du die Kameras nicht mehr so zwanghaft überprüfst.«

»Ja.«

Die beiden Männer schwiegen für einen Moment,

bevor Ghost fragte: »Immer noch Ärger mit den Jungs von der Infanterie?«

Fletch schüttelte den Kopf. Endlich hatte es jemand geschafft, den Oberst zum Zuhören zu bringen. Mittlerweile wechselten sich alle Truppen in den Stadtszenarien ab. »Nein, sie sind sehr ruhig gewesen.«

»Ruhe macht mich nervös«, sagte Ghost mit untypisch hartem Unterton. Als er Fletchs überraschten Blick sah, fuhr er fort: »Ich weiß, ich weiß, aber etwas, das Hollywood neulich sagte, hat mich zum Nachdenken gebracht.«

»Was hat er gesagt?«

»Blade hat die Tatsache erwähnt, dass wir Soldaten die meiste Zeit hitzköpfig sind; wir toben und beklagen uns über alles Mögliche, doch dann vergessen wir es wieder. Es sind die Frauen, die innerlich Dinge anstauen lassen und nicht darüber reden. Sie kalkulieren und planen in ihren Köpfen und kommen zu Schlussfolgerungen, die auf Informationen beruhen, von denen sie *annehmen*, dass sie stimmen.«

»Ja, und ...?«

»Und diese Jungs benehmen sich nicht wie Männer ... oder Soldaten. Das hätten wir damals merken sollen, als sie uns auf dem Parkplatz überfallen haben. Sie werden sich nicht einfach zurücklehnen und vergessen, was für eine vermeintliche Niederlage sie als Männer und Soldaten einstecken mussten.«

»Deshalb verschwören sie sich, anstatt die Sache wie Männer mit uns auszutragen«, sagte Fletch abschließend.

»Genau.«

»Wir müssen auf der Hut sein, sie könnten sich rächen wollen«, kommentierte Fletch unnötigerweise.

»Ja. Du solltest auch mit Emily und ihrer Tochter reden.«

Fletch warf Ghost einen harten Blick zu. »Sie sind nur meine Mieterinnen.«

»Richtig, aber sie sind auch Frauen und wohnen auf deinem Grundstück. Was ist, wenn diese Arschgeigen beschließen, dass es ihnen Spaß machen würde, deine Garage und den schönen Charger da drin niederzubrennen? Die Kameras werden sie nicht beschützen können, wenn jemand Probleme verursachen will.«

Fletch wurde blass im Gesicht. Gütiger Himmel, daran hatte er nicht gedacht. Er war ein Idiot. »Ich muss gehen.«

»Ja, das dachte ich mir. Wir sehen uns später.«

Fletch hob abwesend die Hand zum Gruß, dann ging er zu seinem Auto und schaute auf die Uhr. Emily würde mittlerweile bei der Arbeit sein, er würde bei PX vorbeischauen und kurz mit ihr reden. Es war wichtig, dass sie wusste, dass sie sich vor Fremden auf seinem Grundstück in Acht nehmen musste, und dass sie ihm mitteilen musste, wenn sie etwas Ungewöhnliches sah. Er mochte vielleicht nicht ihr Freund sein, aber sie und Annie bedeuteten ihm dennoch sehr viel. Er würde sich nie verzeihen, wenn ihnen etwas zustieß, weil er sie nicht frühzeitig gewarnt hatte.

***

Emily versuchte, sich auf das Regal zu konzentrieren, das

sie einräumte, jedoch ohne Erfolg. Dass Fletchs Freund an der Einfahrt aufgetaucht war – während Annie mit ihr im Auto saß –, hatte ihr Angst gemacht. Er wusste genau, wann sie da war und wann Fletch weg war.

Er hatte ihr Auto blockiert, sodass sie anhalten musste, und seelenruhig den Kopf zum Fenster hineingesteckt. Emily wollte nicht, dass Annie ihn hören konnte, packte also den Umschlag, den sie vorbereitet hatte, und stieg aus dem Auto.

»Hey Süße. Hast du was für mich?«

Wortlos reichte Emily ihm den Umschlag.

Er nahm ihn entgegen, ohne hineinzuschauen. »Danke. Ich werde dafür sorgen, dass Fletch weiß, dass du regelmäßig Zahlungen leistest und tust, was er erwartet.« Er neigte sich zu ihr, legte einen Arm um ihre Taille und zog sie zu sich. Er ließ seine Lippen über ihre Wange streichen und flüsterte ihr ins Ohr: »Keine Spielchen, Süße. Ich kann sehen, dass du sauer bist, wenn ich in deine hübschen Augen schaue. Denk nicht einmal daran, etwas Dummes zu tun. Annie sieht wirklich süß aus heute Morgen. Du würdest doch nicht wollen, dass ihr etwas zustößt, oder? Ich wette, dass es irgendwo da draußen einen Pflegevater gibt, der sich gern um sie kümmern würde ... wenn du weißt, was ich meine.«

Emily hatte stockstill gestanden und geschaudert, während er sie umarmte. Sie hatte versucht, sich einzureden, dass der Mann seine Drohung vermutlich gar nicht wahr machen würde, doch als sie diese Worte hörte, wusste sie, dass sie sich geirrt hatte. Sie spürte, wie etwas in ihr erlosch, jetzt, wo sie wusste, dass Fletch und dieses Monster Freunde waren. Fletch war so nett zu Annie gewesen, hatte ihr Geschenke gemacht und war empört gewesen, als er vernommen hatte, wie das kleine Mädchen von anderen behandelt worden war. Dass er nun wissentlich ihr Leben in Gefahr bringen und zulassen würde, dass sie ihrer Mutter entrissen wurde, um bei Fremden zu wohnen, konnte sie nicht verstehen.

Emily seufzte und sackte auf dem kleinen Hocker zusammen, auf dem sie saß, während sie das Regal mit Flaschen von parfümiertem Duschgel bestückte. Ihr tat das Herz weh. Sie hatte schon wieder einen Mann falsch eingeschätzt. Es war schlimm genug bei Annies Vater gewesen, doch bei Fletch tat es irgendwie zehnmal mehr weh. Er war so nett und offen mit ihrer Tochter gewesen. Schon nach ihrem ersten Treffen hatte sie einen guten Eindruck von ihm gehabt und sie hatte sogar gedacht, dass er sich für sie interessieren könnte. Doch offensichtlich funktionierte ihre Bösewicht-Anzeige nicht.

»Hey, Em.«

Emily erschrak so sehr, dass sie vom Stuhl gefallen wäre, wenn da nicht dieser Arm gewesen wäre, der sie auffing. Sie schaute auf und blickte genau dem Mann in die Augen, über den sie sich die letzten zwanzig Minuten aufgeregt hatte. Sie stand schnell auf und trat einen Schritt von Fletch zurück.

»Hey. Was machen Sie denn hier?« Ihre Worte klangen viel strenger, als sie beabsichtigt hatte.

»Ich habe heute Morgen mit einem meiner Freunde geplaudert und wollte mit Ihnen über etwas reden. Haben Sie eine Minute Zeit?«

Emily nickte schnell und konnte sich nicht gegen die Hoffnung wehren, die in ihr aufkeimte. Vielleicht wollte er ihr sagen, dass er mit dem Arschloch gesprochen und es sich anders überlegt hatte und seine Schulden selbst bezahlen würde. »Ja, sollen wir hinter den Laden ins Freie gehen?«

»Das wäre toll, danke.«

Emily führte Fletch durch den Laden, ging an Jimmys Büro vorbei und teilte ihm mit, dass sie zehn Minuten Pause machte.

Fletch hielt ihr die Tür auf, als sie nach draußen gingen. Es war schon morgens warm, was für Texas nicht ungewöhnlich war. Emily winkte zwei Mitarbeitern zu, die eine Rauchpause machten, und führte Fletch zu einem der Picknicktische, die unter ein paar Bäumen standen. Sie waren so aufgestellt, dass die Mitarbeiter einen angenehmen Platz im Schatten hatten, um zu Mittag zu essen oder Pausen zu machen.

Sie saßen sich am Tisch gegenüber und Emily wartete darauf, dass Fletch ihr erklärte, warum er gekommen war.

»Also, wie gesagt, ich habe mit meinem Freund gesprochen und wollte Sie bitten, vorsichtig zu sein.«

Emily runzelte verwirrt die Stirn. »Was meinen Sie damit?«

»Mein Job ist nicht gerade der sicherste und manchmal gibt es Leute, die ... die ich verärgere. Ich möchte nicht, dass Annie oder Ihnen etwas passiert.«

Emily konnte spüren, wie ihr Herz schneller schlug und das Adrenalin durch ihre Adern schoss. Wollte er ihr sagen, dass sie sich um den anderen Mann keine Gedanken mehr machen musste? Dass er dafür sorgen würde, dass niemand ihr Annie wegnehmen konnte? »Annie und ich sind nicht sicher?«

»Nun ...« Fletch strich sich mit der Hand übers Haar und war sichtlich aufgewühlt. »Ich weiß nicht recht, wie ich es erklären soll, doch das Entscheidende ist, dass ich nicht will, dass Sie und Annie ins Fadenkreuz geraten, wenn meine beruflichen Angelegenheiten mein Privatleben beeinflussen.«

»Vielleicht sollten wir dann einfach ausziehen«, sagte Emily und fragte sich, ob sie es schaffen würde, aus dieser Zwickmühle herauszukommen.

»Nein. Sie gehen nirgendwo hin, das habe ich damit nicht gemeint. Bleiben Sie. Es ist schön, Sie beide hier zu haben.«

»Wenn Sie Probleme haben ... sollten Sie vielleicht mit Ihrem Freund reden. Vielleicht können Sie unter sich eine Lösung finden, ohne dass ich involviert sein muss«, schlug Emily vorsichtig vor.

»Aber Sie *sind* involviert, Sie leben auf meinem Grundstück«, sagte Fletch entschlossen. »Und ich habe schon mit meinem Freund gesprochen. Glauben Sie mir, wir haben viel Zeit damit verbracht, über die Situation zu reden, und über Sie und Annie. Für Sie ist es besser, wenn Sie bleiben, wo Sie sind, und genau das tun, was Sie tun. Wenn jemand vorbeikommt, den Sie nicht mögen, dann sagen Sie es mir einfach. Ich werde mich darum kümmern.«

»Was ist, wenn es Ihr Freund ist?«, fragte Emily leise.

»Meine Freunde würden Ihnen oder Ihrer Tochter niemals wehtun. Sie würden eher sterben.«

»Sind Sie sicher?«

»Absolut. Wenn sie Sie darum bitten, etwas zu tun, tun Sie es. Sie wollen nur Ihr Bestes.«

»Und auch Ihres?«, fragte Emily, die nun völlig vor den Kopf gestoßen war. Wie konnte Fletch nur dasitzen und behaupten, dass sein Freund, der damit gedroht hatte, ihr Annie wegzunehmen oder sie zu erschießen, »ihr Bestes« wollte?

»Natürlich. Sie würden alles für mich tun. Genauso wie ich für sie. Niemand treibt Spielchen mit dem, was uns gehört.«

Emily wurde das Herz schwer. Da war ihre Antwort. Seine Freundschaft mit dem Arschloch bedeutete ihm mehr als eine alleinerziehende Mutter, die nur versuchte, sich über Wasser zu halten. Geld war offensichtlich sehr wichtig für ihn – für beide Männer.

Emily war zum Heulen zumute. Sie fühlte sich so fehl am Platz, dass es nicht mehr lustig war. Sie hatte nicht nur Angst, sondern auch Hunger, ihre Ersparnisse schrumpften Woche für Woche und sie war völlig ernüchtert.

Das war das allerletzte Mal, dass sie sich mit einem Soldaten einließ. Sie waren alle Abschaum. Egal, wie sie sich nach außen hin gaben, tief im Inneren kümmerten sie sich nur um sich selbst.

»Einverstanden.«

»Okay?«

»Ja, okay. Ich werde tun, was Ihr Freund will. Werden Sie ... wenn das vorbei ist ... werden Sie Hilfe in Anspruch nehmen?«

»Hilfe? Hilfe womit?«

»Sie wissen schon ... Ihre Situation.«

»Machen Sie sich darüber keine Gedanken. Meine Freunde und ich kümmern uns darum. Ich weiß, was ich tue.«

»Hm.«

Fletch neigte sich vor und griff nach ihrer Hand. Er strich mit dem Daumen über ihren Handrücken. »Ich weiß es zu schätzen, dass Sie so verständnisvoll sind. Ich will nur, dass Sie und Annie in Sicherheit sind.«

Emily erstickte fast an der Galle, die ihr hochkam. Ja, klar. Sicher vor wem? »Wir werden sicher sein. Ich würde nie zulassen, dass meiner Tochter etwas zustößt.«

»Ich weiß.«

»Ich weiß, dass Sie das wissen«, sagte sie traurig und verstand endlich, warum er ihr die Wohnung vermietet hatte. Sie war ein leichtes Opfer. Er musste nur eine alleinerziehende Mutter in die Falle locken, dafür sorgen, dass sie dankbar war, und ihr dann seinen Freund auf den Hals hetzen. Sie war eine Idiotin.

Fletch neigte den Kopf zur Seite und musterte sie. »Sind Sie sicher, dass Sie damit einverstanden sind?«

»Ja, ich bin einverstanden. Ich habe keine andere Wahl.«

Er drückte erneut ihre Hand und stand auf. »Es geht um Ihre Sicherheit. Denken Sie daran. Wir sehen uns später, okay?«

Emily nickte und saß stocksteif da. Fletch beugte sich zu ihr und küsste sie leicht auf die Wange. »Bis später.«

»Auf Wiedersehen.«

Emily saß an diesem heißen texanischen Morgen noch lange, nachdem Fletch gegangen war, am Tisch. Sie dachte über tausend Dinge nach und schien keinen

Ausweg aus ihrer Situation zu finden. Sie hatte gehofft, dass Fletch keine Ahnung hatte, was sein Freund tat, aber nach ihrem »Gespräch« war es offensichtlich, dass er es wusste ... und es ihm egal war.

Schließlich raffte sie sich auf und ging zurück zu PX und den Regalen, die eingeräumt werden mussten. Sie war noch keinen Schritt weiter als am Morgen, hatte keine Lösung für ihr Problem gefunden und fühlte sich mehr alleine denn je.

KAPITEL SIEBEN

Das Klopfen an der Tür weckte Emily aus einem unruhigen Schlaf. Seit ihrem Gespräch mit Fletch vor ein paar Monaten schlief sie nicht mehr als vier Stunden pro Nacht. Sie war gestresst, hungrig und hatte etwa sieben Kilo abgenommen.

Frühstück und Abendessen waren Mahlzeiten, die sie normalerweise ausließ, damit Annie genug zu essen bekam, doch sogar das schaffte sie nicht. Annie wollte oft mehr essen, als Emily für sie vorbereitet hatte.

Gelegentlich hatte eine ihrer Arbeitskolleginnen Mitleid mit Emily und besorgte ihr etwas zum Mittagessen, doch die meiste Zeit durchsuchte sie den Schnäppchenkorb bei PX und kaufte, was am billigsten war. Emily wusste, dass das nicht gut für ihre Gesundheit war, aber sie wusste nicht, was sie sonst tun sollte.

Fletchs Freund tauchte weiterhin pünktlich jede Woche auf. Er sagte nie viel, bedrohte sie oder Annie nur und vergaß nie zu betonen, wie zufrieden Fletch damit war, dass sie tat, was er von ihr verlangte.

Emily hatte so viele ihrer Sachen verkauft wie möglich. Zumindest alle, mit denen sie ein paar Dollar verdienen konnte. Annie war nicht dumm, sie wusste, dass irgendetwas im Busch war, doch Emily weigerte sich, mit ihr darüber zu reden. Sie war die Mutter und musste Annie so gut wie möglich beschützen, genau so, wie sie es immer getan hatte und es immer tun würde.

Als Emily an diesem Abend zu ihrer Tochter sagte, dass sie einfach keinen Hunger hätte und sie die Ramen-Nudeln aufessen dürfte, hatte Annie sie angeschaut wie jemand, der mindestens zwanzig Jahre älter war. Sie hatte ihren Stuhl vom Tisch weggeschoben und war in ihr Zimmer gegangen. Sie erschien wieder mit ihren geliebten Armee-Puppen. Sie waren immer noch in ihrer Verpackung und sahen makellos aus.

»Verkauf meine Armee-Puppen, Mommy. Sie sind brandneu, du wirst eine *Menge* Geld dafür bekommen.«

Emily brach das Herz. Annie liebte diese Spielsachen über alles, und nicht nur, weil sie neu waren. Fletch, ihr Idol, hatte sie ihr gegeben, und sie liebte den Mann mindestens so sehr, wie Emily ihn dafür hasste, dass er sie überhaupt in diese Situation gebracht hatte.

Sie legte die Hand auf Annies Kopf, versuchte verzweifelt, die Tränen zurückzuhalten, und schaute ihrer Tochter in die Augen. »Deine Spielsachen werde ich nicht verkaufen, Süße. Sie gehören dir.«

»Aber du isst ja gar nichts. Ich kann dein Rückgrat spüren, wenn ich dich umarme.«

»Ich esse genug. Glaub mir. Ich habe einfach keinen Hunger. Es geht uns doch gut. Wir wohnen in dieser wunderbaren Wohnung und sind sicher. Und du bist das klügste Mädchen in deiner Klasse. Uns geht es *gut*, Süße.«

Es war offensichtlich, dass Annie ihr nicht glaubte, doch sie war auch erleichtert darüber, dass sie ihr kostbares Spielzeug nicht aufgeben musste. »Okay, aber vielleicht hat Fletch ein Sandwich, das du essen kannst.«

Gütiger Himmel. Das wollte sie auf keinen Fall. Emily hatte dafür gesorgt, dass Annie so wenig Zeit wie möglich mit Fletch verbrachte, aber natürlich wussten sie immer, wann er nach Hause kam, da sie über der Garage wohnten. Emily hatte ihn aufmerksam beobachtet. Er war immer nett zu Annie. Nicht ein einziges Mal hatte er etwas Unangemessenes gesagt oder sie bedroht. Annie hatte nicht viele Freunde und Emily konnte es nicht ertragen, ihr den Mann, der ihr offensichtlich so viel bedeutete, wegzunehmen.

»Ich werde mit ihm reden. Okay?«

»Okay!«, stimmte Annie glücklich zu und beschloss, dass das Problem behoben war. Dann verschlang sie ihre Nudeln, als wären sie das Beste, das sie jemals gegessen hatte, und schien vergessen zu haben, dass sie in dieser Woche jeden Abend Nudeln verspeist hatte.

Emily erhob sich von der Couch, auf der sie während der letzten Monate geschlafen hatte, und stolperte zur Tür. »Wer ist da?«

»Fletch.«

Eigentlich hatte sie keine Lust, ihren Vermieter zu sehen, aber sie konnte ihm schlecht nicht die Tür öffnen.

Sie entriegelte die Tür, schlüpfte hinaus und schloss die Tür fest hinter sich. »Hey.«

»Hey, Em, ich wollte Ihnen nur sagen, dass ich eine Weile weg sein werde.«

»Und?«

»Ähm ... wir wurden vor fünfzehn Minuten zu einem Einsatz gerufen. Ich muss innerhalb der nächsten halben Stunde auf dem Stützpunkt sein.«

Obwohl Emily es hasste, dass sie sich Sorgen um ihn machte, fragte sie: »Alles in Ordnung?«

Fletch zuckte mit den Schultern. »Die Pflicht ruft. Würden Sie wieder meine Post reinholen und auf das Haus aufpassen?«

»Ja.«

Seine Augen verengten sich, als er ihre knappe Antwort hörte. »Nur wenn es nicht zu viel verlangt ist, Sie müssen es nicht tun.«

»Es ist in Ordnung. Das ist Teil der Abmachung.«

»Scheiß auf den Deal. Ich kann verstehen, wenn Sie andere Dinge zu tun haben.«

»Ich sagte, es ist *in Ordnung*«, entgegnete Emily schnippisch.

»Keine Gäste.«

»Was?«

»Ich will niemanden da drüben haben außer Ihnen und Annie. Bringen Sie Ihren Freund nicht in mein Haus.«

»Meinen Freund?«

»Ja. Glauben Sie, dass Sie das schaffen?«

Seine Stimme klang hart und Emily wusste nicht,

wovon er sprach. Sie hatte keinen Freund; wie kam er darauf?

»Natürlich. Fletch, ich habe keinen –«

»Und ich hoffe, Sie ernähren Ihre Tochter besser als sich selbst. Kinder sollten nicht auf Diät sein.«

»Ich bin nicht –«

»Ich werde den Schlüssel auf den Sitz Ihres Autos legen. Ich weiß nicht, wie lange ich weg sein werde, aber ich hoffe, dass Sie sich verlässlich um alles kümmern, während ich unterwegs bin.«

Emily konnte nur nicken. Ihre Kolleginnen hatten bemerkt, dass sie Gewicht verloren hatte, doch Fletch hatte bisher nichts gesagt.

»Also, bis irgendwann dann.«

»Auf Wiedersehen.«

Fletch sagte nichts weiter, sondern drehte sich einfach um und ging die Treppe hinunter in die Dunkelheit.

Emily schaute auf die Uhr: vier Uhr fünfzehn. Zu welcher Art Einsatz er auch immer gerufen wurde, es musste ernst sein, wenn er so früh am Morgen abreisen musste. Sie öffnete die Tür, ging zurück in die kleine Wohnung und fragte sich, ob sein Freund wohl mit ihm zu diesem Einsatz fahren oder ob er in der Nähe bleiben würde, um die wöchentliche Zahlung abzuholen.

***

Ghost lag auf dem Boden und schaute durch das Fernglas auf das Gebäude, das vor ihnen lag. Sie hielten sich in Ägypten auf und versuchten herauszufinden, wie viele

Geiseln im Regierungsgebäude in Kairo festgehalten wurden, und wo. Auf dem Hinflug waren sie beschäftigt gewesen; die Deltas und ein Team der SEALs hatten Stunden damit verbracht, Strategien zu entwerfen, wie sie die Amerikaner und die anderen Geiseln dort lebend herausholen könnten.

Obwohl sie nicht viel Zeit zum Plaudern hatten, wollte Fletch mit Ghost reden. Er verhielt sich schon seit ein paar Monaten seltsam und es war offensichtlich, dass der Mann bis über beide Ohren in eine Frau verknallt war. Sein eigenes Leben war zwar auch ein ziemliches Schlamassel, doch er würde alles für seinen Teamleiter und Freund tun.

»Was ist los mit dir, Ghost?«

Ghost seufzte, schwieg jedoch.

»Hat es irgendetwas mit dem neuen Tattoo auf deinem Bein zu tun?«, wollte Fletch wissen.

»Ich habe dir doch schon gesagt, dass ich nicht darüber reden will«, knirschte Ghost zwischen zusammengebissenen Zähnen hervor.

Fletch lächelte traurig und konnte erahnen, worum es ging. Er erinnerte sich an das Gespräch, das sie über den One-Night-Stand geführt hatten, den Ghost vor ein paar Monaten hatte. Normalerweise hatte Ghost kein Problem damit, Details aus seinem Liebesleben zu enthüllen, doch aus irgendeinem Grund wollte er nichts über diese Frau erzählen.

Fletch ignorierte das Grummeln seines Freundes und wollte ihn dazu bringen, ihm mitzuteilen, was ihn bedrückte. Er wusste, dass er darüber reden musste. Vor allem, wenn es um eine Frau ging. Er hatte noch nie erlebt, dass Ghost so verschwiegen war, wenn es um eine Frau ging, mit der er geschlafen hatte. Das allein verriet ihm, dass Ghost etwas für sie empfinden musste.

»Ich bin vielleicht nicht der Hellste, aber wenn ich eine süße, temperamentvolle Frau hätte, an die ich dauernd denken muss, so wie du an *sie* denken musst, würde ich alles daransetzen, sie für mich zu gewinnen.«

Ghost nickte, sagte aber nichts.

Bevor Fletch noch mehr Fragen über Ghosts Nicht-Beziehung mit dieser mysteriösen Frau stellen konnte, war die Kacke plötzlich am Dampfen. Eine Bombe explodierte in dem Gebäude, das sie beobachteten, und sie konnten nicht mehr weiterreden. Sie hatten einen Job zu erledigen.

Stunden später, als sie alle auf dem Flug nach Hause waren und Ghosts geheimnisvolle Frau auf wundersame Weise verletzt, aber lebendig auf einer Palette im hinteren Teil des Flugzeugs lag, wollte Fletch mit ihm sprechen. Er hatte gesehen, mit wie viel Liebe und Mitgefühl Ghost Rayne behandelt hatte, die Frau, die sich überraschenderweise mitten in dem ägyptischen Staatsstreich aufgehalten hatte, den sie gerade vereitelt hatten. Das Schicksal schien sie wieder zusammengeführt zu haben.

Sie setzten sich hin und unterhielten sich über Rayne und darüber, dass sie eine Tätowierung hatte, die ähnlich war wie die, die Ghost sich vor ein paar Monaten auf seinem Bein hatte machen lassen. Fletch gefiel es nicht, seinen Freund so verunsichert zu sehen, und er versuchte, die Dinge ins rechte Licht zu rücken.

»Ich habe jemanden kennengelernt«, sagte er leise. »Sie ist lustig und wundervoll und ich habe noch nie jemanden getroffen, der so stur ist wie sie. Sie hat Geheimnisse und will sie nicht preisgeben. Aber das Schlimmste ist, dass sie einen Freund zu haben scheint.«

Sie hatten schon vorher über Emily und ihren Freund gesprochen, aber in der Stille und Dunkelheit des Flugzeugs klangen seine Worte krasser und trauriger.

Ghost schaute ihn an. Fletch stand gegen die Wand gelehnt da und sah entspannt aus, obwohl jeder Muskel in seinem Körper angespannt war.

»Jedes Mal wenn ich sie zusammen sehe, möchte ich am liebsten etwas zerschlagen. Sie hat eine wundervolle kleine Tochter, die Angst vor diesem Kerl hat.«

»Fletch –«

Er ließ Ghost nicht weiterreden. »Ich habe gehört, was der SEAL sagte, als du erwähnt hast, dass du dich von Rayne fernhalten willst, um sie zu beschützen, und er hat recht. Wir sind nicht mal zusammen, doch allein der Gedanke daran, dass jemand etwas tun könnte, das Emily oder ihre Tochter verletzen könnte, macht mich rasend. Wenn Emily auch nur einen Bruchteil der Liebe, die ich in Raynes Blick gesehen habe, als sie dich angeschaut hat, empfinden würde, würden sie und ihre Tochter so schnell bei mir einziehen, dass ihnen schwindlig werden würde. Gib sie nicht auf, Ghost.«

Fletch schlenderte zurück zu seinem Sitz und ließ seinen Freund alleine, damit der über seine Worte nachdenken und Zeit mit der Frau verbringen konnte, die sein

Leben auf den Kopf gestellt hatte. Zu sehen, wie Ghost mit ihr umging, war eine Augenweide für Fletch.

Irgendetwas stimmte nicht mit Emily und es gefiel ihm nicht, dass er nicht wusste, was es war. Sie hatte sich von ihm zurückgezogen, und das hasste er. Er hatte angenommen, dass sie nach ihrem Gespräch bei PX verstehen würde, dass sie aufgrund seines Jobs in Gefahr sein könnte ... und vielleicht war sie das auch. Vielleicht hatten sie sich deshalb seitdem nicht mehr unterhalten. Vielleicht hatte sie das, was er gesagt hatte, nervös gemacht.

Sie traf sich weiterhin mit ihrem geheimnisvollen Freund, doch der Mann schien nie ihre Wohnung zu betreten. Entweder trafen sie sich bei der Arbeit oder sie verbrachte irgendwie Zeit mit ihm, ohne dass Fletch es mitbekam.

Aber es war nicht nur Emily, die sich anders verhielt, sondern auch Annie. Am Anfang war das kleine Mädchen immer glücklich und quirlig gewesen und jedes Mal, wenn sie hörte, dass er nach Hause kam, die Treppe hinunter gerannt. Das tat sie nur noch selten. Wenn er paranoid gewesen wäre – was er bestimmt war und in seinem Job auch sein musste –, hätte er gedacht, dass Emily Annie davon abhielt, ihn zu sehen. Und das tat weh.

Wusste sie denn nicht, dass er sie vor allen Gefahren beschützen würde? Dass er nie zulassen würde, dass ihnen etwas passierte?

Wahrscheinlich nicht. Sie waren sich eigentlich immer noch fremd.

Emily war die perfekte Mieterin. Sie zahlte jeden

Monat pünktlich ihre Miete; am Ersten des Monats lag immer ein Umschlag mit einem Scheck über fünfhundert Dollar in seinem Briefkasten. Sie war ruhig, schmiss keine verrückten Partys und war nicht aufdringlich, was sehr angenehm war, da sein letzter Mieter ganz anders gewesen war.

Außer ... dass er sich *wünschte*, dass sie etwas aufdringlicher wäre.

Fletch wusste, dass er sich damit abfinden musste, doch es fiel ihm schwer. Er wollte die alte Emily zurück. Die alte Annie. Die beiden, die ihn anlächelten und sich freuten, ihn zu sehen.

Fletch seufzte. Er war genauso verstört wie Ghost. Er musste noch einmal mit Emily reden, doch zuerst wollte er nach Ghost sehen. Es sah so aus, als wäre Rayne, die Frau, die sein Freund gefunden hatte, nachdem er gedacht hatte, dass er sie nie wiedersehen würde, wieder zurück. Und er hoffte inbrünstig, dass Ghost nicht so dumm war, sie ein zweites Mal gehen zu lassen.

Sobald er sichergestellt hatte, dass bei Ghost und Rayne alles in Ordnung war, würde er mit Emily reden und ein für alle Mal herausfinden, was los war.

KAPITEL ACHT

»Wollen Sie und Annie zu mir zum Abendessen kommen?«

Fletchs Einladung kam aus heiterem Himmel und er hatte nicht vorgehabt zu fragen, doch sie waren fast gleichzeitig in die Garage gefahren. Emily konnte ihn nur anstarren.

Die letzten zwei Monate waren schnell vergangen – zu schnell für Emily. Sie wusste nicht, wie sie die nächste Zahlung für Fletchs Freund zusammenkratzen sollte, hatte jedoch die Hoffnung aufgegeben, dass er nicht mehr auftauchen würde, um seinen Umschlag abzuholen. Der verdammte Typ war pünktlich wie eine Uhr. Er hatte kein einziges Mal seine wöchentliche Zahlung versäumt.

Fletch hatte hin und wieder einen Einsatz gehabt, seit er vor ein paar Wochen früh morgens in ihrer Wohnung aufgetaucht war. Er hatte sie höflich gebeten, sich um sein Haus zu kümmern, und sie hatte genauso höflich zugestimmt. Sie hatten sich jedes Mal gegrüßt, wenn sie sich begegnet waren, und Annie hatte sogar darum gebettelt, sich an einem Samstag Zeichentrickfilme in seinem Haus ansehen zu dürfen, nachdem er sie dazu eingeladen hatte. Ihre Tochter hatte sie mit einem so flehenden Blick angeschaut, dass Emily ihr den Wunsch nicht hatte abschlagen können.

Aber diesmal war es anders; Fletch wollte nicht nur Zeit mit Annie verbringen, sondern hatte sie *beide* eingeladen. Emily starrte ihn einen Moment lang an und verarbeitete seine Worte.

Ob sie bei ihm zu Abend essen wollte? Emily überlegte, was sie an Vorräten übrighatte. Einen Apfel, zwei Scheiben Weißbrot, eine Scheibe Schmelzkäse, eine Scheibe Schinken, ein paar Karotten, Ketchup, Senf, Butter, einen Hotdog und eine Packung Ramen-Nudeln. Der Hotdog und die Nudeln würden ihr Abendbrot sein ... zum vierten Mal diese Woche. Sollte Annie fragen, würde sie behaupten, dass sie sich das Abendessen teilten, doch sie wussten beide, dass das eine Lüge war.

Annie war nicht dumm. Sie wusste, dass sie nicht viel Geld hatten, doch nach diesem einen Mal, als sie Emily angeboten hatte, ihre geliebten Armee-Puppen zu verkaufen, hatte sie kein Wort mehr darüber verloren. In der Schule wurde Annie ausgelacht – weil sie klug war, wegen ihrer Kleidung, die nicht ganz passte und eindeutig gebraucht war –, deshalb traute sie sich nicht, einem anderen Kind oder einem Lehrer zu erzählen, wie wenig zu essen sie zu Hause bekam.

Emily hatte offensichtlich zu lange gebraucht, um Fletch zu antworten, denn er begann weiterzureden, da er dachte, dass er sie überzeugen musste. »Ich wollte ein paar Steaks auf den Grill legen. Ich habe Maiskolben und alle Zutaten für einen Salat. Sie könnten den Salat zubereiten, falls Ihnen das lieber ist.«

Emily spürte, wie jemand an ihrem Hosenbein zog, und schaute nach unten. Annie starrte sie mit riesigen Augen an. Sie wusste, dass sie nicht betteln durfte, wenn Fletch da war, aber es war offensichtlich, was sie wollte.

Emily wünschte sich, nur ein einziges Mal die Mutter sein zu können, die in einen Laden ging und Dinge in ihren Wagen legte, ohne auf den Preis zu achten. Sie hatte es sich angewöhnt, die Mülltonne hinter PX nach weggeworfenen Zeitungen zu durchsuchen. Sie sammelte die Coupons, die immer in der Sonntagszeitung waren, schnitt sie aus und plante ihre Mahlzeiten bis auf den letzten Cent.

Im Moment hatte sie zwanzig Dollar und dreizehn Cent auf ihrem Bankkonto. Die dreizehn Cent waren ihr »Kissen« damit sie nicht unter das Minimum von zwanzig Dollar rutschte und Gebühren zahlen musste. Sie würde bald ihr Gehalt bekommen, doch die vierhundert Dollar würden schnell aufgebraucht sein, vor allem, da die Hälfte davon an Fletchs Freund für seine Spielschulden ging.

Sie wollte es sich leisten können, eine Packung Kekse oder einen Schokoriegel als Überraschung für Annie zu kaufen. Aber es war nie genügend Geld da. Annies Lieblings-Frühstücksflocken waren Puffy-Os. Auf der Packung hieß es, dass sie genau wie Cheerios schmeckten, die direkt daneben auf dem Regal standen, jedoch anderthalb Dollar weniger kosteten. Emily wusste nicht, ob ihre

Tochter jemals echte Cheerios gegessen hatte. Sie hatte immer die Billigmarke gekauft.

Es war dieser Gedanke, zusammen mit dem flehenden Blick ihrer Tochter, der ihr die Entscheidung abnahm.

»Wir kommen sehr gern zum Abendessen.« Emily wusste, dass es dumm gewesen wäre, die Einladung abzulehnen. Sie hatte keine Lust, Zeit mit Fletch zu verbringen, doch für die Gesundheit ihrer Tochter würde sie alles tun.

»Juchhu!«, rief Annie. »Darf ich meine Armee-Puppen mitbringen?«

»Natürlich. Fletch, wir ziehen uns nur schnell um und kommen dann rüber. Ist das okay?«

»Ja. Geben Sie mir zwanzig Minuten. Ich werde kurz duschen und dann den Grill anschmeißen.«

»Bis später, Fletch!«, sagte Annie mit einem breiten Grinsen im Gesicht.

»Bis später, Knirps.«

Emily wollte mit ihrer Tochter zusammen die Treppe hochgehen, wurde jedoch von Fletch aufgehalten.

»Warten Sie kurz, Em.«

Sie drehte sich zu ihm um und zog fragend ihre Augenbrauen nach oben.

»Sind Sie sauer auf mich? Während der letzten paar Monate haben Sie mir die kalte Schulter gezeigt.«

Emily konnte nicht glauben, dass Fletch ihr vorwarf, sich von ihm zu distanzieren – als ob er nicht wüsste warum. Sie überlegte, was sie darauf antworten sollte, doch er sprach weiter, bevor sie überhaupt etwas sagen konnte.

»Nur weil Sie einen Freund haben, heißt das nicht, dass wir nicht befreundet sein können. Ich habe Annie vermisst. Sie ist lustig und süß, und ich verbringe gern Zeit mit ihr. Vielleicht waren Sie einfach beschäftigt oder vielleicht gehen Sie mir tatsächlich aus dem Weg, aber ich hoffe, dass Sie zumindest in Erwägung ziehen können, in meiner Gegenwart etwas lockerer zu sein. Ich habe meine Freunde schon lange nicht mehr zum Grillen eingeladen. Aber jetzt, wo mein bester Freund eine Freundin hat, möchte ich alle einladen und sie Ihnen vorstellen.«

Emily war entsetzt. Er dachte, dass sie mit seinem Freund *ausging*? Dass sie zusammen waren? Er musste wahnsinnig sein. »Ich glaube nicht, dass das eine gute Idee ist.«

Statt verärgert zu sein, sah Fletch entschlossen aus. Herrgott, sie wollte auf keinen Fall, dass er dachte, sie wären Freunde und sollten mehr Zeit zusammen verbringen. Sie hatte Angst vor dem *einen* Freund, den sie kennengelernt hatte, und sie wollte nicht einmal daran denken, noch weitere von ihnen zu treffen.

»Warum nicht?«

»Fletch, ich weiß es zu schätzen, dass Sie mich und Annie bei sich haben einziehen lassen, aber dabei wird es auch bleiben. Wir sind nur Ihre Mieter. Wir kommen heute Abend vorbei, weil ich es Annie bereits versprochen habe, aber ich würde es schätzen, wenn Sie nach dem Abendessen nicht versuchen würden, uns weiterhin in Ihr Leben einzubeziehen.«

Sie fühlte sich fast schlecht, als sie die Verwirrung und Trauer sah, die über sein Gesicht huschte, bevor er sich wieder fing. Doch es gab keinen Grund, warum Fletch Emily hätte leidtun sollen, nicht nach allem, was in den letzten Monaten geschehen war. Keinen einzigen.

»Alles klar. Ich wusste nicht, dass Sie das so sehen, aber gut. Bis gleich.« Fletch spuckte die Worte geradezu aus, drehte sich um und stampfte über den Hof zu seiner Haustür.

Emily schwankte an Ort und Stelle. Sie hatte genug von allem. Genug davon, hungrig zu sein, genug davon, Angst zu haben, sich dauernd Sorgen machen zu müssen, und genug davon, immer auf der Hut zu sein und sich umzuschauen, ob dieser Mann ihr irgendwo auflauerte. Sie wollte doch nur, dass Annie in Sicherheit war; sie hätte nicht gedacht, dass das zu viel verlangt war, aber anscheinend war das der Fall. Sie seufzte und rieb sich den Bauch; ihr Magen knurrte und teilte ihr mit, dass sie das Mittagessen ausgelassen hatte ... und das Frühstück.

Sie ging die Treppe hinauf zu ihrer Wohnung und fragte sich, wie sie den Abend überstehen sollte.

***

Stunden später erkannte Emily, dass sie sich keine Sorgen hätte machen müssen. Fletch schenkte Annie seine volle Aufmerksamkeit. Er hatte Emily ein Glas Wein eingeschenkt und den Blick dann sofort wieder auf Annie gerichtet. Sie lachten, als Annie den Salat mischte und der Großteil davon auf der Theke landete. Er hatte die Maiskörner vom Kolben geschnitten, damit sie sie essen konnte, ohne sich dabei die Finger zu verbrennen.

Fletch hatte sogar ihr Steak in kleine Bissen geschnitten, sodass sie es leicht verspeisen konnte.

Irgendwann hatte er auch die Schießerei angesprochen, die sich kürzlich an Annies Schule zugetragen hatte. Ein Mann war in das Schulgebäude eingedrungen, hatte einige Leute verletzt und die Schüler, die sich in der Turnhalle befanden, gefangen gehalten. Glücklicherweise hatte er nicht gewusst, dass sich noch andere Kinder irgendwo in der Turnhalle versteckten, aber es war trotzdem schrecklich gewesen. Es stellte sich heraus, dass einer von Fletchs Armeefreunden, ein Mann namens Jones, zufällig an einem Geiselverhandlungsseminar in der Gegend teilgenommen hatte und in der Lage gewesen war, den Bösewicht zu überwältigen.

Annie hatte mit Fletch über das Ereignis geplaudert, als wäre es das Tollste, das ihr je passiert war. Sie hatte sich in ihrem Klassenzimmer aufgehalten, weit weg von der Turnhalle, und Mrs. O. hatte schnell alle Kinder durch das Fenster aus dem Gebäude evakuiert, sodass sie keine Ahnung hatten, was wirklich passiert war.

Emily wusste, dass Fletch versuchte, das Ganze nicht so schrecklich klingen zu lassen, wie es wirklich war, und das schätzte sie. Doch sie wollte nicht an diesen Tag denken und sich nicht daran erinnern, welch wahnsinnige Angst sie gehabt hatte. Ein paar Stunden lang hatte sie sich am Rande eines Nervenzusammenbruchs befunden, da sie nicht wusste, ob Annie eine der vermissten Schülerinnen war. Zu denken, dass sie das Kostbarste, das sie jemals in ihrem Leben gehabt hatte, verloren hatte, war etwas, dass sie nie wieder erleben wollte. Das war auch der Grund dafür, dass sie sich so leicht von

Fletchs Freund erpressen ließ. Sie durfte ihre Tochter nicht verlieren.

Emily hörte zu, während Annie erzählte, wie glücklich sie darüber war, dass dieses Ereignis dazu geführt hatte, dass einer ihrer anderen Klassenlehrer nun mit ihrer liebsten Turnlehrerin ausging. Fletch ließ sie ausreden und lenkte achtsam ihre Fragen darüber, was an diesem Tag tatsächlich passiert war, in eine andere Richtung, was Emily sehr schätzte. Es war ihr unverständlich, wie Fletch so großartig im Umgang mit Annie sein konnte und gleichzeitig ein völliges Arschloch war und sich nicht darum zu kümmern schien, was sein Freund von ihr verlangte.

Emily ließ Annie so viel reden, wie sie wollte, und warf nur hier und da ein Wort ein. Fletch lachte über ihre Geschichten und schien es zu genießen, mit dem kleinen Mädchen zu plaudern. Emily hätte sich Hals über Kopf in den Mann verliebt, wenn sie nicht gewusst hätte, wie er wirklich war.

Sie hätte auch aus seinem Haus stürmen können, doch das Abendessen war ein Geschenk des Himmels gewesen. Es war nicht nur nahrhaft, sondern auch lecker. Fletch konnte kochen. Die Steaks waren perfekt gewürzt und die Butter, die vom Mais tropfte, machte ihn noch viel süßer. Als er die Brownies, die er am Tag zuvor gemacht hatte, auf den Tisch stellte, dachte Emily, dass ihre Tochter vor Glück explodierte.

Nachdem sie gegessen hatten und Fletch Annie zwei kurze Bilderbücher vorgelesen hatte, wusste Emily, dass es Zeit war zu gehen ... bevor ihr Herz noch mehr schmolz.

»Zeit zu gehen, Annie.«

»Ach, Mommy ...«

»Nichts, ach Mommy. Du hast morgen Schule.«

»Darf ich morgen wiederkommen?«, fragte Annie ihr neues Idol.

Fletch zuckte mit den Schultern. »Ich weiß nicht, Knirps. Aber du weißt ja, dass ich immer hier bin, wenn du mich brauchst.«

Emily dachte nicht, dass Fletch Annie jemals wehtun würde, aber sie wollte auch nicht, dass er ihrer Tochter erlaubte, zu kommen und zu gehen, wie es ihr passte. Das würde sie nicht zulassen.

»Komm, Süße. Zeit zum Duschen und dann Nancy Drew.«

»Juchhu!« Annie lief zu Fletch und umarmte ihn. Emily wehrte sich dagegen, sich von dem weichen Blick, der über Fletchs Gesicht huschte, als er eine Hand auf Annies Kopf und die andere auf ihren Rücken legte, innerlich berühren zu lassen.

»Bis später.«

»Auf Wiedersehen, Fletch!«

»Danke fürs Abendessen, Fletch. Es war köstlich.« Emily mochte zwar verärgert über die Situation sein, in die Fletch sie gebracht hatte, doch das Essen war wunderbar gewesen. Es hatte wirklich eine willkommene Abwechslung in ihrer düsteren Existenz dargestellt.

»Wollen Sie die Reste vom Mais und dem Salat mitnehmen?«, fragte er und lehnte sich gegen die Theke in der Küche.

Das wollte sie zwar, schüttelte aber dennoch den

Kopf. »Nein danke. Trotzdem vielen Dank für das Angebot.«

»Ich wiederhole mich zwar, aber ich muss es nochmals sagen: Es ist nicht fair, Annie in ihrem Alter auf Diät zu setzen. Sie war offensichtlich hungrig; sie hat das ganze Steak und den Maiskolben verschlungen und zwei Teller Salat dazu gegessen. Essen Sie, was Sie wollen, Emily, aber lassen Sie nicht zu, dass Annie, wenn sie älter ist, denkt, sie müsse dünn sein, um akzeptiert zu werden.«

Emily spürte, wie ihr die Tränen in die Augen stiegen, wollte aber nicht, dass Fletch das sah. Verdammt sollte er sein! Sie versuchte so sehr, genug zu essen für Annie zu kaufen und gleichzeitig die verdammten zweihundert pro Woche zu bezahlen. Es war scheiße von ihm, ihr das vorzuhalten.

Ihre Worte klangen bitter und hart. »Meine Tochter steht in meinem Leben *immer* an erster Stelle, Fletch. Ich würde vorher selbst nichts essen, bevor ich sie hungern lassen würde.« Das war kein Versprechen, sondern die Realität.

Emily ging zur Tür und verließ das Haus, ohne zurückzuschauen. Wenn sie das getan hätte, hätte sie vermutlich den niedergeschlagenen Ausdruck auf Fletchs Gesicht gesehen.

KAPITEL NEUN

Fletch lächelte Ghost und Rayne an. Truck war bei Ghost zu Besuch gewesen und da Fletch sowieso hatte Bier besorgen müssen, hatte er angeboten, die drei für seine Grillparty abzuholen. Er war begeistert darüber, dass Ghost endlich die Frau wiedergefunden hatte, wegen der er monatelang so schlechter Laune gewesen war. Er und Rayne waren perfekt füreinander und er freute sich so sehr für seinen Freund.

»Ich denke immer noch, dass ich etwas hätte mitbringen sollen«, meckerte Rayne.

Fletch zuckte mit den Schultern. »Ich habe alles, was ich brauche. Es gibt nichts, was du hättest mitbringen können.«

»Aber zum Beispiel ... Brownies? Kartoffelchips? Irgendetwas?«

Fletch lachte. »Nein. Habe ich alles.«

Sie fuhren in Fletchs Einfahrt und Rayne schaute auf die Wohnung über der Garage. »Kommt deine Mieterin auch?«

»Nein.«

Das klang zerknirscht.

»Warum nicht? Ich dachte, du hättest gesagt, sie sei nett?«

»Das *ist* sie auch. Aber sie hat etwas anderes vor«, entgegnete Fletch.

»Oh. Hast du nett gefragt?«, wollte Rayne wissen. »Du kannst manchmal etwas ruppig sein. Du hast gesagt, sie hätte eine kleine Tochter. Vielleicht können sie ja beide rüberkommen.«

»*Natürlich* habe ich nett gefragt. Und sie hat einen Freund, deshalb kannst du dir die Verkupplungsversuche sparen«, sagte Fletch warnend und parkte das Auto.

»Schade«, seufzte sie.

Es war *tatsächlich* schade. Fletch hatte keine Ahnung, warum Emily so eine Abneigung gegen ihn verspürte. Ja, er hatte ihr zwar gesagt, dass er es nicht gut fand, dass sie Annie auf Diät setzte, aber er hätte nie gedacht, dass das der Grund dafür sein könnte, dass sie nicht mehr mit ihm sprechen wollte. Seitdem er sie und Annie zum Abendessen eingeladen hatte, war sie ihm aus dem Weg gegangen und hatte dafür gesorgt, dass sie nie mit ihm alleine war. Er hatte gehofft, dass sie einlenken und erlauben würde, dass Annie mehr Zeit mit ihm verbrachte, was vielleicht dazu geführt hätte, dass sie sich wieder gefangen hätte, doch das war nicht der Fall gewesen. Er sah das kleine Mädchen jetzt sogar noch weniger als vor dem Abendessen, zu dem er sie eingeladen hatte. Das nervte ihn.

Es war etwa drei Wochen her, seit sie zusammen zu Abend gegessen hatten, und er hatte sich während dieser

Zeit auch auf einem Einsatz befunden. Der Oberst hatte dafür gesorgt, dass sie alle freibekamen, und Fletch beschloss, dass es höchste Zeit war, das Team bei sich zu Hause zum Essen einzuladen. Er hatte in den sauren Apfel beißen wollen und an ihre Tür geklopft, doch sie hatte nicht aufgemacht.

Fletch wusste, dass sie zu Hause war. Seit sie am Donnerstag von der Arbeit nach Hause gekommen war, hatte ihr Auto die Garage nicht mehr verlassen. Es war ungewöhnlich, dass sie sich freinahm oder Annie nicht zur Schule schickte, doch sie hatte ihm deutlich zu verstehen gegeben, dass ihn das nichts anging.

Er machte sich trotzdem Sorgen um sie. Wenn Emily doch nur die Tür öffnen würde, damit er wusste, dass alles in Ordnung war.

Als sie in sein Haus gingen und sich den anderen anschlossen, schaute Fletch sehnsüchtig zu der Wohnung über der Garage und hoffte, einen Blick auf die Frau zu erhaschen, die ihm nicht mehr aus dem Kopf gehen wollte, und das kleine Mädchen, das er so sehr mochte.

Ein paar Stunden später schaute Fletch zufrieden in die Runde, die aus seinen sechs Teamkollegen und Rayne bestand. Seiner Meinung nach gab es nichts Besseres, als unter Freunden zu sein. Ghost, Coach, Hollywood, Beatle, Blade, Truck und er selbst waren zusammen durch die Hölle gegangen ... und hatten sie überlebt. Fletch hatte noch nie einer Gruppe von Männern so vertraut wie dieser und er wusste, dass sie alle das Gleiche empfanden.

Rayne war eine tolle Erweiterung ihres Freundeskreises. Manchmal brachte sie ihre Freundin Mary mit und es war amüsant zu beobachten, wie sie und Truck aufeinander losgingen. Mary war eine zähe Frau, hatte sogar eine Krebserkrankung überstanden, und ließ sich von niemandem etwas sagen. Aber aus irgendeinem Grund waren sie und Truck wie Öl und Wasser. Es gefiel ihr, den großen Mann anzugreifen, doch er lächelte nur und zeigte keine Reaktion, was Mary nur noch wütender machte.

Es war eine interessante Dynamik, Frauen in ihrem engen Freundeskreis zu haben. Wenn sie sich früher getroffen hatten, hatten sie über Liebesabenteuer und Sport geredet, doch wenn Rayne und Mary da waren, mussten sie Unterhaltungen dieser Art einschränken. Dies führte zu persönlichen Gesprächen über ihr Leben, ihre Familien und darüber, was bei der Arbeit vor sich ging.

An diesem Abend jedoch sprach niemand die andauernde Fehde mit den Soldaten an, die immer noch nicht abgeklungen war. Jedes Mal wenn die Soldaten einen von ihnen auf dem Stützpunkt sahen, fluchten sie still vor sich hin; hin und wieder wurde sogar eines ihrer Autos mit Eiern beschmiert oder zerkratzt. Das war ärgerlich, denn sie konnten nicht beweisen, wer die Täter waren. Sie konnten lediglich die Vorfälle der Militärpolizei melden und hoffen, dass sie eines Tages auf frischer Tat ertappt würden. Doch darüber konnten sie ein anderes Mal reden.

»Fletch, ich glaube, wir werden von einer kleinen Fee beobachtet«, sagte Rayne leise. Sie saß auf Ghosts Schoß, hielt ein Glas Wein in der Hand und lehnte sich entspannt an seine Brust.

Fletch schaute Rayne verwirrt an und sie deutete mit dem Kinn zur Seite.

Fletch drehte sich um und sah ein kleines Mädchen, das um die Hausecke guckte.

Er stellte sofort sein Bier hin und streckte ihr die Hand entgegen. »Komm her, Annie. Weiß deine Mutter, dass du hier bist?«

Alle beobachteten, wie Annie sich vorsichtig auf den Weg zu Fletch machte.

»Ähm, Fletch, ich glaube nicht –«

Raynes Worte wurden abgeschnitten, denn Fletch erhob sich plötzlich, damit er sich Annie genauer anschauen konnte.

Sie trug eine Jogginghose und ihr Haar war offensichtlich an diesem Tag noch nicht gekämmt worden, vielleicht sogar mehrere Tage lang nicht. Auf ihrem Pyjamaoberteil war ein großer Fleck, als hätte sie etwas darauf verschüttet. Kurz gesagt, sie sah zerzaust aus. So hatte Fletch sie bisher noch nie gesehen. Annie wirkte eher wie ein obdachloses Kind als wie Emilys geliebte Tochter.

Fletch ignorierte seine Freunde, die sich alle in ihren Stühlen aufgerichtet hatten und bereit waren, etwas zu tun, obwohl sie nicht wussten, was, und kniete sich vor Annie hin. »Ist alles in Ordnung, Knirps?«

»Ich habe Hunger.«

»Du hast Hunger. Okay. Wir haben ein paar Reste, die du essen könntest.«

Annie nickte, doch ihr Blick schweifte nervös zu den Männern, die hinter ihm saßen. »Möchtest du meine Freunde kennenlernen?«, fragte Fletch mit ruhiger Stimme.

Annie nickte, aber es war offensichtlich, dass ihr nicht ganz wohl dabei war. Er nahm sie in die Arme, stand auf und stützte sie mit seiner Hüfte ab. Sie legte ihre dünnen Arme um seinen Hals und hielt sich an ihm fest. Fletch drehte sich um und ging zu den anderen.

»Leute, das hier ist meine Freundin und Mieterin Annie Grant. Sie ist sechs und das klügste Mädchen in der ersten Klasse.« Annie lächelte ihn an, sagte aber nichts. Sie legte den Kopf auf seine Schulter und schaute ihn mit großen Augen an.

»Annie, das sind meine Freunde. Ich arbeite jeden Tag mit ihnen zusammen. Ich vertraue ihnen, als ob sie meine Brüder wären. Sie heißen Truck, Blade, Beatle, Hollywood, Coach und Ghost. Und da neben Ghost sitzt seine Freundin Rayne.«

Annie hob den Kopf und musterte einen Moment lang jeden der Erwachsenen um sie herum, bevor sie sich zu Fletch lehnte und mit lauter Stimme sagte: »Deine Freunde haben seltsame Namen.«

Alle lachten. Fletch fuhr mit der Hand über Annies ungekämmtes Haar. »Du hast recht, Knirps. Also, hast du Hunger? Wo ist deine Mutter?« Er wollte, dass seine Fragen unbeschwert klangen, doch tief im Inneren wusste er, dass etwas nicht stimmte. Emily hatte Annie von ihm ferngehalten und würde nie zulassen, dass sie im Dunkeln alleine zu seinem Haus herüberkam.

»Sie schläft.«

»Sie schläft? Bist du sicher? Du hast dich doch nicht etwa hinausgeschlichen?«

Annie schüttelte den Kopf. »Sie schläft schon den ganzen Tag.«

»Den ganzen Tag? Wie meinst du das?« Fletch konnte spüren, wie seine Freunde ihre volle Aufmerksamkeit auf Annie richteten.

»Sie hat gesagt, dass ihr nicht gut ist, als wir am Donnerstag nach Hause gekommen sind, und heute Morgen, als ich aufgestanden bin, hat sie geschlafen. Sie wollte nicht zur Arbeit gehen und hat gestern gesagt, sie sei zu krank, um mich in die Schule zu bringen. Heute Morgen wollte ich sie aufwecken, aber sie hat nur gestöhnt. Gestern Abend habe ich die übrig gebliebenen Nudeln gegessen und heute Morgen wollte ich mir ein Glas Saft einschenken, aber ich habe ihn überall verschüttet«, schniefte Annie. »Ich habe unseren letzten Apfel gegessen und dann war nichts mehr zu essen da. Du hast gesagt, dass ich rüberkommen kann, wenn ich etwas brauche.«

»Genau, und ich bin froh, dass du hergekommen bist. Setz dich hier neben Rayne und Ghost, sie werden dir etwas zu essen geben.«

»Wo gehst du hin?«, fragte Annie, während Fletch sie neben Rayne und Ghost auf dem Boden absetzte.

»Ich werde nur schnell in eure Wohnung gehen und nach deiner Mom sehen.«

»Sie schläft«, wiederholte Annie, als ob er sie vorher

nicht verstanden hätte.

»Ich weiß, Knirps. Ich werde trotzdem mal nachsehen.«

»Du darfst nicht rein. Keine Jungs. Das ist unsere Regel.«

Fletch schaute Annie an. Sie war klug und er musste vorsichtig sein. Er wollte dem kleinen Mädchen keine Angst machen, aber er musste ihr erklären, dass es nicht normal war, dass ihre Mutter den ganzen Tag schlief. Er kniete sich noch einmal vor ihr hin, damit er ihr in die Augen schauen konnte.

»Ich denke, du weißt, dass die Umstände etwas ungewöhnlich sind, nicht wahr?« Als sie leicht nickte, fuhr er fort: »Mommys schlafen normalerweise nicht den ganzen Tag. Ich will nur nach ihr sehen und ihr *helfen*, wenn sie so krank ist. Okay?«

»Okay«, flüsterte Annie, neigte sich zu ihm, umarmte ihn und flüsterte ihm ins Ohr: »Ich habe Angst. Sie hat so komisch geredet, als ich sie aufwecken wollte, bevor ich hier rüberkam.«

Fletch drückte Annie. »Bleib hier, Süße. Ich werde Truck mitnehmen und wir werden dafür sorgen, dass es ihr wieder gut geht.«

Annie musterte den großen Mann, der neben Fletch stand. Fletch wollte Annie gerade erklären, dass Truck gefährlicher aussah, als er war, und dass er kleinen Mädchen wie ihr nichts antun würde, als Annie auf den Stuhl kletterte, der neben ihr stand, und ihren Kopf in Richtung des großen Soldaten neigte.

Als ob sie ihn darum gebeten hätte, machte Truck einen zaghaften Schritt auf sie zu, sagte aber kein Wort.

Annie streckte die Hand aus und fuhr mit ihren kleinen Fingern über die holprige Narbe in Trucks Gesicht. Sie verfolgte sie von seiner Wange bis zu seinem Kinn und drückte sie. Sie zog seinen Mundwinkel hoch und beobachtete, wie die Narbe ihn sofort wieder nach unten zog und zu seiner ewig finsteren Miene beitrug.

»Hat es wehgetan?«, flüsterte sie schließlich.

»Ja«, sagte Truck ehrlich.

Sie schauten sich gegenseitig an. »Hat Fletch dir geholfen, als du verletzt wurdest?«

»Ja. Das hat er.«

Annie legte ihre Hand flach an Trucks Wange. Sie konnte diese Seite seines Gesichts nicht verdecken, doch Truck drehte den Kopf und genoss ihre sanfte Berührung. »Wirst du dich um meine Mommy kümmern?«

»Ja.«

»Einverstanden.«

Und das war's dann. Wenn Fletch nicht danebengestanden hätte, hätte er es nicht geglaubt. Er hatte schon oft erlebt, dass Kinder weinend zu ihren Eltern gelaufen waren, nachdem sie Trucks Narben gesehen hatten. Annie war nicht nur dageblieben, sie hatte auch sein Gesicht berührt und gestreichelt. Sie war ein außergewöhnliches kleines Mädchen.

Fletch beschloss genau in diesem Moment, dass Emily ihm nicht länger aus dem Weg gehen konnte. Er hatte zu lange zugesehen und nichts getan. Hoffentlich war sie nicht zu krank, sodass sie darüber reden und ein für alle Mal aus der Welt schaffen konnten, was sie bedrückte. Eine Frau, die ein Kind wie Annie großzog, war es wert, dass man um sie kämpfte.

»Wir kommen so schnell wie möglich zurück. Jetzt geh zu Rayne und meinem Freund Ghost. Okay?«, sagte Fletch und half Annie vom Stuhl, auf den sie geklettert war.

Man konnte daran erkennen, dass sie nur nickte und Rayne erlaubte, sie an die Hand zu nehmen und ins Haus zu bringen, um nach etwas zu essen Ausschau zu halten, wie viel Angst das Mädchen um seine Mutter hatte und wie hungrig es war.

Fletch stapfte sofort über den Rasen, Truck folgte ihm auf den Fersen. Fletch hatte sich für Truck entschieden, weil er der erfahrenste Sanitäter der Gruppe war. Sie konnten zwar alle Erste Hilfe leisten, doch falls Emily verletzt war, wollte er sicherstellen, dass sie die bestmögliche medizinische Versorgung bekam.

Er lief zwei Stufen auf einmal die Treppe zu ihrer Wohnung hinauf und drehte am Türknauf. Die Tür ließ sich leicht öffnen, da Annie sie nach Verlassen der Wohnung nicht hinter sich verriegelt hatte. Fletch warf einen Blick in die Küche, als er die Wohnung betrat, und sah die nassen Papierhandtücher auf dem Boden, wo Annie versucht hatte, den verschütteten Saft aufzuwischen. Er ignorierte sie und ging ins Schlafzimmer.

Es war leer. Wo zum Teufel war Emily?

»Fletch, hier«, knurrte Truck mit rauer Stimme.

Fletch drehte sich um und schaute auf die Couch. Truck kniete neben einem Klumpen, der von einer zerfetzten Decke bedeckt war. Er kniete sich sofort neben Truck und war froh, dass der zur Seite rückte, um ihm Platz neben ihrem Gesicht zu verschaffen.

»Emily? Können Sie die Augen öffnen?«, wollte er

wissen und legte ihr eine Hand auf die Stirn. Als sie sich nicht bewegte, wandte er sich an Truck. »Sie hat hohes Fieber.«

»Nimm die Decke weg.«

Fletch entgegnete nichts, sondern half Truck dabei, Emily auszuwickeln, damit frische Luft an ihren Körper gelangen konnte. Sie bewegte sich, als sie die kühle Luft spürte.

»Emily! Schau mich an!«, befahl Fletch.

Ihre Augen öffneten sich einen Spaltbreit, doch es dauerte einen Moment, bis sie ihn erkannte. »Ich habe deinem Freund diese Woche sein Geld gegeben. Sag ihm, dass er warten muss, bis ich mein Gehalt bekomme, bis ich ihm mehr geben kann.«

»Was? Emily, wach auf, du bist ja ganz durcheinander.«

Sie schloss die Augen und zitterte.

»Sie muss ins Krankenhaus, Fletch«, sagte Truck mit ernster Stimme.

»Ich weiß, aber nur, wenn es nicht anders geht. Ich nehme an, dass sie keine Versicherung hat. Ich möchte sie zu mir ins Haus rüberbringen und sehen, ob wir sie abkühlen können. Im Moment vertraue ich dir mehr als irgendeinem Arzt, Truck.«

Truck seufzte. Er war zwar nicht ganz einverstanden mit Fletchs Plan, doch er widersprach ihm nicht.

Fletch beugte sich zu Emily hinunter und schob seine Arme unter ihre Beine und ihren Oberkörper. Er erschrak, als er spürte, wie dünn sie war. Er wusste, dass sie abgenommen hatte, aber jetzt konnte er sogar ihre Rippen spüren, als er sie hochhob. Ihr Kopf fiel zurück und er drückte sie enger an sich. »Emily, leg deine Arme um meinen Hals und halt dich fest.«

Überraschenderweise schien sie ihn zu verstehen und tat, was er verlangte. Mit letzter Kraft schlang sie die Arme um seine Schultern, vergrub ihr Gesicht an seinem Hals und hielt sich an ihm fest, während er aus der kleinen Wohnung trat und die Treppe hinunterging. Truck hielt die Haustür auf und sie eilten den Flur entlang zu Fletchs Schlafzimmer.

»Hol Rayne, aber sag Annie noch nicht, dass ihre Mutter hier ist. Ich will warten, bevor wir ihr etwas verraten.«

Truck nickte und verschwand in Richtung Hinterhof. Fletch setzte Emily vorsichtig auf seinem Bett ab und strich ihr das Haar von der Stirn. »Mach dir keine Sorgen, du wirst dich im Handumdrehen wieder besser fühlen. Meine Freunde werden dir helfen.«

Als sie das hörte, riss sie die Augen auf und hatte einen panischen Gesichtsausdruck. »Nicht deinen Freund, bitte, Fletch! Nicht ihn! Ich habe diese Woche bezahlt. Wirklich! Ich werde irgendwie das Geld für nächste Woche beschaffen. Halte ihn von Annie fern!«

»Ganz ruhig, Em, du bist in Sicherheit. Niemand wird deiner Tochter wehtun.«

»Aber er ist dein Freund!«

Fletchs Augen verengten sich; er war verwirrt. Wen zum Teufel hielt sie für seinen Freund? Keiner der Männer, die auf der Veranda hinter seinem Haus saßen, würde je einem Kind etwas antun. Und von welchem Geld redete sie da?

Er bekam ein mulmiges Gefühl in der Magengegend,

als er die Angst in Emilys Augen sah. Es war offensichtlich, dass irgendetwas vollkommen falsch lief in Emilys
Leben, und aus irgendeinem Grund dachte sie, dass *er*
etwas damit zu tun hatte.

Fletch versuchte, sie zu beruhigen. »Ich sage es noch
einmal. Du bist in Sicherheit. Annie ist in Sicherheit. Du
bist krank. Rayne wird gleich reinkommen und sich um
dich kümmern. Vertrau mir, Em.«

»Kann ich nicht«, murmelte sie und war offensichtlich im Delirium. »Du hast uns benutzt.«

»Wovon zum Teufel redet sie da?«, zischte Hollywood,
der anscheinend den letzten Satz mitgehört hatte.

Fletch hatte nicht gehört, dass er den Raum betreten
hatte, was ihn nicht überraschte. Hollywood war gut
darin, sich anzuschleichen. »Ich habe keine Ahnung,
aber was auch immer es ist, es macht keinen Sinn.«

»Kommt schon, ihr beiden, macht Platz, damit ich
reinkommen kann«, befahl Rayne und drängte sich
zwischen Ghost und Hollywood. »Großer Gott, sie sieht
nicht gut aus.«

Raynes Bemerkung war überflüssig. Den drei
Männern war bewusst, wie schlecht Emily aussah. Ihre
Wangen waren gerötet und sie atmete in kurzen,
schnellen Zügen.

»Rayne, hilf mir, ihr das T-Shirt und die Hose auszuziehen. Ghost, kannst du ein Bad einlassen? Kaltes
Wasser.«

»Truck ist schon dabei«, bestätigte Ghost.

»Okay, gut.«

Sie zogen Emily schnell bis auf die Unterwäsche aus
und Fletch war erneut erstaunt darüber, wie viel Gewicht

sie verloren hatte. Er hatte sie vorher noch nie ohne Kleidung gesehen, aber er hatte genug gesehen, um zu wissen, dass sie ihre T-Shirts immer gut ausgefüllt hatte. Jetzt konnte er deutlich ihre Rippen und die Hüftknochen erkennen. Er war noch nie der Typ Mann gewesen, der sich darum kümmerte, wie viel eine Frau wog, solange sie mit sich selbst glücklich war, doch *das* war ungesund.

Irgendetwas stimmte nicht, und Fletch war gleichzeitig sauer und frustriert, weil er nicht wusste, was es war. Er würde herausfinden, was los war, doch zuerst musste er dafür sorgen, dass Emilys Fieber sank. Dann würde er weitersehen.

Im Moment kümmerte es Fletch nicht, dass Ghost, Hollywood oder Truck Emily in ihrer Unterwäsche sahen. Sie hatten im Laufe der Zeit aus verschiedenen medizinischen Gründen oft mit nackten Menschen zu tun gehabt. Es war allen bewusst, dass es hier um Leben und Tod ging. Er wäre ein ziemlicher Arsch gewesen, wenn er jetzt, wo sie ihre Hilfe brauchte, irgendwelche Besitzansprüche angemeldet hätte.

Sie mussten sie abkühlen, damit ihr Körper nicht überhitzte. Sie hatten auf ihren Einsätzen genügend Menschen gesehen, die an Hitzeschlägen gestorben waren, und wussten, dass jede Minute zählte.

Ghost drehte Rayne um, während Fletch sich bis auf die Boxershorts auszog. Dann beugte Fletch sich über Emily, lud sie sich auf die Arme und trug sie ins Badezimmer. Dort kletterte er ungeschickt in die Badewanne, während sie in seinen Armen lag.

Fletch hielt den Atem an, weil sich das Wasser so kalt

anfühlte, wusste jedoch, dass das absolut notwendig war. Die anderen halfen ihm, als er sich vorsichtig hinsetzte, während er Emily in seinen Armen hielt. Sobald ihr Körper das Wasser berührte, wölbte er sich und sie versuchte zu entkommen.

Ihr Körper verkrampfte sich und Fletch überkreuzte die Arme vor ihrer Brust, legte seine Beine um ihre und hielt sie fest. Einerseits, damit sie sich nicht wehtat, andererseits, um so viel ihres Körpers wie möglich zu bedecken. »Bleib ruhig, Em. Ich bin bei dir.«

»K-k-kalt.«

»Ich weiß, aber es muss sein. Dein Körper braucht das. Halte durch.«

»W-w-w-warum hasst du mich so s-s-s-sehr?«, schluchzte sie, während ihre Zähne klapperten.

»Ich hasse dich nicht, Em, warum sagst du das?«

»Dein Freund t-tut das aber.«

»Welcher Freund?«

»D-d-du weißt schon!«

»Emily, ich habe keine Ahnung. Sieh dich um. *Das* sind meine Freunde. Ghost, Hollywood und Truck. Und Ghosts Freundin, Rayne. Ist es einer von ihnen, der dich hasst?«

Er konnte beobachten, wie Emily die Männer und die Frau, die um die Badewanne herum standen und knieten, musterte. Sie schüttelte den Kopf. »Er hat gesagt, dass du nicht gern mit ihm gesehen wirst. Dass er ein geheimer Freund ist.«

»Wovon zum Teufel redet sie, Fletch?«, knirschte Truck zwischen zusammengebissenen Zähnen hervor.

»Ich habe keine Ahnung!« Er neigte den Kopf so weit

zur Seite, bis er ihr Gesicht sehen konnte. »Wie sieht er aus?«

»Wie i-i-ihr Jungs.«

»Was soll das bedeuten?«

»M-m-militär. Gemein.«

»Hat er irgendwelche Tätowierungen?« Es war Ghost, der die Frage stellte und offensichtlich wie ein Delta Force-Soldat dachte.

Emily nickte.

»Wo? Wie sehen sie aus?«, fragte Ghost.

Emily schloss die Augen und legte den Kopf auf Fletchs Schulter. »Er ist doch *dein* Freund ... das solltest du wissen.«

»Wie. Sehen. Sie. Aus?« Fletch wiederholte langsam und mit leiser, ernster Stimme Ghosts Frage.

»S-s-s-schädel. Auf seinem Unterarm.«

Fletch schaute zu Ghost hoch, der »Schon unterwegs« sagte und aus dem Badezimmer stürmte.

»Was ist los?«, fragte Rayne nervös.

»Ich bin nicht hundertprozentig sicher, aber jemand treibt ein böses Spiel mit Emily, und ich glaube, wir wissen, wer dieser Jemand sein könnte«, knurrte Truck.

»F-fletch?«

»Ja, Em?«

»Annie ...?«

»Sie ist hier. Sie ist in Sicherheit.«

»Ich konnte nicht aufstehen, um ihr etwas zu essen zu m-m-machen.« Sie lachte bitter. »Ich h-h-h-habe auch nichts zu essen im Haus, das sie zu sich nehmen *könnte*.«

»Warum? Warum hast du kein Geld, Em?« Fletch wollte ihren derzeitigen Geisteszustand nicht ausnutzen, er wusste jedoch, dass das der einfachste Weg war, Antworten auf seine Fragen zu erhalten.

»*Du weißt schon!*«

»Das tue ich nicht.«

»D-d-doch, Fletch! Verdammt, du hast mir doch hinter PX gesagt, dass ich tun soll, was dein Freund verlangt.«

»Stell dir einfach vor, ich wüsste von nichts, und erkläre es mir von Anfang an.« Fletch hielt Emily fest, als er spürte, wie sie sich aus seiner Umarmung winden wollte. »Bitte, Em, halte nichts zurück. Sag mir, was du von mir denkst. Erzähl mir alles. Rede es dir von der Seele. Ich weiß, dass du mir sagen willst, dass ich mich verpissen soll. Also, tu es.«

»Was machst du da?«, fragte Rayne leise.

Truck packte Raynes Ellbogen und zog sie nach oben. »Komm, Rayne, das geht nur Fletch und Emily etwas an.«

Fletch nickte dem großen Mann dankend zu, während er Rayne aus dem Badezimmer führte. Er gab Hollywood zu verstehen, dass er bleiben sollte, drehte sich dann zu Emily um und fuhr damit fort, sie anzustacheln. »Du hast gesagt, dass ich dich hasse. Warum? Was hat dieser Freund von mir zu dir gesagt? Warum hast du kein Geld?«

Ein tiefes Knurren drang aus Emilys Kehle. Es war ein unzufriedenes, wütendes Geräusch, das Fletch noch nie von ihr gehört hatte. »D-d-du Mistkerl! Ich habe gedacht, dass du ein guter Mensch bist. Ich wollte sogar, dass du mich magst. Verdammt, ich habe mir sogar vorgestellt, wie du mir zuschaust, wie ich komme, während ich mich gestreichelt habe. Ich dachte, dass du mir die Miete r-reduziert hast, weil du nett bist.«

»Mach weiter«, drängte Fletch, als sie innehielt. Er ignorierte für den Augenblick, dass sie ihm gebeichtet hatte, sie würde sich zu ihm hingezogen fühlen und hätte sich in Gedanken an ihn gestreichelt. So sehr ihm das auch gefiel, es gab im Moment wichtigere Dinge, die er in Erfahrung bringen musste. Er drängte sie noch einmal. »Sag mir, warum ich dir die Miete reduziert habe. Los!«

»Weil ich im Gegenzug deine Spielschulden bezahlen soll. Ich wäre n-n-nie eingezogen, wenn ich gewusst hätte, dass fünfhundert sich in dreizehnhundert pro Monat verwandeln würden. Das kann ich mir nicht leisten, a-a-aber das ist dir egal. Dein F-f-f-freund hat mir gesagt, dass du das alles gewusst und so geplant hast. Verdammt sollst du sein, F-fletch. Wegen dir kann ich meiner Kleinen nichts zu essen kaufen!«

Emilys Worte schienen von den Wänden im Badezimmer widerzuhallen. Sie kämpfte immer noch in Fletchs Armen. »B-b-b-bitte, lass mich los. Ich muss aufstehen, damit ich morgen wieder zur A-a-a-arbeit gehen kann. Ich muss arbeiten, damit ich deinen F-freund bezahlen kann, damit er Annie nicht wehtut oder sie mir wegnehmen lässt. Ich weiß nicht, warum ich dachte, dass dich das überhaupt kümmert ... dir ist ja sowieso scheißegal, wie es mir geht.«

»Wie ist ihre Temperatur?«, fragte Fletch Hollywood emotionslos. Er sah den besorgten Blick, den sein Freund ihm zuwarf, ignorierte ihn jedoch. Die wenigen Gespräche, die er mit Emily geführt hatte, gingen ihm mit absoluter Treffsicherheit durch den Kopf.

»Mein Job ist nicht gerade der sicherste und manchmal gibt es Leute, die … die ich verärgere. Ich möchte nicht, dass Annie oder Ihnen etwas passiert.«

»Sie gehen nirgendwo hin.«

»Wir haben viel Zeit damit verbracht, über die Situation zu reden. Für Sie ist es besser, wenn Sie bleiben, wo Sie sind.«

Jedes Mal wenn sie sich unterhalten hatten, hatte sie offensichtlich angenommen, dass er von seinem »Freund«, der sie bedroht hatte, geredet hatte, anstatt von Ghost. Verdammte Scheiße.

Hollywood zog das Fieberthermometer aus Emilys Ohr und las die Temperatur ab. »Achtunddreißig Komma fünf.«

»Gut genug fürs Erste. Halt sie fest, damit ich aus der Wanne steigen kann«, befahl Fletch.

Hollywood legte das Fieberthermometer auf den Boden und beugte sich über die Badewanne. Dann zog er Emily hoch und drückte sie gegen sich, während Fletch unter ihr wegrutschte. Er griff nach einem Badetuch und trocknete sich schnell ab, ohne sich darum zu kümmern, wie gründlich er war. Er packte Emily und wickelte ein frisches, trockenes Badetuch um sie, bevor er sie hochhob. Er ging zurück in sein Schlafzimmer und legte sie wieder auf sein Bett. Er ging zu seiner Kommode und tauschte seine nassen Boxershorts gegen trockene ein. Dann ging er sofort zu Emily zurück.

Er ließ sie im Badetuch eingehüllt und deckte sie zu. Es war ihm egal, ob das Laken feucht wurde. Dann schlüpfte er zu ihr ins Bett und legte die Arme um sie.

»Lass mich los«, sagte Emily schläfrig. »Ich muss aufstehen.«

»Nein, das musst du nicht. Es ist alles in Ordnung. Annie geht es gut. Schlaf jetzt, Em.«

»Aber –«

»Nichts aber«, sagte Fletch entschlossen. »Wir haben in den vergangenen Monaten kaum miteinander geredet, aber damit ist jetzt Schluss. Wenn es dir besser geht, werden wir alles besprechen und die Missverständnisse ein für alle Mal aus der Welt schaffen.«

»Wenn du nicht so spielsüchtig wärst, wäre ich nie in diese Lage gekommen«, murrte sie und für einen Moment konnte er die alte Emily wiedererkennen.

Obwohl er nicht gern hörte, was sie sagte, war er froh, dass ihr Verstand etwas klarer zu sein schien.

»Ich habe in meinem ganzen Leben noch nie gewettet, Süße. Niemals. *Das* kann ich dir versichern.«

Emily wand sich in Fletchs Umarmung und schaffte es schließlich, sich auf den Rücken zu drehen. Sie schaute ihn voller Verwirrung an. »Aber dein Freund –«

»Er ist nicht mein Freund.«

»*Doch*! Er sagte –«

»Er hat gelogen, Emily. Er hat dich benutzt, weil er sauer auf mich ist.«

»Er hat gelogen?«

»Ja, er hat gelogen«, wiederholte Fletch. »Jetzt ist mir alles klar. Dass du nichts isst, damit Annie etwas zu essen hat, ist jetzt vorbei. Dass du irgendeinem Arschloch, das behauptet, mich zu kennen, Geld gibst, ebenfalls. Niemand wird dir deine kleine Tochter wegnehmen. Das schwöre ich dir. Ich bin verdammt sauer, aber nicht auf dich, Emily. Sondern auf das Arschloch, das dich benutzt hat, um mir und meinem Team eins auszuwischen. Jetzt schließ die Augen und entspann dich. Du hast immer noch Fieber.«

»Und Annie?«, fragte sie erneut, offensichtlich vertraute sie ihm immer noch nicht ganz.

»Sie ist in Sicherheit bei meinen Freunden ... meinen *echten* Freunden. Es wird ihr nichts passieren.«

»Hat sie etwas gegessen?«

Fletch ließ seine Fingerspitze über ihre Nase gleiten. »Sie hat sich wahrscheinlich wie ein kleines Ferkel vollgestopft.«

Emily lächelte nicht einmal. »Gut.«

Der Gedanke, dass ihre Tochter satt und sicher war, erlaubte es Emily, sich zum ersten Mal völlig zu entspannen. Die Kombination von körperlicher Schwäche und Erleichterung darüber, dass Annie in Sicherheit war, ließ sie schnell einschlafen.

Er sorgte dafür, dass sie es bequem hatte, und wartete, bis ihre Atemzüge tiefer wurden. Dann rutschte er widerwillig aus dem Bett und zog die Decke über ihre Schultern.

»Teamsitzung?«, fragte Hollywood, der im Türrahmen stand. Er hatte den Raum zwar nicht verlassen, doch er hatte den beiden etwas Privatsphäre gegönnt.

»Morgen«, antwortete Fletch und zog sich Jeans und T-Shirt an. »Ich muss zuerst Annie zu Bett bringen und herausfinden, was sie weiß. Aber ich wäre froh, wenn Ghost Tex anrufen und sich mit ihm zusammen um die Sache kümmern würde.«

»Wird gemacht. Willst du, dass wir bleiben?«

»Vielleicht nicht alle, aber ich hätte gern etwas Verstärkung.«

»Sag einfach, was du brauchst.«

»Danke, das weiß ich zu schätzen.«

»Du brauchst uns nicht zu danken, das weißt du. Und ich kann dir gleich sagen, dass alle, die böse Spielchen mit dieser Frau treiben, völlig wahnsinnig sein müssen. Es spielt keine Rolle, dass sie nicht wissen, dass wir Deltas sind. Sie hätten gleich merken sollen, dass wir uns nichts gefallen lassen und uns um die Unsrigen kümmern.«

»Wahnsinnig – oder eifersüchtig.« Fletchs Worte klangen monoton, was sie umso gefährlicher klingen ließ.

»Willst du mich verarschen?«, schnaubte Hollywood, als sie den Flur entlang zum Rest des Teams gingen.

»Ich bin mir noch nicht sicher, aber ich habe irgendwie das Gefühl, dass dieser Streich der Infanteriekerle nur die Spitze des Eisbergs ist.«

»Verdammte *Hurensöhne*.« Das klang zerknirscht und umso ärgerlicher, weil es Hollywood war, der das sagte. Er war zu diesem Spitznamen gekommen, weil er wie ein Schönling aussah. Er war eins achtzig groß, nicht ganz so muskulös wie die anderen im Team, und an manchen Tagen konnte man ihn mit Tom Cruise oder Colin Egglesfield verwechseln.

»Damit werden sie nicht davonkommen«, sagte er mit zusammengebissenen Zähnen, bevor sie wieder auf die Terrasse gingen.

»Auf keinen Fall«, stimmte Fletch zu. Niemand trieb seine Späße mit dieser Frau und kam ungeschoren davon.

KAPITEL ZEHN

»Wo ist Mommy?«, fragte Annie, als Fletch wieder nach draußen ging. Sie saß auf zwei dicken Büchern auf einem Stuhl an seinem Terrassentisch. Ihre kleinen Beine schwangen hin und her und ihre Lippen und Wangen sahen aus, als wären sie mit Schokolade beschmiert.

»Sie ist oben im Schlafzimmer, Knirps. Es wird ihr bald besser gehen.«

»Sie war krank.« Das war eine Feststellung, keine Frage.

»Ja.«

»Stecke ich in Schwierigkeiten, weil ich hier rübergekommen bin?«

Annie sah ängstlich aus, als sie das fragte, und Fletch gefiel das überhaupt nicht. Er zog einen Stuhl neben sie, schnappte sich ein Stück des Brownies auf ihrem Teller und lächelte, als sie ihn angrinste. »Nein, Annie. Du steckst *absolut* nicht in Schwierigkeiten. Dass du rübergekommen bist, ist sogar das Allerbeste, was passieren konnte. Du hast genau das Richtige getan. Ich habe dir ja gesagt, dass du zu mir kommen kannst, wenn du etwas brauchst. Du hast dafür gesorgt, dass deine Mom heute Abend genau die Hilfe bekommen hat, die sie gebraucht hat. Danke, dass du mir vertraut hast.«

Das kleine Mädchen neigte den Kopf zur Seite und musterte Fletch kritisch. Er konnte viel zu viel Sorge für eine Sechsjährige in ihrem Blick erkennen. Sie brach den Augenkontakt ab und schaute in die Runde seiner Teamkollegen. Ghost saß wieder auf dem Stuhl, auf dem er am Anfang gesessen hatte, und Rayne befand sich wieder auf seinem Schoß. Die anderen standen oder saßen auf der kleinen Terrasse und sahen alles andere als entspannt aus. Annie schaute sich jede einzelne Person an, bevor sich ihr Blick wieder auf Fletch richtete.

»Deine Freunde sind nicht wie Mommys Freund.«

Da Fletch nun wusste, was sie damit meinte, musste er es sich verkneifen, aufzuspringen und etwas zu zerschlagen. Er fragte nur: »Wie sind sie denn?«

»Alle haben nette Augen.«

»Und er nicht?«

Annie schüttelte den Kopf.

»Wann hat deine Mommy ihn denn kennengelernt?«

Als Beweis ihrer Intelligenz zuckte sie nicht sofort mit den Schultern oder sagte, dass sie sich nicht erinnern konnte. Sie schaute erst nach oben, dann nach rechts und versuchte, sich zu erinnern. Einen Moment lang biss sie sich auf die Lippe, legte dann ihre winzigen Ellbogen auf den Tisch und verfehlte nur knapp ihren Teller. »Du warst auf einer Reise. Ich glaube, es war die erste, nachdem wir eingezogen waren. Erinnerst du dich? Ich habe dich gefragt, ob du mir ein Geschenk mitgebracht hast.«

Fletch nickte sofort. Genau das hatte er sich gedacht. Er konnte nicht verstehen, wie er dieses Video so falsch hatte interpretieren können und angenommen hatte, dass Emily sich mit ihrem Freund traf. Er war ein Idiot und hatte zugelassen, dass seine Gefühle stärker waren als seine Ausbildung. »Ich erinnere mich. Er war hier, als ihr von der Schule und der Arbeit nach Hause gekommen seid, stimmt's?«

»Mhm. Mommy hat mich hinauf in die Wohnung geschickt. Als sie später nach oben kam, hat sie mir gesagt, dass ich immer, wenn ich ihn sehe, hinaufgehen muss. Dass ich dasselbe tun muss wie bei unserem alten Vermieter.«

Fletch wusste schon einiges über dieses *Arschloch* aufgrund dessen, was Emily ihm erzählt hatte. Am liebsten hätte er sich den Kerl gleich vorgeknöpft. Wenn Emily ihrer Tochter gesagt hatte, sie solle sich verstecken, wenn sie ihren alten Vermieter sah, musste dieser Kerl noch schlimmer sein. Er zwang sich dazu, seine Gedanken wieder zurück zum Gespräch zu lenken. »Wann hast du ihn zuletzt gesehen?«

Dieses Mal zuckte Annie mit den Schultern. »Es ist eine Weile her.«

Fletch änderte die Art der Fragen. Wenn er Emily helfen wollte, musste er so viel wie möglich über ihre Situation wissen. Er wollte nicht unbedingt ihre Tochter dazu benutzen, um an Informationen zu kommen, doch tief in seinem Inneren wusste er, dass Emily nicht sehr mitteilsam sein würde. Sie hatte kein Wort darüber verloren, dass jemand sie die letzten vier Monate lang erpresst hatte. Sie würde wahrscheinlich so tun, als wäre es keine große Sache, und weiterhin versuchen, sich selbst darum zu kümmern.

»Was hast du gestern zu Abend gegessen?«

Annie sah überrascht aus, antwortete aber trotzdem. »Ramen-Nudeln.«

»Und am Abend zuvor?«

»Ramen. Ich esse immer Nudeln. Manchmal gibt Mommy einen Hotdog dazu.«

»Und zum Frühstück?«

»Manchmal Toast, aber in letzter Zeit habe ich in der Schule gegessen.« Annies Stimme verwandelte sich in ein Flüstern. »Die anderen Kinder machen sich über mich lustig.«

Fletch umarmte Annie und zog sie auf seinen Schoß. Er mochte den traurigen Ton nicht und wollte sie trösten. »Warum?«

Sie zuckte mit den Schultern. »Sie sagen, dass ich arm bin und nur arme Menschen in der Schule frühstücken müssen. Ich weiß, was es bedeutet, arm zu sein, aber ich verstehe nicht, warum das etwas Schlechtes ist.«

Fletch küsste Annie auf die Stirn. »Es ist nichts Schlechtes, Knirps. Manche Leute haben einfach weniger Geld als andere. Das heißt nicht, dass sie schlecht sind ... es bedeutet nur, dass sie weniger Geld haben.«

Annie sah ihn mit großen Augen an und er fuhr fort: »Ab nächster Woche wirst du nicht mehr in der Schule frühstücken, ich werde dafür sorgen, dass du morgens hier ein gutes Frühstück bekommst, bevor du gehst. Ist das in Ordnung?«

»Ja. Ich mag Puffy-Os.« Sie gähnte und schmiegte sich an seine Brust.

»Du kannst so viele Puffy-Os essen, wie du möchtest. Müde, Knirps?«

Das kleine Mädchen nickte schläfrig.

Fletch schaute Beatle an und deutete mit dem Kinn in Richtung Wohnung, während er sich über Annie beugte und ihr von den Plänen für die Nacht erzählte. »Möchtest du bei mir schlafen?«

Sie nickte so heftig, dass Fletch kaum ausweichen und verhindern konnte, dass sie mit ihrem Kopf gegen sein Kinn schlug. »Ja!«

»Brauchst du irgendwelche Sachen aus deinem Zimmer?«

»Ja.« Diesmal klang ihre Antwort, als würde sie »da« sagen.

Fletch lächelte. »Okay, wie wäre es, wenn du mit meinen Freunden Beatle und Coach zurück in die Wohnung gehst? Sie werden dir helfen, deine Sachen rüberzutragen.«

»Kann ich meine Armee-Puppen mitbringen?«

»Natürlich. Du kannst mitbringen, was du willst.«

Annie sprang von seinem Schoß, als ob sie das jeden Tag täte. »Juchhu!« Sie griff nach Beatles Hand und zerrte daran. »Komm schon, Käfermann, los geht's!«

Alle mussten lachen, als sie Annies Spitznamen für Beatle hörten. Dann machte sich das Trio auf den Weg zur Wohnung über der Garage. Als sie außer Hörweite waren, sagte Blade grimmig: »Was zum Teufel ist hier los?«

Fletch erhob sich und ging auf der kleinen Terrasse

auf und ab. »Soviel ich weiß wurde Emily von einem Mann erpresst und musste ihm jede Woche einen Geldbetrag bezahlen. Er hat ihr weisgemacht, dass ich Spielschulden bei ihm hätte, und ihr damit gedroht, dass er ihr Annie wegnehmen oder ihr wehtun würde. Emily und ich haben uns offensichtlich missverstanden ... als ich über meine Freunde – euch – gesprochen habe, hat sie gedacht, dass ich von diesem *Arschloch* rede. Sie hatte den Eindruck, dass ich von allem wusste und es guthieß.«

»Der Freund?«, fragte Ghost leise und erinnerte sich offensichtlich an einige ihrer früheren Gespräche.

Fletch nickte grimmig. »Ja, das vermute ich. Ich dachte, dass sie mit diesem Arschloch *zusammen* war. In Wirklichkeit hat er dafür gesorgt, dass sie sich nicht mehr sicher fühlte und sich Sorgen um ihre Tochter machte. Ich habe keine Ahnung, womit er sie bedroht hat, aber ich wette, er hat ihr gesagt, dass etwas Schreckliches mit Annie passieren würde. Sie hat erwähnt, dass er Annie erschießen wollte.«

»Hast du die Kameraaufzeichnungen noch?«, fragte Truck. Er wusste, dass Fletch sein Eigentum und seine Mieter im Auge behielt.

»Natürlich.«

»Gut. Schick sie mir. Wir werden sie uns anschauen und sehen, ob wir diesen Mistkerl festnageln können. Ich werde das dem obersten Kommando melden. Dieser Wichser kommt uns nicht davon.«

»Ich bin mir ziemlich sicher, dass es Jacks ist.«

»Richard Jacks? Das erbärmliche Muttersöhnchen aus der verpfuschten Trainingsübung?«, rief Truck.

»Ja. Ich habe erst jetzt eins und eins zusammengezählt. Wir wissen, dass er und seine Freunde sich an unseren Autos zu schaffen gemacht haben, und sogar mit der Mütze, die er aufhatte, als er Emily zum ersten Mal vor ihrem Haus konfrontiert hat, bin ich ziemlich sicher, dass sich herausstellen wird, dass er es ist.«

Die Männer nickten, als ob das, was er sagte, absolut Sinn machte. »Das würde ihm ähnlichsehen«, knurrte Blade. »Diese Typen interessieren sich nur dafür, wie sie sich im besten Licht präsentieren können.«

»Stimmt«, sagte Fletch mit einem höhnischen Grinsen.

»Schick mir trotzdem die Aufzeichnungen«, verlangte Truck. »Wir brauchen sie als Beweismaterial, wenn wir zum Oberst gehen. Kommt nicht infrage, dass jemand einer Mutter damit droht, ihr ihre kleine Tochter wegzunehmen. Besonders nicht, wenn die kleine Tochter so süß ist wie Annie.«

Fletch atmete zum ersten Mal auf, seit er von Emilys Krankheit erfahren hatte. Sein Team würde sich der Sache annehmen. Einerseits wollte er gern ganz vorne mit dabei sein, um Jacks und alle anderen, die Emily erpressten, zu kreuzigen, andererseits wollte er an ihrer Seite bleiben, damit sie sich an seine Nähe gewöhnte.

Er entschied sich, bei ihr zu bleiben.

»Schick alles an Tex. Falls die Armee nichts tut, wird Tex uns die Informationen besorgen, die wir brauchen, um uns selbst darum zu kümmern«, befahl Fletch mit todernster Stimme. »Wir wissen ja, wie langsam die Regierung arbeitet. Wenn sie nicht schnell was unternehmen, dann werden wir es tun.«

»Jawohl«, stimmte Ghost zu. »Wer von uns soll denn nun heute Nacht hierbleiben?«

Es überraschte Fletch nicht, dass sie auf derselben Wellenlänge waren. »Truck, Beatle und Hollywood.«

»Kein Problem«, sagte Hollywood sofort.

»Bin dabei«, antwortete Truck.

»So ungern ich es auch tue, aber ich muss einen von euch bitten, ihre Wohnung zu durchsuchen und nachzusehen, ob sich etwas finden lässt«, sagte Fletch zu Truck.

Der große Mann nickte. »Wenn ich irgendetwas entdecke, das auf dieses Arschloch hinweist, werde ich es dir geben.«

»Danke.«

»Keine Ursache, Bruder.«

***

Eine Stunde später legte Fletch sich auf seinem großen Doppelbett neben Emily. Annie hatte sich an ihre Mutter gekuschelt und dann verlangt, dass er auch blieb. Da er ihr diesen Wunsch nicht abschlagen konnte, hatte Fletch zugestimmt. Er beabsichtigte aufzustehen, sobald das kleine Mädchen eingeschlafen war, und wollte dann den Rest der Nacht im Gästezimmer verbringen.

Er dachte über das nach, was Truck berichtet hatte, nachdem er aus Emilys Wohnung zurückgekehrt war. Annie hatte nicht gelogen, es gab nicht viel zu essen im Haus. Ein paar Gewürze und ein Laib Brot. Das war's. Nicht nur das, es gab auch nicht viele Habseligkeiten im Apartment. Die Dinge, die Fletch ihr geliehen hatte, waren da, sonst nicht viel. Es sah so aus, als hätte Emily so viele Sachen wie möglich verkauft, um Lebensmittel für ihre Tochter zu kaufen.

So sehr ihn das auch ärgerte und gleichzeitig traurig stimmte, die Tatsache, dass die Armee-Puppen, die er Annie vor all den Monaten gegeben hatte, noch immer in der Verpackung waren, erschütterte ihn. Er wusste, dass sich das kleine Mädchen gefreut hatte, als er sie ihr gegeben hatte. Dass sie immer noch in der Verpackung waren, zeigte ihm jedoch, wie viel sie ihr bedeuteten.

Fletch wusste, dass Emily die Spielsachen hätte verkaufen und ein paar Dollar damit machen können, er erkannte jedoch instinktiv, dass sie ihrer Tochter nie so etwas antun würde. Ihm tat das Herz weh, als er an die Situation dachte, in der Emily und Annie sich befanden.

Emily hatte trotz der beschissenen Lage alles getan, um ihre Tochter zu beschützen. Sie hatte gehungert, damit Annie etwas zu essen hatte. Sie hatte alles verkauft, auf das sie verzichten konnte. Doch am bemerkenswertesten war, dass sie stillschweigend gelitten hatte. Damit war jetzt Schluss.

Es war erstaunlich, dass Emily ihn, obwohl sie ihn zu hassen schien, gleichzeitig beschützt hatte. Das bewies, dass sie ihn tief in ihrem Inneren doch irgendwie mochte. Wenn nicht, hätte sie die Spielsachen verkauft, die er Annie geschenkt hatte, Jacks gesagt, er solle sich verpissen, und wäre sofort ausgezogen. Doch das hatte sie nicht getan.

Vielleicht auch nur, weil sie Angst um ihre Tochter gehabt und Jacks sie bedroht hatte, er hoffte aber, dass es auch etwas damit zu tun hatte, dass sie ihn mochte.

Fletch dachte über das nach, was sie gesagt hatte, als

sie zusammen in der Badewanne gesessen hatten. Dass sie an ihn gedacht hatte. Dass sie sich *gestreichelt* hatte, während sie an ihn dachte. Genau wie er. Die Geschichte hatte nicht gut angefangen, aber die Anziehungskraft war offensichtlich vorhanden. Daraus ließ sich etwas machen.

Die Opfer, die Emily für ihre Tochter – und auch für ihn – gebracht hatte, demütigten und beeindruckten Fletch.

Während er Mutter und Tochter betrachtete, die in seinem Bett schliefen, gab er sich selbst ein Versprechen ... und den beiden. Er würde sich in Zukunft schützend vor sie stellen, damit nichts und niemand ihnen jemals wieder wehtun konnte. Er würde sie nie wieder sich selbst überlassen. Niemals. Emilys Handlungen hatten ihn in seiner Entscheidung bestärkt. Sie würde ihm gehören. Er hatte sich vor all diesen Monaten schon in ihren Mut verliebt, doch jetzt, als er ihn hautnah erlebte, zeigten sich seine Gefühle in einem neuen Licht.

Emily und Annie Grant gehörten *ihm*. Er würde sie ernähren, beschützen und lieben. Sie wussten es nur noch nicht.

KAPITEL ELF

Emily stöhnte, drehte sich auf den Rücken und lächelte, als sie Annies warmen Körper neben sich spürte. Sie fühlte sich schmutzig und wünschte sich nichts mehr als eine heiße Dusche. Ihr war immer noch schwindlig und sie fühlte sich immer noch beschissen, doch tausendmal besser als während der letzten paar Tage.

»Guten Morgen, Emily.«

Diese sanft ausgesprochenen Worte kamen definitiv von einem Mann.

Sie schlug die Augen auf und drehte den Kopf, Fletch lag ausgestreckt neben ihr. Er hatte den Kopf mit einer Hand aufgestützt und grinste sie an. Sein T-Shirt war über seine breite Brust gespannt und sein Stoppelbart sah eher sexy als ungepflegt aus. Sein zerzaustes Haar war feucht und klebte an seinem Kopf ... er sah zum Anbeißen aus.

Als Emily auf die andere Seite schaute, sah sie, dass Annie mit einem Arm über dem Kopf auf dem Rücken lag und schnarchte. Sie trug ihren Lieblingspyjama von

Wonder Woman und an ihrer Wange klebten ein paar getrocknete Essensreste.

Sie versuchte sich zu erinnern, was am Abend zuvor passiert war, doch es war, als würde man mitten in einem Sturm fernsehen, die Erinnerungen kamen wie Blitze und machten keinen Sinn.

»Was tust du hier?«, fragte sie Fletch leise, damit sie ihre Tochter nicht aufweckte.

»Erinnerst du dich nicht?«

»Nur bruchstückhaft«, gab Emily zu.

»Die Kurzfassung der Geschichte ist, dass Annie gestern Abend zu mir herüberkam, weil sie Hunger hatte und sich Sorgen um dich machte. Ich habe dann nach dir gesehen und du warst drauf und dran, einen Hirnschaden zu erleiden, weil du so hohes Fieber hattest. Dann habe ich dich zu mir herübergetragen und mich um dich gekümmert. Du warst so entspannt, dass ich dich nicht aufwecken wollte, deshalb hast du hier übernachtet.«

»Und Annie?«

»Ich dachte, dass du dich besser fühlen würdest, wenn sie bei dir ist.«

»Danke. Das tue ich auch. Und *du*?«

Fletch lächelte, streckte die Hand aus und ließ seine Finger von Annies Stirn an ihrer Wange entlang über ihr Gesicht streichen. »Ich wollte im anderen Zimmer schlafen, aber Annie bestand darauf, dass ich hier bei euch bleibe.«

Emily zuckte zusammen. Ja, *das* sah Annie ähnlich. Sie vergötterte Fletch. »Nun, äh, danke. Wir sind gleich wieder weg ...«

Er zog seine Hand zurück. »Wir müssen uns unterhalten.«

Emily biss sich auf die Lippe. Verdammt, sie hatte vermutet, dass sich das nicht verhindern ließe, und trotzdem gehofft, dass sie jede Art von Gespräch irgendwie verschieben konnte ... am besten auf unbestimmte Zeit. Doch schließlich nickte sie. So konnte es nicht weitergehen. Dass sie krank geworden war, hatte das unmissverständlich klargemacht. Wenn es darum ging, Fletch oder dem Mann, der sie erpresst hatte, zu vertrauen, würde ihre Wahl auf Fletch fallen.

Fletch stand auf und stellte sich neben das große Doppelbett. Er trug Boxershorts und ein T-Shirt, auf dem »Army« aufgedruckt war. Obwohl Emily gedacht hatte, dass er in einer Jeans schon gut aussah, war das nichts im Vergleich dazu, wie attraktiv er früh am Morgen war. Er streckte ihr die Hand entgegen und wartete.

Emily beugte sich über Annie, die sich nicht einmal rührte, küsste sie und schwang dann die Beine über den Bettrand. Erst als sie sich aufrecht hinsetzte, merkte sie, dass sie nur ihr Höschen und ihren BH trug.

Sie schnappte nach Luft, griff nach dem Bettüberwurf und drückte ihn sich mit beiden Händen an die Brust.

»Oh Mist, tut mir leid, das habe ich vergessen«, sagte Fletch ernst, ohne den geringsten Hauch von Lüsternheit. Er ging zu seiner braunen Kommode hinüber und zog ein paar Kleider aus den Schubladen. Er kam zum Bett zurück, legte die Kleider neben sie auf die Matratze und kniete sich dann vor ihr hin.

»Sie sind viel zu groß, aber für den Moment werden sie ausreichen. Wir werden später einige deiner Sachen holen. Ich lasse dich ein paar Minuten alleine, damit du dich anziehen kannst. Dann komme ich wieder, um dir zu helfen. Du hast seit ein paar Tagen fast nichts gegessen und wirst nach dem Fieber schwach sein.«

»Mir geht's gut«, protestierte Emily.

»Natürlich«, stimmte Fletch sofort zu. »Ich bin in ein paar Minuten wieder da.« Er drückte mit einer Hand sanft ihr Knie, dann stand er auf und verließ das Zimmer.

Emily schaute einen Moment lang auf die geschlossene Tür und dann auf die Kleider, die er auf die Matratze gelegt hatte. Es handelte sich um ein weiteres Armee-T-Shirt und eine kurze Sporthose mit Kordelzug. Sie würden ihr zwar bis über die Knie reichen, aber sie würde angezogen sein.

Sie drehte sich um, sah Annie an und seufzte. Emily mochte sich vielleicht nicht an alles erinnern, was in den letzten vierundzwanzig Stunden oder während der letzten Tage geschehen war, doch das Gefühl der Geborgenheit, die sie empfunden hatte, als sie in Fletchs Armen lag, ließ sich ganz leicht ins Gedächtnis zurückrufen. Und Annie ... es war schwer, Fletch als kaltherzig zu betrachten, wenn der Beweis dafür, dass er sich um sie und ihre Tochter Sorgen machte und wollte, dass sie sicher waren und sich geborgen fühlten, direkt vor ihren Augen lag.

Da sie wusste, dass sie nicht viel Zeit hatte, stand Emily auf, machte einen Schritt – und fiel fast hin. Sie konnte sich mit einer Hand auf der Matratze abfedern und verhinderte so, dass sie ungebremst zu Boden fiel. Gott, sie war *tatsächlich* schwach. Offenbar wusste Fletch, wovon er redete.

Emily zog sich schnell das T-Shirt über und setzte sich auf die Matratze, um sich die Sporthose anziehen. Sie war gerade aufgestanden, um sie ganz nach oben zu ziehen, als Fletch wieder zur Tür hereinkam. Er stellte sich vor sie hin, schob ihre Hände weg und machte sich daran, geschickt den Kordelzug zu binden. Ohne um Erlaubnis zu bitten, legte er einen Arm um ihre Taille und half ihr aus dem Zimmer.

Sie gingen den Flur entlang zu Fletchs Küche. Sie war überrascht, als sie drei weitere große Männer, offensichtlich aus der Armee, am Tisch sitzen sah. Fletch half ihr, sich auf einen Stuhl an einem Ende des Tisches zu setzen. Niemand sagte etwas, deshalb schwieg auch sie.

Einer der Männer war atemberaubend gut aussehend. Er hätte ein Model sein können. Der zweite Mann war groß und muskulös, so wie Fletch. Der dritte Mann war riesig, selbst im Vergleich zu den anderen beiden. Er hatte eine hässliche Narbe im Gesicht, die schmerzhaft aussah. Er schaute finster drein, vielleicht lag das aber auch an der Narbe. Er hatte jedenfalls eine einschüchternde Wirkung auf Emily.

Sie sprang überrascht auf, als Fletch einen Teller mit einem getoasteten Bagel und etwas Frischkäse auf den Tisch stellte, und außerdem ein großes Glas Orangensaft. Emily schaute überrascht auf, als Fletch sich neben sie setzte.

»Iss etwas, dann unterhalten wir uns.«

Der Geruch von Essen ließ ihren Magen laut knurren. Einer der Männer lächelte sie deswegen an, sagte aber nichts. Emily wollte nur das bevorstehende Gespräch vermeiden, aß jedoch und konnte in Fletchs Augen sehen, dass ihn das zufriedenstellte.

»Emily, ich möchte dir drei meiner Teamkollegen vorstellen. Der große Mann dir gegenüber ist Truck. Er mag zwar gemein aussehen, aber er ist wahrscheinlich der sanfteste von uns allen. Er hat Annie vom ersten Moment an aus der Hand gefressen. Der hübsche Kerl rechts neben mir ist Hollywood und zu deiner Linken sitzt Beatle. *Das* sind meine Freunde.«

Emily hörte genau, welches Wort er betonte, sagte aber nichts dazu. Dazu hätte sie auch gar keine Gelegenheit gehabt, denn Fletch fuhr fort: »Diesen Männern vertraue ich mit meinem Leben und es gab auch schon oft die Gelegenheit dazu. Aber was noch wichtiger ist, ich würde ihnen auch *dein* Leben anvertrauen. Oder das von Annie.«

Emily erwartete, dass er weiterredete, doch das tat er nicht. Es war komisch, dazusitzen und zu essen, während vier Augenpaare sie beobachteten, deshalb versuchte sie, die Stimmung etwas aufzulockern. »Es ist schön, euch alle kennenzulernen.«

»Dich auch.«

»Ebenfalls.«

»Gleichfalls.«

Als niemand etwas anderes sagte, schaute Emily auf ihren Bagel und versuchte, ihn so schnell wie möglich zu essen. Je eher Fletch sagte, was er sagen musste, desto besser. Obwohl, je mehr Zeit sie in seiner Gesellschaft verbrachte, desto weniger war sie überzeugt von dem, was sie über ihn und die Geschehnisse dachte.

Schließlich schluckte sie den letzten Bissen ihres

Frühstücks hinunter und wischte sich die Hände mit der Serviette ab, die Fletch ihr hingelegt hatte.

»Hat es geschmeckt?«

Emily nickte und schob den Teller weg. »Okay, ich bin fertig. Können wir es jetzt bitte hinter uns bringen?«

Fletch redete nicht lange um den heißen Brei herum. »Ich habe noch nie in meinem Leben gespielt, Em. Ich glaube, ich weiß, wer da böse Spielchen mit dir treibt, doch ich habe damit *nichts* zu tun. Und ich will genau wissen, wie viel du dieser Arschgeige gegeben hast, denn du bekommst jeden Cent zurück – mit Zinsen.«

Emily kaute bestürzt auf ihrer Lippe herum. Vom ersten Tag an, als sie Fletch getroffen hatte, hatte sie das Gefühl gehabt, dass er ein guter Typ war. Doch nach den Gesprächen mit ihm war es schwieriger gewesen zu leugnen, dass er nichts mit der Person, die sie so erbarmungslos erpresste, zu tun hatte. Jetzt war sie sich nicht mehr so sicher. Sie ignorierte seine Aussage betreffend der Rückerstattung des Geldes vorerst.

»Er sagte, dass du meine Miete so niedrig angesetzt hättest, weil du gewusst hättest, dass meine Zahlungen an ihn die Differenz ausmachen würden.«

»Er hat gelogen.«

»Er sagte, dass ihr eng zusammenarbeitet und die ganze Zeit über mich geredet habt.«

»Er hat gelogen.«

»Er sagte, dass er dich benachrichtigen würde, wenn ich jede Woche bezahle, und dass Annie in Sicherheit sein würde. Er sagte aber auch, dass er das Jugendamt einschalten und mir Annie wegnehmen lassen würde, sollte ich dir etwas davon erzählen oder nicht pünktlich bezahlen.«

»Verdammt, Emily, er hat *gelogen*. Ich bin kein Spieler und ich würde *niemals* etwas tun, das dich, Annie oder irgendeine andere Frau verletzen könnte. Wie heißt dieser Kerl?«

Emily schaute Fletch an, ohne zu antworten. Sie wollte ihm glauben. So sehr. Doch sie war verwirrt. Verdammt, gestern dachte sie noch, dass Fletch einer der bösen Jungs war; sie konnte ihre Gefühle nicht einfach so leicht ändern ... oder?

»Mommy?«

Emily wirbelte herum, als sie Annies Stimme hörte. Sie schob sofort ihren Stuhl vom Tisch zurück und streckte die Arme zur Seite. Annie rannte ihr entgegen und kuschelte sich schläfrig an Emily.

»Geht es dir besser, Mommy?«

»Es geht mir besser.«

»Ich wusste, dass Fletch sich um dich kümmern würde.«

Emily schloss die Augen, als sie die Worte ihrer unschuldigen Tochter hörte. Es war offensichtlich, dass sie Fletch voll und ganz vertraute. Annie hatte viel Böses gesehen und war ziemlich gut darin, es zu erkennen. Doch Fletch schaute sie immer voller Vertrauen an.

Als ob sie die Gedanken ihrer Mutter gelesen hätte, streckte sie die Arme in Fletchs Richtung aus.

Emily erlaubte ihm, Annie zu sich hochzuheben, und musste schlucken, als sie die Zuneigung in seinen Augen sah.

»Hey, Knirps. Gut geschlafen?«

»Mhm, aber du schnarchst.«

Einer der Männer am Tisch lachte, doch Emily wandte den Blick nicht von dem Mann ab, der ihr Kind hielt.

»Tue ich das wirklich? Na ja, und du wühlst im Bett herum wie ein Maulwurf.«

Einen Moment lang kicherte Annie unkontrolliert. »Du bist albern!«

»Hunger?«, fragte Fletch, als sie sich beruhigt hatte.

»Mhm.«

»Magst du Waffeln?«

»Waffeln?« Annies Augen weiteten sich und sie schaute sofort einen Moment lang zu ihrer Mutter, dann wieder zu Fletch. »Wir essen nur zu speziellen Anlässen Waffeln.«

»Ich glaube, heute *ist* ein besonderer Anlass ... es ist das erste Mal, dass du bei mir übernachtet hast. Ich glaube, das ist ziemlich speziell«, sagte Fletch ernst.

»Ja«, flüsterte Annie.

»Wie wär's, wenn du mit Beatle in die Küche gehst und ihm mit den Waffeln hilfst? Diese Jungs hier essen ganz schön viel, deshalb müsst ihr viel Teig anrühren.«

»Ich bin gut im Rühren.«

Fletch hob Annie hoch und setzte sie neben seinem Stuhl ab. »Daran habe ich keinen Zweifel.«

Annie lief zu Emily und schlang ihre kleinen Arme um sie. »Ich hab dich lieb, Mommy. Ich bin froh, dass du nicht mehr krank bist.«

»Ich hab dich auch lieb, Annie.«

»Komm, Beatle. Wir müssen viele Waffeln machen!«

Emily beobachtete, wie Fletch ihrer Tochter nachschaute, als sie in die Küche ging. Schließlich kehrte sein Blick zu ihr zurück und er setzte das Gespräch fort, als wären sie nie unterbrochen worden. »Sein Name.«

»Ich weiß nicht. Den hat er nie erwähnt.«

»Aber du würdest ihn erkennen, wenn du ihn wiedersehen würdest?«

»Natürlich. Er erwartet die wöchentliche Zahlung am Freitag.«

»Wo holt er sie normalerweise ab?« Es war Truck, der diese Frage stellte.

Emily zuckte mit den Schultern. »Wenn Fletch nicht da ist, kommt er hierher. Wenn er da ist, taucht er bei PX auf.«

»Dreckskerl«, fluchte Hollywood leise.

Emily zuckte zusammen, als Fletch nach einer ihrer Hände griff.

»Tut mir leid, ich wollte dich nicht erschrecken. Du musst dir darüber keine Sorgen mehr machen, Em. Wir werden uns darum kümmern. Die Sache ist die. Wir wissen, wer dieser Typ ist. Er ist ein Soldat auf dem Stützpunkt, der sauer auf uns ist, weil wir ihn und seine Mannschaft während einer Trainingsübung wie ein Haufen Amateure haben aussehen lassen.«

»Was? Wirklich? War es ein Wettkampf?«

»Nein. Eine ganz normale Trainingsübung, die von der Armee durchgeführt wird. Aber aus irgendeinem Grund hat er die ganze Sache persönlich genommen. Entweder ist er psychisch krank oder einfach nur ein riesengroßes Arschloch, das nicht verlieren kann.«

»Ich wette, er war ein Schlägertyp, als er jung war«, murmelte Emily leise, jedoch mit bitterem Unterton.

»Typen wie er wachen nicht einfach eines Tages auf und beschließen, ein Arschloch zu sein. Als er klein war, hat er den anderen Kindern in der Schule wahrscheinlich das Essen gestohlen, und auf der Highschool hat er hinter den Tribünen die Streber verprügelt.«

Fletch wollte nicht lachen, aber Emily war so süß, wenn sie verärgert war. Und wahrscheinlich hatte sie recht. Er sagte nichts weiter und sie fuhr fort: »Er behauptete, er wäre ein Scharfschütze. Und dass Annie nicht sicher wäre und er sie finden würde, sogar in der Schule.«

Fletchs Hände zuckten zusammen, als er das hörte, doch er ließ sie nicht los. »Es muss sehr schwer für dich gewesen sein, nicht wahr?«

Sein Mitgefühl brachte sie fast zum Weinen. Emily spürte, wie ihr die Tränen in die Augen schossen, doch sie hielt sie zurück und schwieg.

»Wir werden Folgendes tun«, sagte Fletch sanft, aber entschlossen. »Hollywood wird in eure Wohnung gehen und ein paar Kleider für dich und Annie holen. Ich habe ein Gästezimmer, in dem ihr unterkommen könnt. Ich möchte, dass du und Annie hier in meinem Haus bleibt, damit ich weiß, dass ihr in Sicherheit seid, und was noch viel wichtiger ist, damit *du* dich sicher fühlen kannst. Mein Team wird sich um alles kümmern.«

»Wir können nicht bei dir wohnen!«

»Warum nicht?«

»*Darum.* Es ist nicht richtig.«

»Em, wir leben nicht mehr im vierzehnten Jahrhundert. Niemand interessiert sich dafür.«

Sie war unentschlossen und biss sich auf die Lippe.

»Ich werde dich beschützen.«

»Er hat gesagt, dass er mir Annie wegnehmen lassen würde. Ich will nichts tun, das mich in den Augen des Jugendamtes schlecht aussehen lässt, falls er dort *doch* anruft, weil ich dir alles erzählt habe. Ich kann nicht zulassen, dass sie mir meine Tochter wegnehmen!«

»Schau mich an, Em.« Fletch wartete, bis sie ihn ansah, und sagte dann: »Niemand wird dir Annie wegnehmen. Du tust nichts Schlechtes, nur weil du in mein Haus ziehst. Du wurdest bedroht und ziehst bei mir ein, damit ich dich beschützen kann. Und falls er diese absurde Drohung tatsächlich wahr macht, wird der Ermittler sie als solche erkennen. Ich werde auf dich *und* Annie aufpassen. Und wenn er denkt, dass er euch etwas anhaben kann, während ihr unter meinem Schutz steht, ist er *wirklich* verrückt.«

Als sie nichts sagte, fuhr Fletch fort und versuchte, sie zu überzeugen. »Du weißt ja, dass ich eine Alarmanlage habe. Falls jemand versucht einzubrechen, erfahren meine Männer sofort davon und kommen angerannt, als würden sie die Strände der Normandie stürmen. Niemand wir dir oder Annie etwas antun. Nicht, solange ich da bin, um das zu verhindern.«

»Ich möchte dir ja glauben.«

Fletch drehte sich zu Truck und Hollywood um, die während seines Gesprächs mit Emily geschwiegen hatten, und gab ihnen zu verstehen, dass sie sich zurückziehen sollten. Sie nickten und standen auf, ohne ein Wort zu sagen.

Fletch rutschte näher zu Emily, bis seine Knie ihre berührten. Dann legte er eine Hand in ihren Nacken und zwang sie dazu, ihn anzuschauen. »Was ich dir jetzt sagen werde, habe ich noch nie in meinem Leben zu einer Frau gesagt. Die einzigen Leute, die das wissen, sind die Männer, die du heute getroffen hast, und noch ein paar andere, die zu meinem Team gehören. Du wirst sie später kennenlernen. Das Arschloch, das dich angelogen hat, weiß das definitiv nicht, denn wenn er es wüsste, würde er dich nicht belästigen.« Fletch hielt kurz inne, damit sie spürte, wie ernst er das meinte.

Schließlich sagte er: »Ich und meine Freunde sind bei der Delta Force.«

Emily runzelte die Stirn.

»Hast du jemals von Delta gehört?«

»Im Kino.«

Fletch schnaubte. »Verdammte Schauspieler. Für dich bedeutet es, dass wir die Besten der Besten sind. An uns kommt niemand vorbei. *Niemand*. Es gibt niemanden, der dich und Annie besser beschützen könnte als ich und mein Team.«

»Warum?«

»Wie, warum?«

»Warum tust du das?«

»Weil ihr es braucht. Weil dieser Arsch, der euch bedroht hat, das tut, weil er eifersüchtig auf uns ist. Und außerdem weil Annie das süßeste, wunderbarste Kind ist, das ich je getroffen habe, und sie ein Leben voller neuer Spielsachen verdient, inklusive so vieler Nahrungsmittel, wie in ihren Bauch passen. Aber vor allem, weil du eine Frau bist, für die ihre Tochter immer an erster Stelle steht, egal wie sehr du dafür leiden musst. Eine Frau, die sogar versuchen würde, einen Mann zu beschützen, der ihr unrecht getan hat. Und falls das noch nicht ausreicht, musst du wissen, dass ich das auch mache, weil ich dich besser kennenlernen möchte. Du hast keine Ahnung, wie sehr es mich runtergezogen hat, als ich dachte, dass dieses Arschloch dein Freund war. Ich dachte, ich hätte meine Chance verpasst.«

»Deine Chance?« Emily war verwirrt. Ihr gefiel, was er über Annie gesagt hatte, aber sie verstand den Ausdruck in seinen Augen nicht. Es war ... Interesse. Sie war nicht so naiv, als dass sie nicht erkannte, wenn ein Mann sie attraktiv fand, doch im Moment trug sie ein T-Shirt, das drei Nummern zu groß war, und ein paar ausgeleierte Shorts. Sie brauchte dringend eine Dusche und sie war nicht einmal sehr nett zu diesem Mann gewesen, seit sie ihn kennengelernt hatte.

»Die Chance, dich für mich zu gewinnen.«

»Ist das ein Wettbewerb?«

»Ich weiß nicht. Hoffentlich nicht. Ich habe keine Ahnung, wo Annies Vater ist, aber es ist offensichtlich, dass er weder in deinem noch in ihrem Leben eine Rolle spielt. Wo immer er auch sein mag, er muss ein ziemlicher Idiot sein, wenn er nicht an euch beiden interessiert ist. Ich mag dich, Emily. Mir gefällt, dass du alles dafür geben würdest, dass deine Tochter alles hat, was sie in ihrem Leben braucht, auch wenn das bedeutet, dass du verzichten musst. Mir gefällt, dass du ihr beigebracht hast, vorsichtig zu sein. Und ich beobachte gern, wie ihr beiden interagiert. Es ist offensichtlich, dass sie dich sehr gern hat, und sie ist in ihren kurzen sechs Jahren bereits aufgeblüht ... und ich weiß, dass sie das dir zu verdanken hat.

Du erinnerst dich wahrscheinlich nicht daran, und ich sage es nicht, um dich in Verlegenheit zu bringen, aber gestern Abend hast du mir erzählt, dass du über mich fantasiert hast. Nun, das beruht auf Gegenseitigkeit. Ich bin seit dem Tag, an dem du eingezogen bist, verrückt nach dir. Wir haben in meinen Gedanken öfter miteinander geschlafen, als ich zugeben will. Aber es geht nicht nur um Sex. Ich möchte mit dir ausgehen. Ich will Annie abends ins Bett bringen und ihr eine Gutenachtgeschichte vorlesen. Ich möchte euch am Tisch gegenübersitzen und beobachten, wie ihr über etwas schmunzelt, das ich gesagt habe. Falls ich mich nicht klar genug ausgedrückt habe, ich möchte, dass wir zusammen sind. Ich, du und deine Tochter.«

»Oh.« Emilys Wangen erröteten, sie sagte jedoch nichts.

Fletch zog sich zurück und gab ihr etwas Raum. »Oh. Das ist alles, was du dazu sagst?«

»Ja, ich denke schon.«

»Noch etwas.«

»Oh Gott.«

»Nichts Schlimmes, ich verspreche es. Aber du musst mir bitte glauben, wenn ich sage, dass ich und mein Team uns darum kümmern werden.«

»Das will ich ja.«

»Gut. Dann glaubst du mir also, dass ich nichts mit diesem Arschloch zu tun hatte?«

Emily nickte. Sie *musste* ihm glauben, sie hatte keine andere Wahl. Er hatte ihr alles erklärt. Während sie gedacht hatte, dass er über den Mann geredet hatte, der sie erpresste, hatte er die ganze Zeit von seinen Teamkollegen in der Delta Force gesprochen.

Er musste ihr die Erleichterung angesehen haben, denn Fletch nickte und bemerkte: »Ja, jetzt siehst du es. Er wird nicht wieder in deine Nähe kommen. Ich kann es kaum erwarten, euch beide besser kennenzulernen.«

»Sie sind fertig!« Annies Kinderstimme erklang aus der Küche und unterbrach ihr intensives Gespräch.

Das kleine Mädchen lief in den Raum und glitt über den Laminatboden. »Kommt! Truck hat gesagt, dass sich jeder selbst bedienen muss ... wie ein Baffet.«

»Ein Buffet?«, fragte Fletch, während er Annie auffing.

»Ja, das habe ich doch gesagt. Komm, Mommy! Wir haben sogar Zamt auf deine getan!«

»Zimt? Oh, das klingt lecker, aber ich habe schon gegessen, Süße.«

Als sie den enttäuschten Blick ihrer Tochter sah, fügte Emily schnell hinzu: »Aber ich bin sicher, dass ich mindestens eine essen kann.«

»Super! Komm!«

Fletch stand neben Annie und streckte Emily die Hand entgegen. »Bereit für das zweite Frühstück?«

»Ich denke, ja.« Emily ergriff Fletchs Hand und wunderte sich, wie viel leichter sie sich fühlte, jetzt, wo sie wusste, dass sie diese Woche die zweihundert Dollar nicht mehr aufbringen musste.

Annie war in Sicherheit ... und hatte etwas zu essen. Um alles andere würde sie sich später kümmern. Im Moment musste sie nur ihre Zimtwaffel essen.

KAPITEL ZWÖLF

Fletch und seine Teamkollegen saßen mit dem Oberst am Tisch und warteten auf seine Reaktion. Fletch hatte dargelegt, was sich in den letzten Monaten mit Emily zugetragen hatte. Der Offizier hatte von der Belästigung durch das Infanteriekommando nach der Trainings-übung gewusst, diese neue Information machte ihn jedoch richtig sauer.

»Soll das heißen, dass Sergeant Jacks diese Frau erpresst hat? Dass er sie dazu gezwungen hat, ihm jede Woche Geld zu bezahlen, damit ihrer Tochter nichts passiert?«

»Ja, Sir«, antwortete Fletch grimmig.

»Geben Sie mir die Details. Ich werde das heute Nachmittag mit dem Kommandanten besprechen. Aber ich muss über alle Einzelheiten informiert sein. Ich brauche Beweise. Wird diese Frau bereit sein, gegen ihn auszusagen, falls es dazu kommt?«

»Ich denke schon, sie ist jedoch sehr besorgt um ihre

Tochter. Sie will nichts tun, das sich negativ auf sie auswirken könnte«, erklärte Fletch ernst.

»Zu Recht. Ich glaube, ich kann mit Sicherheit sagen, dass seine Karriere als Armeesoldat vorbei ist, aber ich will, dass Sie alle auf sich aufpassen. Er hat offensichtlich das, was wir ihm zugetraut haben, weit übertroffen, deshalb ist es schwierig abzuschätzen, wie er reagieren wird, wenn er entlassen wird. Nach seiner Entlassung können wir ihn weder überwachen noch bestrafen.«

»Verstanden«, sagte Ghost und nickte. »Truck wird ihm einen Besuch abstatten und ihm klarmachen, dass er es mit uns zu tun bekommt, falls er sich noch einmal in die Nähe von Miss Grant oder ihrer Tochter traut.«

Der Oberst schwieg für einen Moment und musterte die sieben Männer. Schließlich atmete er aus und warnte sie: »Sie wissen alle, dass ich Sie respektiere und weiß, dass Sie Ihre Liebsten beschützen wollen – sehen Sie sich jedoch vor. Im Moment lastet alles auf ihm, nicht auf Ihnen. Tun Sie nichts, das auch *Ihre* Karrieren ruinieren könnte. Verstanden?«

»Ja, Sir«, stimmte Fletch sofort zu. Es war nicht schwierig, zwischen den Zeilen zu lesen. Seine Teamkollegen nickten ebenfalls zustimmend.

»Gut. Ich werde mich später bei Ihnen melden. Werden Sie mir nicht abtrünnig«, sagte er noch einmal warnend.

Die Männer standen auf und gaben ihrem Kommandanten die Hand. Zufrieden damit, dass nun auf offiziellem Weg etwas gegen Jacks' verrücktes Verhalten getan wurde, verließ Fletch den Raum und ging den Flur entlang.

»Fährst du nach Hause?«, fragte Ghost, der sich seinem Freund angeschlossen hatte.

»Ja. Ich möchte den Tag mit Em verbringen. Ich habe sie dazu überredet, sich heute freizunehmen.«

»Und sie hat zugestimmt?«, fragte Ghost ungläubig.

»Ich weiß, schwer zu glauben.« Fletch lachte. »Sie war wirklich krank und kann sich ruhig noch einen Tag zu Hause gönnen. Jetzt, wo sie sich nicht mehr den Kopf darüber zerbrechen muss, wie sie dieses Arschloch bezahlen soll, kann sie sich darauf konzentrieren, ganz gesund zu werden, bevor sie wieder zur Arbeit geht.«

»Ist Annie in der Schule?«

»Ja, ich habe sie vorhin dort abgesetzt. Ich habe der Direktorin erzählt, was passiert ist, und ihr erklärt, dass sie verstärkten Schutz braucht. Die Sicherheit wurde bereits seit der Schießerei in der Schule verschärft und sie wird sich um Annie kümmern. Sie versprach, mit Annies Lehrerin zu sprechen und dafür zu sorgen, dass sie nicht aus den Augen gelassen wird und zusätzliche Vorsichtsmaßnahmen getroffen werden.«

Ghost nickte und sie blieben stehen, nachdem sie durch die Tür getreten und auf dem Parkplatz angekommen waren. »Ich freue mich für dich, Mann.«

Fletch schaute Ghost fragend an.

»Emily. Ich weiß, dass du schon eine ganze Weile ein Auge auf sie geworfen hattest, und ich habe gesehen, wie sehr es dich genervt hat, als du dachtest, sie hätte einen Freund. Also, wenn du mich fragst – sie mag dich.«

Fletch schnaubte. »Kannst du jetzt plötzlich Gedanken lesen?«

Er ignorierte den Unterton in der Stimme seines

Freundes. »Nein, aber für uns alle ist das ziemlich offensichtlich, obwohl wir nur wenig Zeit mit ihr verbracht haben. Sie lässt dich nicht aus den Augen, sobald du den Raum betrittst. Selbst als sie fast bewusstlos war vor Fieber, hat sie nur nach dir Ausschau gehalten. Ihr Blick wurde ganz weich und rührselig, als sie hörte, dass du dich um ihre Tochter kümmerst. Ich habe den Eindruck, dass sie schon eine ganze Weile gegen ihre Gefühle für dich angekämpft hat, weil sie dachte, du wärst der Böse. Aber jetzt, wo sie weiß, dass das nicht der Fall ist und du nichts mit Jacks zu tun hattest? Jetzt wird es gut für dich laufen, mein Freund. Geh nach Hause und kümmere dich um deine Frau. Wir kümmern uns um Jacks.«

Fletch musste grinsen. »Danke, das weiß ich zu schätzen. Halt mich auf dem Laufenden.«

»Natürlich. Sag Emily, dass Rayne gern bald mal vorbeikommen und sie kennenlernen möchte. Ich glaube, eine Freundin zu haben, die auch mit einem Delta zusammen ist, wäre gut für sie. Mary ist großartig, aber wir wissen beide, dass es etwas anderes ist, mit jemandem zu sprechen, der aus eigener Erfahrung weiß, was es bedeutet, mit einem Delta zusammen zu sein.«

»Ich bin mir nicht sicher, ob wir wirklich zusammen sind, Ghost.«

»Nächste Woche wird das schon anders aussehen.«

Fletch grinste und schüttelte den Kopf. Er widersprach nicht, denn wenn das Glück auf seiner Seite war, dann würden er und Emily in *weniger* als sieben Tagen offiziell zusammen sein. »Ich werde Em fragen, ob sie sich mit Rayne treffen möchte. Nochmals vielen Dank für alles.«

»Keine Ursache.«

Fletch lächelte auf dem ganzen Nachhauseweg. Er konnte kaum fassen, wie sehr er sich darauf freute, mehr Zeit mit Emily zu verbringen und sie besser kennenzulernen.

***

»Erdnussbutter oder Schokolade?«

»Erdnussbutter. Kaltes oder warmes Wetter?«

»Kalt.« Emily lächelte, als sie Fletchs verabscheuenden Blick sah. Irgendwie hatte Fletch sie davon überzeugt, noch einen Tag zu Hause zu bleiben. Sie hatte zugestimmt und ein Nickerchen auf seiner Couch gemacht, während er Annie zur Schule gebracht hatte und für ein paar Stunden arbeiten gegangen war.

Er war gegen elf wieder zu Hause aufgetaucht und sie hatten zusammen ein leichtes Mittagessen zubereitet. Nun saßen sie sich auf der Couch gegenüber und spielten ein Spiel, das er »Sich kennenlernen« nannte. Sie nannten einander abwechselnd zwei Dinge, von denen der jeweils andere das auswählen musste, das ihm besser gefiel, ohne Erklärung.

Am Anfang war es etwas albern gewesen, doch es war erstaunlich, wie viel sie dadurch über Fletch erfahren hatte. Sie wusste, dass er wahrscheinlich genauso viel über sie herausfand, doch überraschenderweise störte sie das nicht.

»Cola oder Pepsi?«, fragte sie ihn.

»Weder noch.« Er hielt einen Moment inne und fragte dann: »Wirst du mir von Annies Vater erzählen?«

Emily seufzte und ließ den Kopf hinter sich auf die Couch sinken. Er hatte die Spielregeln gebrochen, doch sie war so oder so dazu bereit, ihm detaillierte Antworten zu geben. Sie war damit einverstanden, dass er nach dem fragte, was ihn interessierte, solange sie ihn auch fragen durfte, was sie wollte.

»Ich habe ihn kennengelernt, als ich dreiundzwanzig war. Er war in der Armee und ich dachte, dass er so erwachsen war. Er war siebenundzwanzig und ich schien ihm zu gefallen. Er hat die richtigen Dinge gesagt und mein Herz im Sturm erobert. Wir waren etwa sechs Monate zusammen, bevor ich mit ihm geschlafen habe. Er schien genauso an mir interessiert zu sein wie ich an ihm. Obwohl wir Kondome benutzten, wurde ich schwanger, doch ich war überglücklich. Ich träumte davon, eine Armee-Gattin zu werden und ihm von Station zu Station durchs ganze Land zu folgen. Ich konnte es kaum erwarten, ihn zu unterstützen, während er die Karriereleiter erklomm.«

Emily hielt inne, trank einen Schluck Wasser und erinnerte sich daran, wie sehr sie am Boden zerstört gewesen war, als er ihr sein wahres Gesicht gezeigt und ihr gesagt hatte, dass er nicht wollte, dass sie ihm zur nächsten Station folgte.

»Ich nehme an, er hatte andere Pläne.«

»So kann man es auch nennen«, schnaubte Emily. Sie beeilte sich, die Geschichte zu Ende zu erzählen. »Ich sagte ihm, dass ich schwanger sei, und er entgegnete, er sei noch nicht bereit. Ich dachte, er würde seine Meinung ändern, doch kurz darauf beantragte er seine Versetzung und seitdem habe ich ihn nicht mehr gesehen.«

»Er hat Annie noch nie gesehen?«, fragte Fletch ungläubig.

»Nein. Ich habe versucht, ihn ausfindig zu machen, ohne jedoch viel Aufwand zu betreiben, hatte aber keinen Erfolg.«

»Du weißt, dass die Armee ihn dazu zwingen würde, Kindergeld zu zahlen«, sagte Fletch und sah äußerlich entspannt aus, doch Emily konnte sehen, wie er eine Hand zur Faust ballte. Die ganze Situation ärgerte ihn offensichtlich mehr als sie.

»Ich weiß, aber das wollte ich nicht. Wenn ich ihn dazu zwingen würde, Kindergeld zu zahlen, dann hätte er Rechte. Wenn er sich so leicht von seinem eigenen Fleisch und Blut abwenden konnte, bevor Annie überhaupt geboren war, wollte ich ihn lieber gar nicht in ihrer Nähe haben.« Emily zuckte abweisend mit den Schultern. »Ich denke, dass ich, abgesehen von den letzten Monaten, ziemlich gute Arbeit geleistet habe.«

Fletch neigte sich zu ihr und schob eine Locke hinter ihr Ohr. »Du hast wundervolle Arbeit geleistet, Em.«

Sie räusperte sich verlegen und stellte schnell eine Frage. »Warum hast du die Wohnung an mich vermietet?«

»Weil du sie gebraucht hast.«

»Habe ich so verzweifelt ausgesehen?«

»Nein. Aber es war offensichtlich, dass du einen sicheren Ort für dich und Annie gesucht hast. Und den konnte ich dir anbieten. Außerdem konnte ich es nicht ertragen, als ich hörte, dass sich jemand so darüber aufgeregt hat, dass Annie Fragen gestellt hat.«

Emily schaute auf ihre Hände und vermied den

Augenkontakt. »Ich schäme mich dafür, dass ich so schlecht über dich gedacht habe.«

»Nicht doch«, beruhigte Fletch sie sofort.

»Das tue ich aber. Ich kann es nicht einfach ausschalten.«

Fletch stellte sein Glas Wasser hin, stand auf und setzte sich ihr gegenüber auf den Couchtisch. Dann nahm er ihr das Glas ab, stellte es neben sich und griff nach ihren Händen.

»Nicht doch«, wiederholte er. »Du hast getan, was du tun musstest. Du kanntest mich nicht. Du hast genau das gesehen, von dem dieses Arschloch wollte, dass du es siehst. Du musst dich nicht schlecht dafür fühlen, dass du deine Tochter beschützt hast.«

»Aber ich habe ihn gewinnen lassen.«

»Er hat nicht gewonnen.«

»Aber –«

»Emily, er hat nicht gewonnen. Vielleicht hat er eine Weile die Oberhand gehabt, aber weißt du, was er bewirkt hat?«

»Was?«

»Dass ich noch viel entschlossener darum gekämpft habe, dein Vertrauen zu gewinnen. Damit du mich als den Mann siehst, mit dem du dein Leben verbringen willst, anstatt als dieses Arschloch von Vermieter, der Spielschulden hat.« Fletch zwinkerte ihr zu und entschärfte damit seine Aussage. »Und um *dich* für mich zu gewinnen.«

»Da ist schon wieder dieser Wettbewerb«, neckte Emily ihn lächelnd.

»Ich meine es ernst. Es war die reinste Tortur für

mich, zu wissen, dass du gleich gegenüber wohnst und mich zu hassen schienst. Ich bin ein ziemlich sympathischer Kerl.« Er grinste. »Und ich wollte um jeden Preis, dass du mich magst.«

»Ich *mag* dich ja auch, Fletch.«

»Gut. Dann geh dieses Wochenende mit mir aus.«

»Was?«

»Dieses Wochenende. Geh mit mir aus.«

»Du meinst zu einer Verabredung?«

Fletch lächelte sie an und drückte sanft ihre Hände, die er immer noch in seinen hielt. »Ja, zu einer Verabredung.«

»Aber Annie –«

»Rayne und Mary können rüberkommen und auf sie aufpassen.«

»Ich weiß nicht ...« Emily war hin- und hergerissen. Sie fühlte sich zu Fletch hingezogen. Deshalb war sie auch so von ihm enttäuscht gewesen. Er war sexy und muskulös, und sie war davon überzeugt gewesen, dass er die Welt für sie erobert hätte. Doch als sie dann gedacht hatte, dass er ein Bösewicht war, war sie fast zerbrochen. »Mich gibt es nur in der Doppelpackung, Fletch.«

»Dessen bin ich mir bewusst und überglücklich darüber. Ich vergöttere Annie. Sie ist eine kleine Version von dir. Manchmal kann ich dich in ihren Augen sehen. Sie ist klug, lustig und fürsorglich. Es gefällt mir, dass du ihr beigebracht hast, so zu sein. Wir werden oft zusammen ausgehen. Aber ich wünsche mir, dass es bei unserer ersten Verabredung nur um uns beide geht. Ich verspreche, dass es nicht zu spät werden wird. Wir essen etwas zu Abend, knutschen ein bisschen herum und dann bringe ich dich nach Hause.« Er grinste sie an, um ihr zu verstehen zu geben, dass er sie neckte ... größtenteils.

»Vielleicht sollte ich wieder in die Wohnung ziehen. Es ist komisch, dass wir hier sind.«

»Nein. Bleibt. Es gefällt mir, euch beide in meinem Haus zu haben und zu beschützen.«

»Annie ist laut. Sie zeigt sich von ihrer besten Seite, weil sie dich noch nicht kennt, aber du hast keine Ahnung, wie es ist, mit einer Sechsjährigen zusammenzuleben.«

»Hör auf damit, es mir auszureden, Em.« Fletch sagte es mit einem Lächeln, doch sie errötete dennoch.

»Es ist nur ... ich weiß erst seit etwa anderthalb Tagen, dass du kein schlechter Mensch bist. Es geht mir zu schnell.«

»Ich verstehe, warum du das denkst, aber ich will schon seit dem Tag, an dem du zum ersten Mal an meine Tür geklopft hast, mit dir zusammen sein. Ich dachte schon, dass ich zu lange gewartet und meine Chance vertan hätte. Wir gehen es langsam an. Du wirst nicht mehr in meinem Bett schlafen ... außer du willst es.«

»Annie wird dich ins Herz schließen.«

»Das hat sie schon«, behauptete Fletch sanft. »Und das beruht auf Gegenseitigkeit. Emily, ich weiß, dass du vorsichtig bist, und das finde ich auch gut, aber ich bin nicht ihr Vater. Ich bin nicht irgendein dummer Junge, der dir an die Wäsche geht und sich aus dem Staub macht, sobald etwas schiefläuft. Ich bin dreiunddreißig Jahre alt. Ich kann dir nicht versprechen, dass immer alles eitel Sonnenschein sein wird, denn ich kann ziemlich stur sein, doch ich kann dir zumindest versprechen, dass du und Annie in meinem Leben an erster Stelle steht, wenn ich zu Hause bin. Dass ihr wichtiger als meine Freunde, die Armee oder meine Arbeit seid.«

Emily konnte an Fletchs Blick erkennen, dass er es ernst meinte. Wenn sie ehrlich war, törnte sie das ganz schön an. Die meisten Männer, mit denen sie in der Vergangenheit ausgegangen war, bevor sie Annie bekommen hatte, hatten immer nur über sich selbst oder ihre Arbeit gesprochen, oder darüber, wie wichtig sie waren. Fletch tat nichts davon. Er war ehrlich und aufrichtig und erwähnte im Voraus seine Fehler.

»Einverstanden.«

»Einverstanden?«

»Ich werde dieses Wochenende mit dir ausgehen.«

Fletch lächelte und Emily hatte Schmetterlinge im Bauch, als sie sah, wie sehr er sich darüber freute.

»Ein Kuss, um die Sache zu besiegeln?«

Emily nickte schüchtern. Sie hatte sich monatelang gefragt, wie sich seine Lippen wohl anfühlen würden. Als sie ihn zum ersten Mal getroffen hatte, hatte sie offenbar dieselbe Anziehungskraft gespürt wie er.

Fletch ließ ihre Hände nicht los, sondern neigte sich langsam zu ihr hin und zögerte den Moment hinaus. Emily lächelte ihn an, bevor ihre Lippen aufeinandertrafen. Sie berührten sich nur an den Lippen und den Händen, doch sie spürte, wie sich die elektrische Spannung über ihren ganzen Körper ausbreitete.

Der Kuss begann unschuldig, ihre Lippen berührten sich einfach. Er zog sich einen Moment lang zurück, lächelte und küsste sie dann wieder. Diesmal ließ er seine Zunge zwischen ihre Lippen gleiten und sie öffnete den Mund. Ohne Zeit zu verschwenden, drang er in sie ein und liebkoste und umspielte ihre Zunge mit seiner. Er neigte den Kopf zur Seite, um sie tiefer küssen zu können, was Emilys Vergnügen nur noch verstärkte.

Sie stöhnte und schmiegte sich an ihn. Fletch hatte ihre Hände nicht losgelassen und die Tatsache, dass sie ihn nicht berühren konnte, während er ihren Mund verschlang, machte die ganze Sache noch viel erotischer. Schließlich ließ er von ihr ab und leckte sich die Lippen, als ob er versuchte, sich ihren Geschmack einzuprägen.

»Wow«, murmelte Emily, um die Stille zu unterbrechen.

»Wow«, entgegnete Fletch zustimmend und ließ zum ersten Mal eine ihrer Hände los, berührte ihr Gesicht und ließ seine Finger über ihre Wange streichen. »Hungrig?«

Emily errötete. Sie wusste, dass er nicht nach dem fragte, an das sie dachte, doch es klang trotzdem schmutzig. »Eigentlich schon. Ich könnte etwas zu essen vertragen.«

Fletch lachte, offensichtlich konnte er nicht nur wie ein Superheld küssen, sondern auch Gedanken lesen. »Dann komm, du kleiner Perversling, lass dich von mir füttern.«

Emily nahm lächelnd seine Hand und beschloss, dass es besser war, zu schweigen, als sich noch weiter in Verlegenheit zu bringen. Als sie in Richtung Küche gingen, dachte Emily für sich, dass es schön war, umsorgt zu werden, anstatt immer diejenige zu sein, die sich um andere kümmerte. Wirklich schön.

KAPITEL DREIZEHN

Der Rest der Woche verging schnell und Emily und Annie gewöhnten sich an die neue Routine. Wenn sie ehrlich war, kam es ihr so vor, als hätten sie schon seit Wochen und nicht erst seit ein paar Tagen in Fletchs Haus gewohnt. Emily zog mit Fletchs Hilfe ins Gästezimmer. Er hatte ihre Sachen aus der Wohnung über der Garage ins Haus getragen und sie nur ein paar Mal missbilligend angeschaut, als er sah, wie wenig sie besaß.

Emily schätzte es, dass er keine große Sache daraus machte, denn sie fühlte sich ohnehin schon schlecht genug deswegen. Für Annies Sachen waren ein paar Runden mehr notwendig als für ihre eigenen, doch am Schluss hatte sie sich im Zimmer neben dem von Emily eingerichtet. Sie hatte ihre kostbaren Armee-Puppen immer noch nicht ausgepackt, doch sie hatte sie neben ihrem Bett aufgestellt, sodass sie abends das Letzte vor dem Schlafengehen und morgens das Erste vor dem Aufstehen waren, das sie sah.

Zum Glück war Fletch ein Morgenmensch, denn

Annie war, wie Emily ihn bereits vorgewarnt hatte, kein ruhiges Kind. Zu Emilys Entsetzen schien sie weniger Schlaf zu brauchen als andere Kinder. Sie musste um acht ins Bett, was bedeutete, dass sie um diese Zeit im Zimmer und im Bett sein musste, doch normalerweise schlief sie erst ein oder zwei Stunden später. Und um fünf oder sechs war sie wieder wach. Annie hatte im Laufe der Jahre gelernt, dass sie Emily schlafen lassen musste.

Doch Fletch stand ungefähr zur gleichen Zeit auf wie Annie und wenn Emily morgens in die Küche kam, saßen Annie und Fletch bereits am Tisch und unterhielten sich, während sie frühstückten, so, als ob sie das schon ihr ganzes Leben lang getan hätten.

Zu sehen, wie dieser große, starke Mann Annie mit so viel Liebe behandelte, ließ Emilys Gefühle für ihn umso stärker werden.

Das einzige Problem, das sie während der Woche, seit sie bei ihm eingezogen waren, gehabt hatten, war Annie gewesen, die eines Morgens die Treppe herunterkam und sich die Arme mit Filzstiften bemalt hatte.

»Sieh mal, Mommy! Ich sehe aus wie Fletch!«

Emily hatte die Stirn gerunzelt, die Arme vor der Brust verschränkt und Annie und Fletch böse angeschaut. Er hatte die Hände hochgehalten, als wollte er sagen: »Ich kann nichts dafür.«

Emily und Annie hatten ungemütliche zwanzig Minuten damit verbracht, die Zeichnungen von ihren Armen zu schrubben. Sie hatte versucht, dem kleinen Mädchen zu erklären, dass es in Ordnung war, wenn

Fletch Tätowierungen hatte, dass sie selbst aber noch warten müsste, bis sie mindestens achtzehn war.

Fletch hatte an diesem Abend ein paar aufklebbare Armee-Tattoos für Annie mitgebracht und Emily konnte nur die Augen rollen. Annie hatte sich so darüber gefreut, dass Emily es nicht übers Herz brachte, sie ihr zu verbieten. Die einzige Bedingung war, dass sie sie dort anbringen musste, wo man sie nicht sehen konnte. Annie war nun stolze Besitzerin eines temporären Tattoos auf ihrem Oberschenkel, das »Armeestolz« sagte.

Emily hatte noch nicht über alles, was bisher passiert war, mit Annie gesprochen, doch sie hatte es vor. Sie hatte es tun wollen, bevor sie mit Fletch ausging, doch jetzt war es Samstag und Rayne und ihre Freundin Mary waren früher als erwartet eingetroffen, um Annie und Emily besser kennenzulernen. Emily beschloss, am Sonntag mit ihrer Tochter zu sprechen, nach ihrer Verabredung mit Fletch.

Er war weggegangen, um einige Besorgungen zu machen, doch Emily wusste, dass er ihr Zeit geben wollte, um sich mit den anderen Frauen zu unterhalten.

»Du bist also mit Fletch zusammen, was?«

Rayne hatte keine Zeit damit verschwendet, sie wegen ihrer Beziehung mit Fletch zu necken. Emily errötete. »Ich denke schon.«

»Nur damit es gesagt ist, du hast dir einen guten Typen ausgesucht.«

»Ich weiß nicht, ob ich ihn mir ausgesucht habe. Es ist einfach irgendwie passiert.«

»Wie auch immer, es ist eine gute Sache.«

»Was auch immer du denkst, wir sind nicht *wirklich*

zusammen. Wir hatten noch nicht mal eine Verabredung.«

Mary stellte ihr Getränk hin und stützte die Ellbogen auf dem Tisch ab. »Wenn die Chemie stimmt, dann stimmt sie einfach. Dann weiß man tief drin einfach, dass es richtig ist.«

»Ist dir das schon mal passiert?«

»Ja.«

»Und was ist geschehen?«, fragte Emily.

»Es ist kompliziert«, sagte Mary mit einem traurigen Lächeln.

»Du hast doch die Geschichte von mir und Ghost gehört, oder nicht?«, warf Rayne ein und versuchte, das Gespräch in eine andere Richtung zu lenken. Offenbar wusste sie mehr über Marys Situation als Emily.

Emily schüttelte den Kopf und schaute zu Annie hinüber. Ihre Tochter saß vor dem Fernseher, fasziniert von dem G.I. Joe-Cartoon, den sie zehn Minuten vorher gefunden hatten. »Nicht wirklich, nur dass du mitten in diesem Ding in Ägypten warst und Ghost und die anderen dich da rausgeholt haben.«

»Ich hatte Ghost sechs Monate vorher getroffen. Wir hatten einen One-Night-Stand während einer Zwischen-landung in London.«

Rayne hätte Emily genauso gut sagen können, dass sie eine Meerjungfrau war, so schockiert war Emily. »Wow, wirklich?«

»Ich weiß, ich sehe nicht so aus, als ob ich dauernd One-Night-Stands hätte, oder?«

Emily konnte nur den Kopf schütteln. So sah sie wirk-lich nicht aus. Rayne war jünger als sie und schien viel weniger ... abgebrüht zu sein. Vielleicht lag es daran, dass Emily schon seit vier Jahren Mutter gewesen war, als sie in Raynes Alter war, aber sie konnte es nicht mit Bestimmtheit sagen.

»Habe ich auch nicht. Das war mein erster, und es tat weh, als er am Morgen danach ging, obwohl ich von Anfang an wusste, dass es nur für eine Nacht sein würde. Aber wie sich herausgestellt hat, war Ghost auch aufgebracht gewesen. Er hatte noch nie vorher mehr von einer Frau gewollt.«

»Woher wusste er, dass du in Ägypten warst?«

»Das wusste er nicht. Es war völliger Zufall.«

»Wow«, hauchte Emily. »Ein glücklicher Zufall, würde ich sagen.«

»Das Beste und Schlechteste, was mir je passiert ist«, stimmte Rayne zu. »Wir hatten einen Tag und eine Nacht zusammen verbracht und uns dann Monate lang nicht gesehen. Doch als wir uns wiedersahen, wussten wir beide, dass wir füreinander bestimmt sind. Wir haben ganz schön viel zusammen durchgemacht, doch am Ende hatten wir eine Verbindung, die nichts mehr erschüttern konnte. Ich kann sehen, dass du und Fletch eine ähnliche Verbindung habt.«

Emily wollte protestieren, doch sie konnte nicht. Sie spürte es auch.

Rayne redete leise weiter, nur für den Fall, dass Annie zuhörte. »Du hättest Fletch sehen sollen, als Annie neulich Abend rüberkam. Er hat sofort das Kommando übernommen, sie beruhigt und ist dann so schnell wie möglich zu dir geeilt. Natürlich gehört er zur Delta Force und das ist etwas, das jeder von den Jungs getan hätte, aber es ging nicht um *irgendeinen* von ihnen. Es ging um Fletch. Er wollte so lange nicht von deiner Seite weichen, bis er wusste, dass du außer Gefahr bist. Er hat Annie zu sich ins Haus geholt, als ob er sie für immer dortbehalten wollte. Willst du meinen Rat hören? Lass es einfach geschehen. Du wirst nie einen besseren Mann als ihn finden. Er würde alles dafür tun, damit du und deine Tochter glücklich seid.«

Als Emily den Mund öffnete, um etwas zu sagen, sprach Rayne eilig weiter. »Ich sage nicht, dass er sich nicht manchmal wie ein Trottel benehmen wird. Denn das wird er. Er wird denken, dass er weiß, was das Beste für dich und Annie ist, und du wirst ihm ab und zu die Meinung sagen müssen, damit er dich nicht über den Haufen rennt. Die Jungs sind es gewohnt, Verantwortung zu übernehmen und Dinge zu regeln. Sie denken wie Männer. Ghost ist zwar schon um einiges ruhiger geworden, aber er wird immer der Typ Mann sein, der jede Situation unter Kontrolle haben will. Streite nicht unnötig mit ihm herum, aber hau ordentlich mit der Faust auf den Tisch, wenn dir etwas wirklich wichtig ist.«

Emily nickte. Sie hatte diese Seite von Fletch schon gesehen ... und mochte sie. Sie war eine kompetente Frau, war lange alleine gewesen, hatte verdammt gute Arbeit bei Annies Erziehung geleistet, wenn man sie fragte, doch sie genoss es, nicht immer für alles verantwortlich sein zu müssen. Sie würde gern ein paar Dinge an Fletch abtreten.

»Das bekomme ich hin.«

Rayne strahlte. »Gut. Und ich finde es toll, dass wir uns kennenlernen. Mary und ich haben oft darüber gesprochen. Wir stehen uns sehr nahe, aber wir würden gern mehr Freundinnen haben. Irgendwie leben wir in unserer eigenen Welt.«

»In unserer eigenen Welt«, sagte Mary lachend. »Ja, das ist eine gute Art, es zu beschreiben. Rayne ist wie eine Schwester für mich, aber es wäre toll, eine Gruppe von Freundinnen zu haben, mit denen wir uns austauschen können.«

»Und jetzt, wo du weißt, wie Fletch und die anderen Jungs ihren Lebensunterhalt verdienen, können wir ja offen reden«, sagte Rayne zu Emily.

»Das würde mir gefallen«, gestand sie. »Ich habe so viele Fragen über Fletchs Beruf und ich weiß, dass er die meisten davon nicht beantworten darf.«

Rayne nickte. »Ja, das stimmt. Die meisten Soldaten auf dem Stützpunkt haben keine Ahnung, dass Ghost und die anderen zur Delta Force gehören. Darüber darf man nur mit jemandem sprechen, der mit einem Delta verheiratet ist. Mary weiß es, weil ich Ghost geradeheraus erzählt habe, dass ich es nicht vor ihr geheim halten konnte ... sie hat ihn fast kastriert, nachdem er im Krankenhaus gelandet war, doch er hat mir nichts davon erzählt, dass er auf einer Mission verletzt wurde. Ich bin mir sicher, dass Fletch dir einen Vortrag halten wird, genauso wie Ghost es getan hat; die Quintessenz ist, dass wir auf einer Art Insel leben. Wir dürfen nur mit unseren Männern und den anderen im Team reden, sonst mit niemandem. Für Außenstehende sind wir typische Soldatenfreundinnen.«

»Er hat es bereits erwähnt. Sie dürfen uns nicht

sagen, wohin sie fahren, nicht wahr?«, fragte Emily und erinnerte sich an Fletchs Einsätze.

»Nein. Das ist streng geheim. Verstehst du jetzt, warum ich mich so darüber freue, dass wir uns kennenzulernen?«

Emily lächelte schüchtern und nickte. »Ja, völlig.«

»Wunderbar. Jetzt, wo das aus der Welt geschafft ist, lasst uns mal nachsehen, ob wir Annie vom Bildschirm wegbekommen und uns in der Küche die Hände schmutzig machen können. Ich bin sicher, dass wir ihr zu dritt beibringen können, wie man etwas Leckeres backt.«

»Hört sich gut an«, stimmte Emily zu.

Der Rest des Tages verging schnell, Annie schnatterte unaufhörlich und Emily lernte ihre neuen Freundinnen kennen. Als Emily sich später am Nachmittag auf ihre Verabredung vorbereitete, dachte sie über das nach, was Rayne und Mary gesagt hatten. Sie spürte, dass sie und Fletch eine verrückte Verbindung hatten ... und sie konnte mit eigenen Augen sehen, dass er Annie gernhatte. Das war von Anfang an so gewesen.

Emily war nicht blöd. Sie wäre Jacks' Forderungen niemals nachgekommen und nicht so enttäuscht von Fletch gewesen, wenn sie ihn nicht auf irgendeine Art gemocht hätte. Nicht nur weil er ihr eine Unterkunft angeboten hatte, als sie dringend eine gebraucht hatte, sondern weil *er* es war. Sie hatte sofort gemerkt, dass er ein guter Mensch war. Er würde das wahrscheinlich abstreiten und behaupten, ein knallharter Soldat zu sein, doch Emily hatte ihn schnell durchschaut.

Dieser Abend würde entweder der Anfang einer wunderbaren Beziehung sein – oder es würde sich herausstellen, dass außer ihrer Zuneigung keine tiefere Verbindung vorhanden war. Emily atmete tief durch und bereitete sich darauf vor, in den anderen Raum zu gehen.

Sie hoffte, dass sie eine Verbindung hatten. Sie mochte Fletch. Sogar sehr. Sie konnte nur hoffen, dass er am Ende des Abends dasselbe für sie empfinden würde.

KAPITEL VIERZEHN

Emily trank einen Schluck Kaffee und lächelte gleichzeitig Fletch an. Obwohl sie beide im selben Haus wohnten, hatte er sich bemüht, so zu tun, als wäre es eine klassische Verabredung. Sehr zur Freude von Annie war er aus dem Haus gegangen, hatte die Tür hinter sich geschlossen und tatsächlich geklingelt, als wäre er gerade angekommen, um sie abzuholen.

Er trug eine kakifarbene Hose und ein Polohemd. Die Tätowierungen auf seinen Armen und der Dreitagebart schienen immer zu verhindern, dass er zu schick aussah. Er hatte sie an die Hand genommen und zu seinem Auto geführt, das er vorher vor dem Haus geparkt hatte. Es war zwar nur ein Detail, aber irgendwie war die Situation so weniger komisch, als wenn er nur aus seinem Zimmer spaziert wäre und ihr gesagt hätte, dass er bereit war.

Er hatte sie zu einem kleinen Steakrestaurant gebracht und Emily hatte die beste Mahlzeit serviert bekommen, die sie seit langer Zeit gegessen hatte, was teilweise auch daran lag, dass sie nicht an die Kosten denken musste. Ein zartes Filet, Kartoffelbrei mit Käse, Speck und Zwiebeln, gedämpfter Brokkoli, abgerundet mit einem Teller Obst, den sie sich zum Nachtisch teilten. Während der letzten vierzig Minuten hatten sie über alles und nichts geredet und sich einfach nur kennengelernt. Emily hatte sich schon lange nicht mehr so wohlgefühlt.

»Wenn du eine Sache in deinem Leben ändern könntest, was wäre es?«, fragte Emily Fletch. Sie hatten sich während des Abends immer ernsthaftere Fragen gestellt, doch diese hatte es in sich.

Fletch schien nicht einmal über seine Antwort nachdenken zu müssen. »Ich hätte dich sofort nach Jacks fragen sollen, als ich von diesem ersten Einsatz zurückgekommen bin.«

»Was?«

»Ich hätte dich nach dem Kerl fragen sollen, mit dem du in der Einfahrt gesprochen hast. Annie hat mir erzählt, dass er damals zum ersten Mal aufgetaucht ist. Ich hatte ihn auf meinen Videoaufzeichnungen gesehen, die Situation aber völlig falsch interpretiert. Wenn ich dich gefragt hätte, wer das war, als ich zurückgekommen bin, hättest du ihm nicht so viel Geld gegeben, wärst nicht so gestresst gewesen und hättest nicht hungern müssen.«

Emily war einen Moment lang sprachlos. »*Das* ist, was du in deinem ganzen Leben ändern würdest?«

»Ja.«

»Aber ... Fletch, da gibt es doch sicher noch etwas anderes. Etwas, das du während eines Einsatzes hättest anders machen können, oder etwas, das du zu jemandem gesagt hast.«

»Nein. Du hast ›eine Sache‹ gesagt. Das ist das Einzige, was ich bereue. Wir haben Monate verschwendet, weil ich so ein Weichei war. Ich hätte dich einfach nach ihm fragen sollen. Und du? Was würdest du ändern?«

Emily hatte sich von Fletchs Antwort noch nicht erholt. Es war schwierig, darüber nachzudenken, was sie ändern würde. Es gingen ihr viele Dinge durch den Kopf ... dass sie ihren Eltern nicht oft genug gesagt hatte, wie lieb sie sie hatte, bevor sie gestorben waren, und dass sie nicht klüger gewesen war, was Annies Vater anging. Aber in diesem Moment? Sie würde Fletch zustimmen und sagen müssen, dass sie sich wünschte, sie hätte ihn wegen Jacks konfrontiert, sich gewehrt und ihn gefragt, was zum Teufel da vor sich ging.

Gerade als sie ihm das sagen wollte, huschte ein Schatten über den Tisch.

Genau der Mann, über den sie gesprochen hatten, stand an ihrem Tisch und grinste, als ob er etwas wusste, das ihnen nicht bekannt war.

Fletch gab ihm nicht einmal die Gelegenheit, den Mund zu öffnen. Er war aufgestanden und hatte Jacks am Kragen gepackt, bevor der überhaupt ein Wort von sich geben konnte.

Emily stand auch auf, blieb jedoch am Tisch stehen und starrte nur, als Fletch den Mann rückwärts durch das Restaurant schleppte und ignorierte, wie die anderen Gäste nach Luft schnappten. Emily wusste nicht, was sie tun sollte, blieb einfach stehen und beobachtete das Geschehen aus der Ferne.

»Ist alles in Ordnung?«, fragte die Kellnerin nervös, als sie neben dem Tisch auftauchte.

»Äh, ja, ich glaube schon«, sagte Emily, war sich jedoch auch nicht sicher.

»Okay«, entgegnete die Kellnerin besorgt und klang alles andere als beruhigt.

Emily schaute Fletch und Jacks zu, während sie vor dem Fenster des kleinen Restaurants diskutierten. Sie wusste, dass eine Auseinandersetzung zwischen den beiden Männern unvermeidlich gewesen war, doch es war bedauerlich, dass sie während ihrer ersten Verabredung stattfinden musste.

Nach einer vermeintlichen Ewigkeit kam Fletch schließlich wieder zum Tisch zurück. Anstatt sich jedoch auf der gegenüberliegenden Seite hinzusetzen, gestikulierte er, dass sie ihm auf ihrer Seite Platz machen sollte, damit er sich neben sie setzen konnte. Emily konnte sehen, wie sich seine Kiefermuskeln anspannten, und bemerkte, dass er eine Hand zur Faust geballt hatte. Abgesehen davon sah er aus, als hätte er sich völlig unter Kontrolle.

Obwohl es riskant war, legte sie ihre Hand auf seine und drückte leicht zu. »Ist alles in Ordnung?«

»Nein«, antwortete er monoton und verärgert.

»Was hat er gesagt?«

»Nichts, was ich vor dir wiederholen will«, erklärte Fletch nüchtern.

»Aber Fletch, ich –«

»Können wir gehen?«

Emily neigte den Kopf zur Seite. Er sah aus, als würde er gleich explodieren. Es war wirklich höchste Zeit, dass sie gingen.

»Ja.«

»Gut.« Fletch zog seine Brieftasche heraus, legte genügend Geld für das Abendessen und ein beträchtliches Trinkgeld auf den Tisch und stand auf. Er streckte Emily die Hand entgegen und sie ergriff sie. Sie wusste, dass sie im Moment Fletch, den Soldaten, vor sich hatte und nicht den Fletch, mit dem sie eine Verabredung hatte. Doch es machte keinen Unterschied, was die Gefühle anging, die sie für ihn empfand.

Obwohl das eine Lüge war. Es machte einen Unterschied. Sogar einen *gewaltigen* Unterschied.

Sie fühlte sich sicher. Obwohl Fletch sauer war, war er sanft zu ihr und sogar höflich zu der Kellnerin gewesen, die sie gekreuzt hatten, als sie das Restaurant verließen. Er hatte nichts herumgeworfen und war nicht laut geworden. Er hatte sich einfach mit der Situation abgefunden und wollte offensichtlich so schnell wie möglich von dort verschwinden.

Das konnte Emily ihm nicht übel nehmen.

Er hatte sich hundertprozentig unter Kontrolle – und irgendwie törnte sie das an. Annies Vater hatte nicht einmal einen Bruchteil dieser Selbstkontrolle besessen. Emily hatte einmal gesehen, wie er seine Faust in eine Wand gerammt hatte. Warum taten Männer das überhaupt? Schließlich tat er so niemandem außer sich selbst weh, und er hatte sogar seine Wohnung zusammengeschlagen, als er betrunken gewesen war.

Nachdem er sich versichert hatte, dass Jacks

verschwunden war, führte Fletch sie zu seinem Auto. Er öffnete die Tür und half Emily beim Einsteigen, stapfte dann um das Fahrzeug herum und stieg auf der Fahrerseite ein. Ohne ein Wort zu sagen, zog er sein Handy heraus.

»Hey Coach. Fletch hier. Jacks ist gerade in das Restaurant spaziert, in dem Em und ich nett zu Abend gegessen haben ... ich habe keine Ahnung, woher er wusste, wo wir sind. Ja, wir hatten eine kleine Auseinandersetzung ... Danke, das ist nett von dir.« Er beendete das Gespräch und warf das Handy auf das Armaturenbrett. Er legte beide Hände aufs Lenkrad und atmete tief durch.

»Ist es schlimm, dass ich das extrem sexy fand?«, fragte Emily leise und grinste breit, als Fletch ruckartig den Kopf drehte und sie ungläubig anstarrte.

Sie hob eine Hand, um ihn daran zu hindern, etwas zu sagen. »Ich weiß, ich weiß, ich bin verrückt, aber du hast die Situation sofort unter Kontrolle gebracht und im Moment törnt mich sogar die geschwollene Ader auf deiner Stirn an.«

Ein kleines Lächeln zog über Fletchs Gesicht. »Wie kommt es, dass ich lachen will, obwohl ich stinksauer bin?«

Emily streckte die Hand aus und berührte Fletchs Arm. »Danke.«

»Wofür?«

»Dafür, dass du die Sache geregelt hast. Dafür, dass du mich beschützt hast, obwohl ich eigentlich ganz gut auf mich selbst aufpassen kann. Dafür, dass du dich für mich eingesetzt hast. Einfach für alles. Danke.«

Fletchs Gesichtsausdruck wurde weicher und Emily konnte fast zusehen, wie sich seine Muskeln entspannten.

Sie sprach weiter, bevor er etwas sagen konnte. »Und ich habe es ernst gemeint. Im Restaurant haben dich alle angestarrt. Du hast die volle Aufmerksamkeit auf dich gezogen, schienst das aber nicht einmal zu bemerken. Das ist total sexy.«

»Komm her, Em«, knurrte Fletch, legte ihr seine Hand in den Nacken und zog sie zu sich.

Emily zögerte nicht und lehnte sich über die Mittelkonsole des Wagens hinweg zu ihm hin, während er sich zu ihr beugte. Dieser Kuss begann nicht so sanft wie der letzte, sondern war sinnlich und heiß.

Fletch drückte sie an sich und verschlang ihren Mund. Er tauchte in sie ein, als würde er seine Belohnung einfordern, fast wie ein Höhlenmensch. Vielleicht lag es am Adrenalin, vielleicht war es auch einfach, was Männer nach einem Kampf taten. Doch es spielte keine Rolle. Emily wehrte sich nicht, sondern öffnete ihren Mund weiter, damit er sich nehmen konnte, was er wollte. Sie spürte, wie seine leidenschaftliche Flut sie feucht werden ließ und ihre Brustwarzen sich aufrichteten.

Sie rutschte auf ihrem Sitz herum, um den Schmerz in ihrem Schritt zu mildern. Emily stöhnte und war zwischen Ekstase und Frustration hin- und hergerissen, als er mit seiner Zunge ihren Mund fickte. Es war kein Liebemachen, sondern es ging darum, sein Revier zu markieren; er wollte der Welt zeigen, dass sie ihm gehörte ... und das gefiel Emily.

Schließlich zog er sich zurück, schaute sie an und nahm alles an ihr wahr ... von den aufgerichteten Brustwarzen bis zu ihrer schweren Atmung. »Verdammt, Em. Du machst mich so heiß, dass ich mich immer wieder daran erinnern muss, dass wir auf einem öffentlichen Parkplatz vor einem ziemlich gut besuchten Familienrestaurant stehen. Aber nicht einmal das hilft. Ich will dich. Ich will spüren, wie du dich unter mir windest, so wie gerade eben, wie du um meine Zunge bettelst und um meinen Schwanz. Ich wollte noch nie etwas so sehr, wie ich dich will.«

Emily schloss für einen Moment die Augen und ließ sich seine Worte auf der Zunge zergehen. Sie drückte die Hände gegen den Sitz unter ihr, öffnete die Augen und schaute ihm direkt ins Gesicht. »Ja.«

Sie fand es faszinierend, wie sich seine Pupillen erweiterten, als er dieses eine Wort hörte. Oh ja, das gefiel ihm.

»Verdammt.« Dieses Wort kam tief aus seinem Inneren.

Emily starrte Fletch verwirrt an, als er sich zurückzog.

»Sieh mich nicht so an, Em. Ich kann mich kaum beherrschen. Ich will dich. Ich möchte dich am liebsten hinlegen, dir das T-Shirt ausziehen und an deinen harten Brustwarzen saugen. Ich wünsche mir nichts mehr, als deine Muschi zu lecken. Ich habe mir dich nackt vorgestellt und wie du vor lauter Lust außer Atem bist. Aber ... nicht hier. Ich will mir Zeit lassen, wenn du mich endlich zwischen deine üppigen Schenkel lässt.

Wir befinden uns nicht nur auf einem öffentlichen Parkplatz, außerdem warten Annie, Rayne und Mary darauf, dass wir nach Hause kommen. Ich muss mit Ghost und dem Team reden und überlegen, was wir gegen diesen verdammten Jacks unternehmen können. Coach wird sie kontaktieren und den Ball ins Rollen bringen, aber ich muss ihnen erzählen, was heute Abend hier los war. Oh, und meinen Oberst muss ich auch über Jacks' neuesten Zug informieren.

Aber vor allem will ich nichts überstürzen. Ich will dich, aber ich will auch nicht, dass es nur um Sex geht. Für mich ist das mit uns etwas Dauerhaftes. Wir können uns Zeit lassen und uns kennenlernen, bevor wir zusammen ins Bett springen.«

Als er Emilys enttäuschten Gesichtsausdruck sah, fuhr er fort: »Aber nur damit das klar ist, es wird kein halbes Jahr dauern wie mit Annies Vater. Eher eine Woche oder zwei, denke ich. Ich finde Vorfreude ja ganz toll, aber *so* geduldig bin ich nun auch wieder nicht. Ich habe mich schon viel zu lange gefragt, wie du dich wohl anfühlst und schmeckst, um es noch länger hinaus-zuzögern.«

Emily konnte nur nicken und musste schlucken, was ihr Schmerzen bereitete. Sie hatte überhaupt keine Spucke mehr im Mund. Sie konnte sich vorstellen, wie Fletch zwischen ihren Schenkeln lag und sie angrinste, bevor er den Kopf senkte. Sie hatte sich diese Szene mehr als nur einmal vorgestellt. Zumindest ... bevor sie dachte, dass er ein Arschloch war. Das wirklich zu erleben würde sie vermutlich umbringen, doch wer würde nicht gern so sterben?

Emily biss die Zähne zusammen und richtete sich in ihrem Sitz auf. »Einverstanden.«

»Okay«, bestätigte Fletch und strich ihr mit der einen Hand sanft das Haar aus dem Gesicht. »Vielen Dank für den wundervollen Abend. Es ist schön, dass ich so gut mit dir reden kann und du nichts von mir forderst. Ich bin ein Glückspilz.«

Emily biss sich auf die Lippe, sagte jedoch nichts.

»Komm, lass uns nach Hause fahren. Ich bin sicher, dass Rayne und Mary gespannt darauf sind zu erfahren, wie unsere Verabredung gelaufen ist.«

»Ich mag die beiden«, sagte Emily und war sowohl erleichtert als auch traurig darüber, dass die sexuelle Spannung, die sich im Auto gebildet hatte, nachließ. »Ich kenne sie zwar noch nicht gut, aber sie scheinen nett zu sein.«

»Sie *sind* nett. Ich kenne Rayne besser als ihre Freundin, aber ich denke, du wirst sie mögen. Sie ist dir sehr ähnlich ... sie ist bodenständig und kann manchmal ziemlich fies sein.«

»Ich bin nicht fies«, beschwerte sich Emily verärgert.

Fletch lachte, während er das Auto vom Parkplatz lenkte. »Versteh mich nicht falsch, ich mag fies ... zumindest, wenn du es bist. Das bedeutet, dass du hart im Nehmen bist.«

»Ich habe Jacks mit mir machen lassen, was er wollte«, sagte Emily traurig.

»Nein, du hast deine Tochter beschützt. Das ist etwas ganz anderes.«

»Ich hätte dich konfrontieren sollen.«

»Ja, vielleicht schon, aber ich hätte dich nach ihm fragen sollen, also sind wir beide schuldig. Das haben wir doch schon geklärt. Die Sache ist vorbei.«

»Es gefällt dir, wenn ich fies bin?«, fragte Emily und versuchte, die vorherige Stimmung wiederherzustellen.

»Ja.«

»Auch wenn ich dir gegenüber fies bin?«

»Ja.«

»Du bist komisch.«

Fletch lächelte. »Kann schon sein.«

Emily ließ den Kopf zurück auf die Kopfstütze sinken und seufzte. »Danke für die Verabredung, Fletch.«

»Gern geschehen.«

»Ich habe eine Frage.«

»Schieß los.«

»Kannst du mich vor der Haustür küssen und dann so tun, als würdest du wegfahren, damit es so aussieht, als wäre dies eine normale Verabredung gewesen?«

»Du musst abwarten. Ich kann dir nicht *alle* meine Geheimnisse verraten.«

Emily drehte den Kopf, ohne ihn anzuheben. »Ich kann es kaum erwarten.«

Es stellte sich heraus, dass Fletch fast genau das tat. Er fuhr vor sein Haus und schaltete den Motor aus. Er bat sie, sitzen zu bleiben, und ging um das Auto herum, um ihr die Tür zu öffnen. Sie hielten Händchen, als sie sich der Haustür näherten, und er küsste sie leidenschaftlich. Das war kein danke-das-war-eine-gute-erste-Verabredung-Kuss. Es war ein ich-will-dich-gleich-hier-im-Türrahmen-ficken-Kuss.

Emily stand einen Moment lang atemlos da und freute sich zu sehen, dass Fletch genauso außer Atem war wie sie.

»Geh rein, Em. Ich bin gleich bei dir.«

Sie schaute auf seine unübersehbare Erektion und nickte. Es wäre peinlich gewesen, wenn Annie und die beiden anderen Frauen ihn so hätten sehen können. Er hob einen imaginären Hut und ging zu seinem Auto zurück. Emily schloss die Tür auf und tippte schnell den Code ein. Sie hatte sich an die Alarmanlage gewöhnt ... zwar noch nicht ganz, aber genügend, um die Zahlen eingeben zu können, ohne viel darüber nachdenken zu müssen.

Rayne und Mary lächelten sie von der Couch aus an und standen beide auf, als sie den Raum betrat. »Hattet ihr einen schönen Abend?«, fragte Rayne.

»Ja.«

»Bringt Fletch das Auto in die Garage?«

»Ja.«

»Also wenn ich raten müsste, dann ich würde ich sagen, dass du ... befriedigt aussiehst«, beobachtete Mary mit einem Grinsen.

»Dann würdest du falschliegen«, erwiderte Emily, bevor sie nachdenken konnte. Sie hielt sich sofort die Hand vor den Mund und schmunzelte, als die beiden Frauen lachten.

»Ich wette, dass er sich keinen Tag länger von dir fernhalten kann«, sagte Rayne.

»*Er* meint eine Woche oder so.«

Rayne bellte einen Lacher. »Er träumt wohl.«

Emily konnte die andere Frau nur anlächeln. Sie drehte sich um, als sich hinter ihr die Tür öffnete und Fletch hereinspazierte. Sie starrte ihn staunend an. Sie wusste nicht, wie er es schaffte, jedes Mal, wenn sie ihn sah, besser auszuschauen.

»War alles in Ordnung heute Abend?«, fragte er Rayne und Mary.

»Ja. Keine Probleme«, antwortete Rayne schnell.

»Wird Ghost euch beide abholen?«

»Ja, ich muss ihn nur anrufen.«

»Nicht nötig, ich habe ihm und Truck geschrieben, bevor ich mein Auto in die Garage gebracht habe.«

Rayne rollte zwar die Augen, sagte aber nichts.

Mary dagegen *hatte* etwas zu sagen. »Warum verdammt noch mal musstest du Trucker schreiben? Ich fahre mit Rayne.«

»Nein, das wirst du nicht«, sagte Fletch lächelnd zu der verärgerten Frau. »Truck hat mich gebeten, ihm Bescheid zu sagen, sobald ich zurück bin, damit *er* dich nach Hause fahren kann.«

»Nun, er ist weder mein Vater noch mein Freund und kann sich zum Teufel scheren«, sagte Mary nachdrücklich und verschränkte die Arme vor der Brust.

»Abgemacht«, befahl Fletch gefühllos. »Ghost hatte heute Abend Dienst. Er ist müde und obwohl du nicht weit weg wohnst, würde es eine zusätzliche halbe Stunde dauern. Truck hat freiwillig angeboten, dich abzuholen, damit Ghost mit Rayne nach Hause fahren kann und seinen dringend benötigten Schlaf bekommt.« Fletch betonte Ghosts Bedürfnis nach Schlaf etwas mehr als nötig, doch für seinen Freund Truck würde er alles tun. Und wenn Truck etwas mehr Zeit mit der kratzbürstigen Mary verbringen wollte, würde er dafür sorgen, dass das geschah.

»Hmpf.« Das war eigentlich eher ein Geräusch als ein Wort, doch Mary sagte weiter nichts mehr.

»Um welche Zeit hast du Annie ins Bett gebracht?«, fragte Emily und wechselte klugerweise das Thema.

»Hast du gewusst, dass deine Tochter auf dem Niveau der fünften Klasse lesen kann?«, fragte Rayne.

Die Frage war unerwartet, doch Emily lächelte nur. »Ja, es ist verrückt, nicht wahr?«

»Sie ist entzückend, aber ich beneide dich nicht. Sie wird ganz schön anspruchsvoll werden.«

»Ich weiß, aber ich freue mich jetzt schon auf jede Sekunde«, erklärte Emily stolz.

»Das solltest du auch. Ich habe ihr etwa dreißig Minuten lang vorgelesen und ihr gesagt, dass sie so lange aufbleiben darf, wie sie will ... solange sie im Bett bleibt und liest.«

»Hey«, sprudelte es aus Emily, »das ist eine tolle Idee. Du bist ein Genie!«

Rayne lachte. »Davon bin ich nicht überzeugt, aber ich glaube, es wird eine Weile lang funktionieren, bis sie merkt, dass ihre Klassenkameraden lange aufbleiben dürfen und *nicht* lesen müssen.«

Emily zuckte mit den Schultern. »Ja, aber wenn ich so jetzt mehr Zeit für mich habe, dann bin ich glücklich.«

Die beiden Frauen lächelten sich an und Emily wusste, dass dies der Beginn einer guten Freundschaft war.

Die vier plauderten etwa zwanzig Minuten lang über dies und das, bis Ghost und Truck eintrafen.

»Bleibt kurz hier, okay?«, sagte Fletch zu den Frauen. »Ich bin gleich wieder da, ich muss nur kurz mit meinen Teamkollegen sprechen.«

»Klar«, stimmte Rayne sofort zu. Als er außer Sichtweite war, wandten sie und Mary sich mit erhobenen Augenbrauen an Emily.

Emily seufzte. »Ja, also dieser Jacks ist heute Abend in dem Restaurant aufgetaucht, in dem wir gegessen haben.«

»Oh nein!«, rief Rayne.

»Was für ein Scheißkerl«, schimpfte Mary gleichzeitig.

»Aber Fletch hat sich um ihn gekümmert. Ich bin mir sicher, dass er sich darüber mit den Jungs unterhalten will.«

»Was für ein Arschloch«, sagte Rayne angewidert und erklärte dann: »Jacks natürlich, nicht unsere Jungs.«

»Ich weiß, wen du meinst, und stimme dir zu«, beruhigte Emily sie mit einem Lächeln.

Fletch kam kurz darauf ins Haus zurück, gefolgt von Ghost und Truck. Emily beobachtete, wie Ghost sofort zu Rayne ging und sie in seine Arme zog, als ob sie tagelang getrennt gewesen wären, anstatt nur ein paar Stunden.

»Bist du bereit?«, fragte er.

Rayne nickte.

Mary stand mit verschränkten Armen da und starrte Truck an. »Lass das nicht zur Gewohnheit werden, Trucker.«

Der große Mann lächelte nur sein halbes Lächeln und deutete in Richtung Tür. »Nach dir.«

Mary rollte die Augen und umarmte Rayne, verließ jedoch ohne weiteren Kommentar das Haus.

»Wir sprechen uns morgen«, sagte Ghost zu Fletch, bevor er mit Rayne im Arm das Haus verließ.

»Was ist mit Mary und Truck los?«, fragte Emily, sobald alle weg waren.

Er zuckte mit den Schultern. »Sie mögen sich, aber keiner von beiden würde das je zugeben.«

»Sie benehmen sich wie Schulkinder.«

»Ja.« Fletch lächelte. »Aber es ist total amüsant. Ich kann es kaum erwarten, bis sie endlich ihre Hemmungen überwinden und zur Sache kommen. Es wird explosiv sein.«

Emily nickte und schaute Fletch nervös an. Als sie in der vergangenen Woche mit ihm allein gewesen war, hatte sie sich nicht so gefühlt, aber irgendwie war durch die Küsse, die sie heute Abend ausgetauscht hatten, alles anders geworden. Er ging zu ihr und küsste sie sanft auf die Stirn.

»Schlaf etwas, Em. Ich bin sicher, dass Annie morgen gleich nach Sonnenaufgang aufstehen wird und wissen will, wie unser Abendessen gelaufen ist. Ich werde sie so lange wie möglich beschäftigen, damit du ausschlafen kannst.«

»Ich kann mit ihr zusammen aufstehen«, protestierte sie.

»Das brauchst du nicht. Ich stehe sowieso auf.«

Das war eine der dreihundertzwei guten Taten, die Fletch letzte Woche für sie getan hatte.

»Okay, danke.«

Fletch trat einen Schritt zurück und drehte sich in Richtung Küche um. Emily konnte die Worte nicht zurückhalten, die aus ihr heraussprudelten. »Bekomme ich keinen Gutenachtkuss?«

Fletch drehte sich langsam um, kam jedoch nicht

näher. »Nein. Und mach nicht so ein beleidigtes Gesicht«, sagte er neckend und wurde dann ernst. »Wenn sich unsere Lippen das nächste Mal berühren, werde ich nicht aufhören. Ich werde dich in mein Bett tragen und dich die ganze Nacht über lieben. Deshalb gibt es heute Abend keine Küsse mehr. Aber ich habe dich gewarnt, Em.«

Seine Worte versetzten Emilys weibliche Zonen in Aufregung. Sie lächelte ihn an. »Das werde ich mir merken. Gute Nacht, Fletch.«

»Nacht.«

Emily schlief mit einem Lächeln auf dem Gesicht auf dem Doppelbett in Fletchs Gästezimmer ein und wusste, dass sie davon träumen würde, wie Fletch über ihr ragte und mit harten Stößen in sie eindrang. Sie konnte es kaum erwarten.

***

Jacks schritt mit dem Telefon am Ohr durch seine Wohnung. »Es ist fast an der Zeit ... Sei kein Schlappschwanz, es muss so sein ... Es wird niemand verletzt werden, aber wir müssen es tun, wenn wir sie aufs Schlachtfeld locken wollen ... Ich habe dir doch *gesagt*, dass es ihnen nicht wehtun wird, es wird sie nur fügsam machen ... Schön, reden wir später darüber ... *Nein*. Du steckst bis zum Hals mit drin, genau wie ich. Wir werden das erledigen und ihnen zeigen, dass sie nicht die einzigen knallharten Soldaten auf diesem Stützpunkt sind. Hol die anderen, wir treffen uns in einer Stunde auf dem Schlachtfeld, um zu üben ... Gut. Bis dann.«

Er legte auf, warf das Handy auf die Couch und hielt sich die Ohren zu, um die Stimme zu ersticken, die in den letzten Monaten immer lauter und hartnäckiger geworden war.

Beseitige die Bedrohung.

Sie stehen im Weg.

Wenn du es nicht tust, wirst du in den Augen des Feindes schwach aussehen!

Jacks nickte und ging in sein Schlafzimmer, um die schwarze Kleidung anzuziehen, die er trug, um in der Dunkelheit unentdeckt zu bleiben. Er mochte den naiven und leichtgläubigen Soldaten in seinem Trupp erzählt haben, dass sie den anderen Soldaten nur einen Streich spielten, dass der Frau und dem Kind nichts passieren würde, doch er wusste, dass das nicht stimmte. Es war an *ihm*, diesen Pennern von Supersoldaten zu zeigen, dass er besser war als sie *alle*. Und wenn es dabei Opfer gab ... dann sollte es so sein.

KAPITEL FÜNFZEHN

»Das muss ein Ende haben«, sagte Fletch todernst zum Oberst. »Er muss in den Bau, bis er entlassen wird. Er hat Emily und ihre Tochter vor mir bedroht! Er kümmert sich einen Scheiß um Autorität, und die Situation artet aus.«

Fletch und seine Teamkollegen saßen mit dem Oberst am Tisch und diskutierten den Vorfall, der sich am Abend zuvor zugetragen hatte.

»Er hat mir geradeheraus gesagt, dass er ein großes Ding plant, und wenn er Emily oder Annie auch nur ein Haar krümmt, kann ich nicht für seine Sicherheit garantieren.«

Der Oberst hob die Hand. »Schauen Sie, ich verstehe, dass Sie sauer sind, aber Sie dürfen nicht überreagieren.«

Dieses Mal war es Hollywood, der sprach. Seine Worte waren umso wirkungsvoller, weil er normalerweise der Ruhige war, der seine Teamkollegen unterstützte, aber nie wirklich Unruhe stiftete. »Sie wissen genau, dass das Blödsinn ist, Sir. Was würden Sie tun, wenn es *Ihre* Frau wäre, die er bedroht hat? Würde es Ihnen gefallen, wenn *Ihnen* jemand sagt, Sie sollen nicht überreagieren?«

»Natürlich nicht, aber die Situation ist unter Kontrolle.«

Beatle schüttelte den Kopf. »Nein, Sir. Bei allem Respekt, Sir, das muss dem obersten Kommando gemeldet werden.«

Der ältere Mann seufzte und fuhr sich mit den Fingern durchs Haar. »Ich weiß, und ich tue alles, was in meiner Macht steht. Ich möchte Sie nur darum bitten, nicht durchzudrehen. Bis jetzt sieht es so aus, als wäre außer der Geldgeschichte alles nur Gerede gewesen.«

»Und Gerede folgen oft Taten«, warf Truck trocken ein.

»Ich weiß«, gestand der Oberst. »Ich habe heute eine Besprechung mit dem General. Er wird den Prozess beschleunigen.«

»Und ihn einsperren, bis alles vorbei ist?«, forderte Fletch beharrlich.

»Ja. Ich werde ihm vorschlagen, das in Betracht zu ziehen.«

Fletch war nicht zufrieden mit dem Gespräch, hatte aber ehrlich gesagt damit gerechnet, dass es so verlaufen würde. Nachdem er von Emily abgeschnitten worden war, hatte Jacks nichts getan, was gegen das Gesetz verstoßen hätte. Es war nichts dagegen einzuwenden, dass er im selben Restaurant, in dem sie zu Abend gegessen hatten, aufgetaucht war, doch Fletch wusste, dass das eine Einschüchterungstaktik des Mannes gewesen war. Zumindest hatte er das beabsichtigt. Leider hatte er sich dafür die falsche Gruppe von Männern ausgesucht. Es war eine Sache, eine Mutter mit einem kleinen Kind zu erpressen, dasselbe jedoch mit einem Team von Delta Force-Soldaten zu versuchen, war etwas ganz anderes ... auch wenn er nicht *wusste*, dass sie Deltas waren.

»Wir wissen Ihre Bemühungen sehr zu schätzen«, sagte Ghost, der immer wieder die Rolle des Friedensstifters übernahm. Deshalb war er auch ihr Anführer; er konnte mit den Besten unter ihnen plaudern – sich dann aber umdrehen und ihnen das Messer in den Rücken rammen, wenn es sein musste.

Nachdem der Oberst gegangen war, blieben die Männer am Tisch sitzen und diskutierten, was sie als Nächstes machen würden.

»Können wir ihn nicht einfach ordentlich in die Mangel nehmen und das war's?«, fragte Truck, offensichtlich verärgert.

Die Tatsache, dass seine Freunde genauso wütend waren wie er und Emily, beruhigte Fletch. »Wir dürfen die Beherrschung nicht verlieren. Wir werden Tex einschalten und sehen, was er vorschlägt. Sonst müssen wir unsererseits den Status quo beibehalten«, betonte Fletch. »Ich werde dafür sorgen, dass Em nach verdächtigen Dingen Ausschau hält. Annie auch.«

»Du willst Annie also sagen, was los ist?«, fragte Truck ungläubig.

»Ich werde ihr keine Details erzählen, aber sie ist nicht dumm. Sie weiß bereits, dass ihre Mutter einen ›nicht so netten‹ Freund hat und sie sich von ihm fernhalten soll.«

Als er den düsteren Blick auf Trucks Gesicht sah, fuhr Fletch fort: »Ernsthaft, die Kleine lebt für Nancy Drew und G.I. Joe. Ich werde es ihr spielerisch beibringen, sie wird es verstehen.«

»Wenn du es sagst.«

»Glaub mir, Truck. Ich würde nie etwas tun, das die Kleine erschrecken oder verletzen könnte. Sie bedeutet mir sehr viel. Ich würde *nie* etwas tun, dass sie verwirren könnte.«

Seine Teamkollegen nickten und wussten, dass Fletch meinte, was er sagte.

»Ich muss euch jedoch um einen Gefallen bitten.«

»Was immer du brauchst.«

»Sicher.«

»Schieß los.«

Die Zusicherung seiner Freunde bewirkte zum tausendsten Mal ein Gefühl der Dankbarkeit dafür, dass er das Privileg hatte, mit diesen Männern zusammenzuarbeiten. »Jemand oder einige von euch müssen Annie einen Tag lang beschäftigen, am liebsten so bald wie möglich.«

Fletch schaute in die Runde und sah, wie seine Freunde grinsten. Sie wussten genau, warum er sie darum bat.

»Dann geht es also zur Sache, was?«, fragte Hollywood.

»Oh ja. Aber ich weiß, dass Em sich nicht behaglich fühlen wird, wenn Annie in der Nähe ist. Ich will ihr zeigen, wie viel sie mir bedeutet ... und das kann ich nicht, wenn wir dauernd damit rechnen müssen, dass ihre Tochter reinplatzt.«

Fletch entspannte sich, als er sah, wie die Männer nickten. Er war bereit gewesen, wenn nötig die Entwicklung seiner Beziehung zu Emily zu verteidigen, doch er hätte sich deswegen keine Sorgen machen müssen. Nachdem die Männer gesehen hatten, was Ghost und Rayne durchgemacht hatten und wie Fletch an dem Abend, als Emily krank gewesen war, mit ihr umgegangen war, wussten alle, dass sie die richtige Frau für ihren Freund war.

»Wie wäre es mit diesem Wochenende? Es findet dieser Jahrmarkt auf dem Stützpunkt statt. Wir könnten dort mit ihr hingehen«, schlug Blade vor.

»Ja, und sie mag doch Militärsachen, nicht wahr? Wir könnten ihr das Museum zeigen«, fügte Beatle hinzu.

»Und was ist mit dem Trainingsgelände? Der Hindernislauf ist doch bestimmt ihr Ding, was meint ihr?«, fragte Truck.

»Danke Jungs, das wird ihr sicher gefallen.«

»Denkst du, Emily ist damit einverstanden?«, fragte Ghost mit ernster Miene. »Es ist *wirklich* alles sehr schnell passiert und sie kennt uns noch nicht so gut.«

Das war eine berechtigte Frage. »Ja, ich glaube schon. Ich werde mit ihr reden. Sie weiß, dass ich euch mein Leben anvertrauen würde, deshalb denke ich, dass sie damit einverstanden sein wird. Ich werde ihr klarmachen, dass ihr außer ihr und mir die einzigen Leute seid, bei denen Annie sicher ist.«

»Dann haben wir also einen Plan«, erklärte Beatle entschlossen. »Sonst noch was?«

»Nein, das ist alles. Danke.«

»Kommt, der Oberst will, dass wir die neuesten Informationen vom Außenministerium durchgehen und unsere Kommentare dazu abgeben. Wir müssen uns den ganzen Tag beschissene Überwachungs- und Satellitenvideoaufnahmen ansehen«, sagte Ghost zu der Gruppe von Männern und stand auf.

Alle stöhnten spielerisch und niemand widersprach. In Wirklichkeit lebten sie für genau solche Dinge und konnten es kaum erwarten, in die Welt der Spionage einzutauchen und Terroristen daran zu hindern, Leute zu verletzen.

Später am Abend, nach dem Abendessen und einem lebhaften Gespräch mit Annie, in dem sie mit vielen Handgesten und Brummgeräuschen detailliert beschrieb, wie Bienen Honig herstellten, nachdem sie sie gefragt hatte, was sie an diesem Tag in der Schule gelernt hatte, saß Emily mit Annie auf ihrem Bett und überlegte, wie sie ihr am besten erklären konnte, was vor sich ging.

»Wie geht es dir, Süße?«

»Gut, Mommy.«

»Gefällt es dir in Fletchs Haus?«

Annie nickte entschieden.

»Und du magst Fletch?«

»Ja. Er ist wirklich klug und ich kann jeden Morgen mit ihm frühstücken.«

Emily lächelte ihre Tochter an und strich liebevoll mit der Hand über ihr blondes Haar. »Ich mag Fletch auch.«

»Du hast ihn aber nicht immer gemocht.«

Annie hatte recht, ihre Worte überraschten sie jedoch trotzdem. »Die Sache ist die, Süße. Der andere Mann – du weißt, wen ich meine, nicht wahr? Der, von dem ich dir gesagt habe, dass du vor ihm weglaufen sollst, wenn du ihn siehst.«

Annie nickte feierlich.

»Nun, er hat mir schlechte Dinge über Fletch erzählt. Dinge, die nicht stimmten. Ich schäme mich dafür, dass ich Fletch nicht danach gefragt habe. Ich habe einfach dem anderen Mann geglaubt.«

»Du meinst Gerüchte?«

Emily nickte und erinnerte sich daran, wie sie vor ein paar Monaten mit Annie hatte reden müssen, weil sie nach Hause gekommen war und ihr Geschichten darüber, was die Lehrer in der Pause über die Mutter eines anderen Kindes gesagt hätten, erzählt hatte. Sie hatte ihr erklärt, dass Gerüchte manchmal nicht stimmten und sehr verletzend für die Person sein konnten, über die gesprochen wurde. »Genau. Ich habe den Gerüchten geglaubt, obwohl das falsch war.«

»Aber jetzt magst du ihn wieder, dann ist doch alles in Ordnung, oder?«

»Stimmt.«

»Willst du ihn heiraten?«

Emily lachte. »Wie wäre es, wenn ich zuerst ein paarmal mit ihm ausgehe?«

Annie neigte den Kopf zur Seite, überlegte und verkündete dann: »Zehn.«

»Zehn was?«

»Zehn Verabredungen. Dann kannst du ihn heiraten.

Aber ich werde kein Kleid anziehen. Ich will mein Militärkostüm tragen.«

»Wie wäre es damit«, schlug Emily vor und wusste, dass es besser war zu verhandeln, als einfach zuzustimmen. Sie wusste genau, dass Annie nach zehn Verabredungen eine Hochzeit verlangen würde, wenn sie zustimmte. »Ich gehe mit Fletch aus und nach zehn Treffen erzähle ich dir, wie es läuft. Okay?«

»Und das Kleid?«

Emily beugte sich zu Annie hinunter, um sie zu küssen. »Und ich verspreche, dass du kein Kleid tragen musst, *falls* Fletch und ich heiraten. Du darfst anziehen, was du willst.«

»Ich hab dich lieb, Mommy. Du siehst glücklich aus.«

»Ich *bin* glücklich, Süße. Ich hole Fletch, damit er dir vorlesen kann. Ich hab dich auch lieb.«

***

Fletch lächelte Annie an. Emily hatte ihn nach oben gerufen und ihn und ihre Tochter für ihr neues Ritual alleine gelassen. Es gefiel ihr, wenn er ihr aus der neuesten Version des *Handbuchs für Überlebenstraining* vorlas. Er hatte gerade Kapitel vierzehn über tropische Überlebenstechniken beendet – es handelte unter anderem davon, wie man Wasser und Nahrung finden konnte und welche Pflanzen man vermeiden musste – und überließ Annie das Buch, damit sie nach dem Zubettgehen selbst darin lesen konnte. Er küsste sie auf die Stirn und sagte: »Gute Nacht, Knirps. Wir sehen uns morgen früh.«

Das kleine Mädchen antwortete nicht, es war zu sehr gefesselt davon, wie man den Unterschied zwischen einer essbaren und einer ungenießbaren Pflanze erkennen konnte.

Fletch betrat das Wohnzimmer und setzte sich auf die Couch, um sich mit Emily eine Wiederholung von *Seinfeld* anzuschauen. Sie hatten sich das in den letzten Tagen zur Gewohnheit gemacht, nachdem sie herausgefunden hatten, dass sie beide die Sendung mochten. Sie hatten beide bedauert, dass sie zu Ende gegangen war, waren sich jedoch einig, dass es wohl am besten war. Es war immer schlimm, wenn gute Sendungen oder Buchserien zu lange liefen.

»Am Samstag nehmen die Jungs Annie zum Jahrmarkt auf den Stützpunkt mit«, sagte Fletch zu Emily. »Sie werden den Tag mit ihr verbringen und dafür sorgen, dass sie die ganze Zeit in Sicherheit ist.« Er wusste, dass er sie nicht um Erlaubnis fragte, sondern ihr Tatsachen mitteilte.

»Wirklich? Warum?«

»Weil es Zeit ist. Weil ich dich ganz für mich haben will, und auf diese Weise bekomme ich, was ich will.«

Emily schwieg für einen Moment und Fletch konnte sehen, dass sie nachdachte. Sie schaute ihn aus dem Augenwinkel an und wandte den Blick dann wieder auf den Fernseher. »Den ganzen Tag?«

Fletch grinste. »Ja, Em. Den ganzen Tag. Ich glaube, sie wollen sie um elf abholen und dann nach dem Jahrmarkt mit ihr zu Abend essen. Sie werden sie irgendwann am frühen Abend zurückbringen.«

Nun biss sich Emily auf die Lippe und er konnte

sehen, wie sie hin und her rutschte, als ob sie sich unwohl fühlte. Sie schien etwas sagen zu wollen, zögerte aber.

»Sag, was du denkst. Wenn du unseretwegen Zweifel hast, kannst du mir das ruhig sagen.«

»Das ist es nicht«, platzte es aus ihr heraus. Sie gab nicht mehr länger vor, dass sie sich die Fernsehsendung anschaute, sondern drehte sich zu ihm um, während sie ein Bein anwinkelte und unter ihr Gesäß schob. »Ich ... es ist perfekt. Ich habe mir schon den Kopf darüber zerbrochen, wie wir es am besten machen können. Ich konnte mich nicht mit dem Gedanken anfreunden, mich die Treppe hinunterschleichen zu müssen, nachdem Annie eingeschlafen ist, und es wie in der Highschool auf der Couch machen zu müssen, während sie oben schläft. Ich weiß, du hast gesagt, du willst es im Bett tun, aber ich hatte angenommen, dass wir vermutlich auf dein Auto zurückgreifen müssen.«

Fletch entspannte sich erleichtert. »Ich will auf keinen Fall, dass wir nervös sein müssen, Em. Ich will gar nicht daran denken, dass Annie plötzlich reinplatzen könnte, nicht einmal, wenn wir schon jahrelang zusammen sind. Und unser erstes Mal soll Spaß machen und aufregend sein. Ich möchte, dass du über nichts anderes nachdenkst als darüber, wie du dich mit mir fühlst.« Fletch hatte absichtlich die Bemerkung über ihr künftiges jahrelanges Zusammensein eingefügt und freute sich darüber, dass sie Emily überhaupt nicht zu stören schien.

»Soll ich das in meinem Kalender notieren?«

Fletch mochte den sarkastischen Unterton und er

schmunzelte. »Das spielt keine Rolle ... es wird so oder so passieren.«

Emily lächelte ihn glücklich an. »Danke. Es kommt mir zwar so vor, als würde ich mein halbes Leben damit verbringen, dir für irgendetwas zu danken, aber im Ernst. Ich würde gern den Tag mit dir verbringen. Selbst wenn wir nur so wie jetzt dasitzen. Irgendwie beruhigt es mich, in deiner Nähe zu sein. Es ist, als ob ich mir keine Sorgen machen müsste, weil du dich um alles kümmerst. Und um mich.«

»Ich werde mich auch um dich und um alles andere kümmern. Und um Annie. Ihr seid jetzt meine Verantwortung. Und die nehme ich sehr ernst.«

»Ich will keine Last sein, Fletch«, protestierte Emily und schaute ihn streng an.

»Ich habe das falsch ausgedrückt. Es war überhaupt nicht negativ gemeint. Es fühlt sich gut an hier drin«, sagte Fletch und klopfte sich mit der Faust auf die Brust. »Es ist schön zu wissen, dass du da bist, wenn ich von der Arbeit nach Hause komme. Ich genieße es, wenn Annie meinen Namen ruft und zur Tür läuft, wenn ich reinkomme. Du weißt gar nicht, wie viel mir das bedeutet. Der Gedanke, dass euch beiden etwas passieren könnte, macht mich verrückt. Und die Angst, dass ich etwas tun oder sagen könnte, das dich verletzen könnte, ist auch immer da. *Diese* Art von Verantwortung meine ich. Die Art, die mich dazu bringt, ein besserer Mann zu sein. Ein besseres männliches Vorbild in Annies Leben. Ein besserer Liebhaber.«

»Oh«, hauchte Emily und starrte ihn vom anderen Ende der Couch an.

»Ich freue mich auf Samstag.« Das war die Untertreibung des Jahrhunderts, doch es schien so, als ob Emily auf der gleichen Wellenlänge wäre.

»Ich auch. Aber jetzt bin ich nervös.«

»Das brauchst du nicht zu sein.«

»Fletch, du kannst einer Frau nicht einfach sagen, dass du einen ganzen Tag damit verbringen willst, ihre Welt auf den Kopf zu stellen, und erwarten, dass sie deswegen nicht ausflippt.«

Er grinste. »Ich bin überhaupt nicht nervös.«

Emily schnaubte. »Du bist auch wie eine lebensgroße Ken-Puppe gebaut. Perfekte Bauchmuskeln, perfekte Beine, kein Gramm –«

Fletch unterbrach Emily, indem er ihr unter die Arme griff, sich zurücklehnte und sie über sich zog.

»Fletch! Was machst du da?«, schimpfte Emily lächelnd.

»Du musst dir keine Sorgen machen, Frau«, knurrte er und drückte Emily an sich, damit sie spüren konnte, wie hart er war und wie sehr er sie wollte. »Wir haben nicht darüber gesprochen ... ich wollte es nicht erwähnen, weil ich wusste, dass es dir peinlich sein würde, aber ich habe dich fast nackt gesehen, Em.« Er ignorierte, dass sie nach Luft schnappte, und fuhr fort: »An dem Abend, als es dir nicht gut ging, mussten wir deine Körpertemperatur senken. Das ging am besten, indem wir dich in die Badewanne steckten. Du hast in meinen Armen gezittert, während ich dich festgehalten habe.«

»Aber ... das ...«, stotterte Emily, schaute verlegen um sich und vermied den Augenkontakt.

»Obwohl du dich fast zu Tode gehungert hast, hat mir

gefallen, was ich gesehen habe. Aber es war definitiv weder der richtige Zeitpunkt noch der richtige Ort. Für mich bist du perfekt, Em.«

»Ich bin zu dünn«, protestierte sie.

»Das mag sein, aber ich werde mein Bestes tun, um das zu ändern.«

Emily schaute ihn endlich an und rümpfte die Nase. »Ja, das habe ich gemerkt. Du kochst dauernd für mich. Und es ist alles so lecker, dass ich nicht anders kann, als zu essen.«

Fletch lenkte das Gespräch zurück zum Thema, das er mit ihr besprechen wollte. »Ich mag deinen Körper, Em. Jeden Zentimeter. Ich mag es, dass du so viel kleiner bist als ich, es fühlt sich gut an, so groß und stark neben dir zu sein. Das macht mich zwar zu einem Neandertaler, aber ich kann nicht anders.«

»Und was ist, wenn ich fünfzig Kilo zunehme?«, fragte Emily frech.

»Das spielt keine Rolle, ich werde immer noch größer sein als du.« Als sie den Mund öffnete, um zu kontern, drückte Fletch ihr Becken gegen seines. Sie schnappte nach Luft und verstand seine Anspielung. »Spürst du das? Das geschieht jeden Abend, wenn ich dir beim Essen zusehe. Wenn wir hier sitzen und fernsehen. Wenn ich beobachte, wie du Annie zudeckst. Ich kann es nicht kontrollieren, mein Schwanz hat seinen eigenen Willen und er will genau hier sein. In dir. Und ab dem kommenden Wochenende wird es meine Aufgabe sein, dir beizubringen, deinen Körper so sehr zu mögen, wie ich es tue.«

Er spürte, wie Emily sich in seinem Griff entspannte

und sich so lange wand, bis sein harter Schwanz in der weichen Stelle zwischen ihren Beinen eingebettet war. Er wusste, dass er sich das einbildete, doch er hätte schwören können, dass er ihre Hitze durch die Jeans, die beide trugen, spüren konnte.

»Wirst du mich küssen?«

Fletch lächelte sie an. »Nein.«

»Denkst du nicht, dass wir schon weit über das Küssen hinausgegangen sind?«

»Vielleicht schon, aber ich habe dir ja neulich gesagt, dass ich dich nicht mehr küssen werde, bis ich dich in mein Bett tragen kann, und dabei bleibt es.«

»Schade«, schmollte Emily.

»Danke, dass du mir den Samstag schenkst«, sagte Fletch ernst.

»Danke, dass du *Annie* den Samstag schenkst«, erwiderte Emily. »Sie wird im siebten Himmel sein. Sie wird nicht nur Zeit auf dem Stützpunkt verbringen können, wo es ›echte Soldaten‹ gibt, sondern auch mit deinen Freunden zusammen sein.«

»Sie werden ihr auch den Hindernislauf zeigen«, erklärte Fletch lächelnd.

Sie ließ den Kopf auf seine Brust fallen und stöhnte. »Wunderbar. Sie hat wochenlang über den Hindernislauf gesprochen, den ihr Sportlehrer aufgestellt hat, weil er ihr so sehr gefallen hat. Wenn sie ihr sogar einen echten zeigen, wird sie gar nicht mehr aufhören zu schwärmen. Sie werden G.I. Jane aus ihr machen.«

Fletch hörte das Lächeln in ihrer Stimme. Sie beschwerte sich nicht wirklich, obwohl es so klang. »Es wird ihr gefallen.«

»Ich weiß.« Emily hob den Kopf und leckte sich die Lippen. Sie hatte keine Ahnung, dass ihn das fast dazu brachte, sie trotz seines Versprechens zu küssen. »Muss ich befürchten, dass du mich gleich anspringst, sobald die Tür hinter ihr ins Schloss fällt?«

»Wahrscheinlich«, beteuerte Fletch mit völlig ernstem Ton.

»Gut.«

Fletch setzte sich plötzlich aufrecht hin und hielt Emily fest, damit sie nicht zu Boden fiel. »Und in diesem Sinne ist es jetzt Zeit, dass du in dein Zimmer gehst.«

»Hast du deine Grenze erreicht?«

»Du hast ja keine Ahnung, Em. Bitte, hab Mitleid mit einem armen Soldaten.«

Emily lachte und stand von der Couch auf, trat einen Schritt von ihm weg, warf ihm einen Kuss zu und drehte sich in Richtung Flur um. »Wir sehen uns morgen früh.«

»Ja, das werden wir, Emily. Und ob wir das werden.«

Fletch stöhnte, griff nach unten und richtete seinen Schwanz aus, sobald Emily außer Sichtweite war. Danach ließ er sich wieder auf die Couch fallen. Er wusste nicht, ob er es die paar Tage noch aushalten würde, welch süße Qual das doch war. Er lächelte, während er es sich bequem machte, um sich das Ende der Sendung anzuschauen. Irgendwie wusste er, dass am Samstag der Rest seines Lebens beginnen würde, und er konnte es kaum erwarten.

KAPITEL SECHZEHN

»Ich werde mit dem Karussell und mit dem Riesenrad fahren, Zuckerwatte essen und mich in den Zerrspiegeln anschauen. Dann werde ich ein Soldat und krieche im Dreck herum und renne durch Autoreifen!«

Emily lächelte Annie an, die ungeduldig an der Küchentheke saß und darauf wartete, dass Beatle, Blade und Truck sie abholten und zum Jahrmarkt brachten. Das kleine Mädchen hatte die Blicke nicht bemerkt, die Fletch Emily den ganzen Morgen über zugeworfen hatte. Sie waren lüstern und ungeduldig zugleich.

Emily hatte sich an diesem Morgen im Badezimmer Zeit gelassen und sich auf ihre »Verabredung« mit Fletch vorbereitet. Sie hatte sich vorsichtig die Beine rasiert und sogar ihren Schambereich etwas in Form gebracht. Sie hatte einen Hauch Make-up und eine ihrer parfümierten Cremes, die sie selten verwendete, aufgetragen.

Emily hatte verführerische Kleidung gewählt; eine Jeans und ein T-Shirt mit einer Knopfleiste auf der

Vorderseite. Der Gedanke daran, wie Fletch langsam jeden einzelnen Knopf öffnete, brachte sie dazu, sich voller Erwartung auf die Lippe zu beißen.

Sie hatte ein leuchtend rotes Bikinihöschen und einen passenden Spitzen-BH ausgesucht. Es war ein Push-up-BH, der tat, was er tun sollte. Ihr Busen sah mindestens eine Nummer größer aus. Emily überlegte einen Moment lang, ob sie ihn damit irreführen würde, beschloss dann jedoch, dass Fletch sie mit bedeutend weniger Kleidung gesehen hatte und genau wusste, was ihn erwartete. Sie verschönerte nur die Verpackung etwas für ihn. Sie musste vermutlich noch ein paar Kilo zunehmen, doch sie wollte auf keinen Fall, dass Fletch daran dachte, wenn sie vor ihm stand.

Das Entscheidende war, dass sie sich gut fühlte, als sie eine Stunde später als gewohnt die Küche betrat. Sie fühlte sich hübsch. Und der Blick, den Fletch ihr zuwarf, bestätigte diese Gefühle. Er stand gegen die Theke gelehnt da und hörte Annie zu, die ihm etwas erzählte. Als er Emily erblickte, ging er sofort zu ihr und nahm sie in den Arm. Er streifte mit den Lippen ihre Wange und näherte sich ihrem Ohr.

»Verdammt, wann ist es endlich elf?«, flüsterte er.

»Du siehst hübsch aus, Mommy. Hast du eine Verabredung?«, fragte Annie unschuldig.

Emily schaute Fletch an, der seine Hände in den Hosentaschen vergraben hatte, um seine Erektion zu verbergen, und ihre Tochter anlächelte. »Ja, Süße. Fletch und ich verbringen heute Zeit zusammen.«

»Gut. Dann sind es zwei.«

»Zwei?«, fragte Fletch mit weicher Stimme und klang etwas verwirrt.

»Frag nicht«, entgegnete Emily leise. »Gut?«, wollte sie daraufhin von ihrer Tochter wissen und setzte sich auf den Stuhl neben ihr.

»Ja. Ich mag Fletch. Ich will, dass er mein Daddy ist«, erklärte Annie, ohne zu zögern.

Emily erstarrte auf ihrem Stuhl und schaute Fletch an. Sie wusste nicht, wie er darauf reagieren würde, vielleicht schockierte oder erschreckte ihn Annies Aussage. Doch er schaute ihre Tochter nur sehnsüchtig und liebevoll an und schien es amüsant zu finden, dass sie Klartext redete. Der Gedanke daran, dass ihre Tochter Fletch »Daddy« nennen könnte, rief keine Panik in ihr hervor, wie es bei anderen Männern der Fall gewesen war, mit denen sie in der Vergangenheit ausgegangen war.

Sie räusperte sich, ignorierte die Daddy-Geschichte vorerst und schaffte es: »Ich mag Fletch auch«, zu krächzen.

»Wenn ich groß bin, will ich auch ein Soldat sein, genau wie Fletch und seine Freunde. Sie werden mir heute alles zeigen, was ich wissen muss, damit ich genau wie sie sein kann, und dann werde ich –«

Zum ersten Mal in ihrem Leben nahm sie das Geplapper ihrer Tochter nicht mehr wahr und starrte Fletch an. Er war wunderschön. Er trug ein einfaches T-Shirt und Jeans, doch er sah fantastisch darin aus. Emily konnte an nichts anderes denken, als ihm das T-Shirt vom Leib zu reißen und zum ersten Mal ihre Hände auf seine Brust zu legen. Sie hatte sich schon lange seine Tätowierungen anschauen wollen, hatte aber nie die

Gelegenheit dazu gehabt. Sie hoffte, dass sie heute dazu kommen würde.

Er war barfuß und als Emily auf seine Füße schaute, zog er eine Augenbraue hoch und schien sagen zu wollen: »Warum soll ich mir Schuhe anziehen, wenn wir sowieso im Bett landen, sobald Annie weg ist?«

»Was möchtest du zum Frühstück, Em?«, fragte Fletch und klang ganz normal, was sie nervte, weil sie völlig nervös und aufgeregt war.

»Ich hatte Müsli«, warf Annie ein. »Fletch hat gesagt, dass es besser ist, wenn ich nicht zu viel esse, damit genügend Platz bleibt für all den Müll, den ich heute auf dem Jahrmarkt in mich hineinstopfen werde.«

»Das macht Sinn. Aber denk daran, dass du nicht zu viel Müll isst, bevor ihr zum Hindernislauf geht, Süße, sonst musst du dich wahrscheinlich übergeben«, ermahnte Emily das kleine Mädchen.

Annie schien einen Moment lang darüber nachzudenken und sagte dann ernst zu ihrer Mutter: »Ja, aber wenn ich kotzen muss, bedeutet das, dass ich mich wirklich angestrengt habe. Das machen die Soldaten in den Zeichentrickfilmen auch so.«

Emily lachte nur und schüttelte den Kopf. Annie war ihrer Mutter mehr und mehr gewachsen, doch das machte ihr nichts aus. »Stimmt, aber es ist trotzdem eklig.«

»Ja ...«

Emily schaute Fletch an und sah, wie er grinste, während er Annie liebevoll betrachtete. Der Gedanke, dass ihm ihre Tochter genauso viel bedeutete wie ihr, gab ihr ein komisches Gefühl. Er schien das Gesamtpaket zu sein, selbst mit seinen Fehlern ... die ehrlich gesagt nicht allzu schlimm waren, wenn man sie mit all den guten Dingen verglich. Ja, er hatte einen Ordnungsfimmel, war rechthaberisch und wollte immer seinen Willen durchsetzen. Er fragte nicht oft, was sie über gewisse Dinge dachte, sondern tat einfach, was *er* für richtig hielt. Aber es schien ihn nie zu langweilen, Annie zuzuhören, und er hatte ihr stundenlang vorgelesen. Wunderschön, treu und hoffentlich ein Profi im Bett. Sie würde es bald herausfinden. Ja, sie würde ihn so nehmen, wie er war.

»Für mich bitte auch Müsli«, sagte Emily.

Sein Blick wanderte zu ihr zurück. »Bist du sicher? Vielleicht brauchst du etwas Kräftigeres, damit du heute Energie hast.«

Heiliger Strohsack, er war unbarmherzig.

Emily aß ihr Müsli und beobachtete Annie, die ihre kostbaren Militärpuppen, die sich noch immer in der Verpackung befanden, herausgeholt hatte und tollpatschig eine Kriegsszene mit ihnen nachspielte. Fletch stand neben Emily, seine Hand lag auf ihrem Kreuz. Er streichelte und massierte sie, während Annie drauflos plapperte. Schon während Fletch sie durch das T-Shirt berührte, bekam sie Gänsehaut an den Beinen und wusste genau, dass die Hölle los sein würde, sobald ihre Tochter gegangen war.

Endlich hörte Annie, wie ein Auto vor dem Haus vorfuhr. Fletch schaute auf den Monitor der Überwachungskamera und sah, dass es tatsächlich Annies Spielkameraden für den heutigen Tag waren. Er nickte ihr zu und gab ihr die Erlaubnis, die Haustür zu öffnen. Das kleine Mädchen stürmte davon. Fletch nutzte die Gelegenheit, beugte sich für einen Moment zu Emily hin und saugte an ihrem Ohrläppchen.

Emily stöhnte und neigte den Kopf zur Seite, um ihm mehr Platz zu geben.

»Denk daran, Em. In fünf Minuten gehörst du mir.«

Emily wusste nicht, ob ihre Beine sie tragen würden, doch sie schaffte es, vom Stuhl aufzustehen und nach draußen zu gehen. Sie begrüßte Fletchs Teamkollegen, als ob sie keinen Gedanken daran verschwendete, sich die Kleider vom Leib zu reißen und über deren Freund herzufallen. Sie umarmte Annie fest.

»Sei brav heute, Süße.«

»Das werde ich.«

»Ich hab dich lieb. Wir sehen uns heute Abend.«

»Viel Spaß bei Verabredung Nummer zwei mit Fletch«, sang Annie unschuldig, bevor sie schnell Fletch umarmte und dann auf den Rücksitz des Autos kletterte.

»Ja, viel Spaß bei eurer *Verabredung*«, foppte Truck.

Emily errötete, sagte aber nichts, winkte nur Annie wieder zu, während Beatle sich hinter das Steuerrad klemmte und Blade auf den Beifahrersitz kletterte. Truck setzte sich neben Annie auf den Rücksitz und Emily winkte dem Auto nach, bis es aus Fletchs Einfahrt verschwand.

Emily spürte, wie Fletch sie von hinten umarmte und mit den Lippen ihr Ohr berührte. »Zwei, was?«

»Das ist eine lange Geschichte.«

»Hmmmm, ich will sie hören, aber im Moment habe ich andere Dinge im Kopf. Ich versuche wirklich, mich zu beherrschen. Ich bin so hart, dass es wehtut. Ich möchte tausend Dinge auf einmal mit dir tun, aber ich weiß nicht, wo ich anfangen soll.«

Sie drehte sich in seinen Armen um. »Wie wäre es mit einem Kuss? Seit dem letzten Mal auf der Veranda kann ich es kaum erwarten, deine Lippen auf meinen zu spüren.«

Sie brauchte nicht zweimal zu fragen. Fletchs Mund traf auf ihren und sie küssten sich, als ob es das erste Mal wäre ... oder das letzte. Als Fletch sich von ihr zurückzog, atmeten beide schwer.

»Wow.«

Fletch sagte kein Wort, bückte sich nur etwas und hob Emily hoch. Sie warf ihm die Arme um den Hals und hielt sich an ihm fest, während er zum Haus ging.

»Das fühlt sich vertraut an«, sagte Emily ernst.

»Ich habe dich so aus deiner Wohnung getragen, als du krank warst.«

»Hm, ich erinnere mich erst jetzt wieder daran.«

»Das überrascht mich nicht, du warst weggetreten.«

»Ich habe ...« Emily hielt inne und fuhr dann fort: »Es fühlt sich gut an. Tut mir leid, dass ich es vergessen hatte. Es hat mich noch nie jemand so getragen.«

Fletch setzte sie direkt neben der Eingangstür ab, behielt jedoch seine Hand auf ihrem Rücken, während er sich zur Alarmanlage lehnte und den Code eingab. Als er fertig war, drehte er sich zu ihr um. »Es gefällt mir, dich zu tragen. Hemd. Aus.«

»Was?« Er hatte abrupt das Thema gewechselt und Emily war nicht darauf vorbereitet gewesen.

»Zieh dein Hemd aus.«

»Aber –«

Fletch wollte offensichtlich nicht noch einmal darum bitten, da er sich bereits am ersten Knopf zu schaffen machte und ihn öffnete. Dann den zweiten. Und den dritten. Emily lächelte. Also gut. Sie half ihm und arbeitete sich von unten nach oben, bis sich ihre Hände trafen.

Fletch wandte den Blick nicht von ihrer Brust ab, während er ihr Hemd hochschob und es ihr dann auszog. Emily ließ es zu Boden fallen und wartete darauf, dass Fletch etwas sagte.

Er schwieg. Er griff nach dem Bund ihrer Jeans und öffnete den Knopf. Emily bewegte die Hüften und half ihm dabei, ihr die Jeans auszuziehen Sie stieß sie mit dem Fuß zur Seite und wartete darauf, was Fletch als Nächstes tun würde.

Sie hatte offensichtlich die richtige Unterwäsche gewählt, da sein Atem sich sichtbar beschleunigte und sie beobachten konnte, wie seine Pupillen sich so sehr erweiterten, dass das Blau in seinen Augen fast verschwand. Er ließ die Hände langsam zu ihren Brüsten wandern und umfasste sie sanft. Emily konnte die Wärme seiner Finger an ihren Brustwarzen spüren. Sie schwollen in seinen Handflächen an, als würden sie nach ihm suchen.

»Du bist so verdammt schön, ich habe fast Angst, dich zu berühren«, flüsterte Fletch.

»Ich bin klein.«

»Du bist perfekt.« Fletch verschwendete keine Zeit mehr mit Worten, sondern beugte sich über sie und bedeckte den Gipfel jeder ihrer Brüste mit einem keuschen Kuss. Emily dachte, dass ihre Beine nachgeben würden, als er ihre Brüste mit seinen Händen zusammendrückte, sein Gesicht in ihr Dekolleté vergrub und einatmete.

Er hob den Kopf und erklärte: »Du riechst wunderbar.«

»Das ist meine Creme.«

»Sicher«, stimmte Fletch zu, »aber das bist auch du.«

Emily machte sich am Verschluss ihres BHs zu schaffen, bereit, die Sache ins Rollen zu bringen, doch Fletch stoppte sie.

»Nein, das ist meine Aufgabe. Und wenn wir jetzt nicht ins Schlafzimmer gehen, schaffen wir es vielleicht nicht bis ins Bett.«

»Ich hätte nichts dagegen.«

»Nein, ich wollte dich seit diesem ersten Abend wieder in meinem Bett haben. Komm«, sagte Fletch und hob sie wieder hoch. Emily schrie lachend auf. Sie schlang die Arme um ihn und er trug sie ins Zimmer, während er an ihrem Ohrläppchen saugte.

Emily hatte sich nie für sexy gehalten, doch von Fletch ins Schlafzimmer getragen zu werden und zu spüren, wie er erschauderte, während er mit ihrem Ohrläppchen spielte und es liebkoste, war berauschend. Sie war feucht und bereit für ihn.

Fletch ließ sie auf die federnde Matratze fallen. Emily lachte, während Fletch sich die Kleider auszog. Er brach den Augenkontakt mit ihr nicht ab, während er Jeans und Boxershorts zu Boden fallen ließ. Das T-Shirt zog er sich genauso schnell aus und ehe sie sich versah, kniete er bereits über ihr, bevor sie überhaupt einen Blick auf ihn werfen konnte.

»Die Sache ist die – ich kann es nicht langsam angehen.« Emily spürte, wie er seine Hand von ihrer Seite zu ihrem Bauch bewegte, während er sprach. »Es kommt mir so vor, als hätte ich ewig auf dich gewartet. Auf diesen Moment.«

Sie wölbte sich unter ihm, während er langsam seine Finger unter den Bund ihres Höschens schob und ihr Schamhaar berührte.

»Bist du feucht?«

»Ja«, stöhnte Emily und schlang die Arme um Fletchs Hals, während er seine Finger weiter nach unten bewegte, sie jedoch nie dort berührte, wo sie es am meisten wollte.

»Bist du sicher? Denn ich würde lieber unbewaffnet hundert Taliban-Soldaten gegenüberstehen, als dich zu verletzen.«

»Absolut. Berühr mich, dann wirst du mir glauben.«

Kaum hatte sie das gesagt, befanden sich seine Finger schon am richtigen Ort. Er ließ sie selbstbewusst durch ihre nassen Falten gleiten, als ob er das schon immer getan hätte.

»Großer Gott, Em. Du bist tropfnass.«

»Habe ich dir doch gesagt.«

»Alles nur für mich.« Das war keine Frage.

Emily antwortete trotzdem. »Ja.« Ihr Becken zuckte, als er einen Finger in ihre heiße Höhle gleiten ließ. Durch die Bewegung wurde sein Finger tiefer in sie hineingedrückt und sie stöhnten beide, weil es sich so gut anfühlte.

»Es ist Monate her«, sagte Fletch und führte einen weiteren Finger in sie ein. »Ich hatte viel Arbeit und habe mich für meine heiße Nachbarin interessiert. Nachdem ich sie kennengelernt hatte, wollte ich mit keiner anderen Frau zusammen sein.«

Emily stöhnte in Ekstase. Er fühlte sich großartig an. Fantastisch – doch sie wollte mehr. Ihr Höschen schränkte seine Bewegungen ein und sie wollte, dass er sich genauso außer Kontrolle fühlte wie sie. Sie setzte sich auf und stieß ihn von sich weg. Seine Finger glitten dabei aus ihr heraus.

Während sie sich das Höschen über die Hüften schob und dann auszog, sagte sie: »Ich nehme die Pille. Ich habe schwere Monatsblutungen und schreckliche Krämpfe, wenn ich sie nicht nehme. Aber ich habe auch seit mindestens zwei Jahren mit niemandem geschlafen. Ich bin auch zu beschäftigt gewesen, und ehrlich gesagt ist es nicht förderlich für das Intimleben, wenn man eine kleine Tochter hat, so sehr ich sie auch liebe. Nach dem heutigen Tag müssen wir kreativ werden. Ich bin keine Exhibitionistin, aber ich schwöre dir, selbst wenn wir uns rausschleichen müssen, während sie G.I. Joe schaut, werde ich es tun.«

Emily versuchte erneut, den Verschluss ihres BHs zu öffnen, und Fletch hinderte sie wieder daran.

»Lass das. Leg dich hin.«

Emily tat, was er verlangte, und schaute ihm in die Augen. Er kniete sich wieder über sie und legte die Hand erneut zwischen ihre Beine. Jetzt, wo er mehr Platz hatte, streichelte er sie intensiver und verteilte ihre Feuchtigkeit bis zu ihrer Klitoris, während sie sich unter ihm wand.

»Ich bin gesund, Em. Ich würde dir nie auf diese Art wehtun.«

»Ich ebenfalls.«

»Ich habe ein Kondom. Wenn du willst, benutze ich es.«

»Schwörst du, dass du gesund bist? Ich kann mir vorstellen, dass du mit vielen Frauen zusammen warst.«

»Ich schwöre auf das Leben meiner Teamkollegen, dass ich keine Krankheiten habe. Und ich kann mich an keine der Frauen erinnern, mit denen ich früher zusammen war. Seitdem eine bestimmte Frau und ihr kleines Mädchen mein Leben auf den Kopf gestellt haben, kann ich nur noch an sie denken.« Er lächelte sie an und streichelte sie sanft weiter, damit sich ihr Vergnügen hinauszögerte.

»Fick mich, Cormac. Ich brauche dich.«

Es war, als ob ihre Worte ihm endlich erlaubten, seine Zurückhaltung aufzugeben. Er verlagerte sein Gewicht, drückte ihre Beine weiter auseinander und drang mit der Spitze seines Schwanzes in sie ein. Er hielt inne und bewegte sich nicht, während Emily sich unter ihm wand. Sie grub ihre Fingernägel in seinen Oberkörper und versuchte, ihn näher an sich heranzuziehen.

»Worauf wartest du?«, keuchte sie und schaute ihn verwirrt an.

»Ich will mir diesen Moment einprägen. Das erste Mal, dass du mich in dir hast.« Er stützte sich auf eine Hand auf und benutzte die andere, um den BH unter ihre Brüste zu ziehen, damit diese noch weiter hochgedrückt wurden. Als die kühle Luft auf ihre Brustwarzen traf, verhärteten sie sich. Er drückte leicht die eine, dann die andere, und lächelte. Er mochte ihr Stöhnen und die Art, wie sie sich wölbte.

»Könntest du dir den Moment schneller einprägen?«,

jammerte Emily. »Ich dachte, du kannst es nicht langsam angehen?«

»Sobald ich ganz in dir drin bin nicht mehr.«

Emily reichte es. Sie benutzte ihre inneren Muskeln, um die Spitze von Fletchs Schwanz so fest wie möglich zusammenzupressen. Ihre Bewegungen drückten ihn aus ihr heraus, doch er drang sofort wieder in sie ein, sogar noch etwas tiefer als vorher.

»Himmel, du hast keine Ahnung, wie toll sich das anfühlt. Wie gut *du* dich anfühlst«, knurrte Fletch mit zusammengebissenen Zähnen. »Ich wünsche mir, dass dieser Moment nie endet, doch ich befürchte, dass alles viel zu schnell vorbei sein wird.«

»Dann müssen wir es einfach noch einmal tun; wir haben den ganzen Tag Zeit«, sagte Emily und streichelte mit den Fingern seine Brustwarzen, die sich dank der Aufmerksamkeit, die sie ihnen schenkte, schnell in harte Spitzen verwandelten.

»Oh ja, verdammt, ich mag das.«

Emily zog an ihnen und stöhnte voller Befriedigung, als er seinen Schwanz tief in ihr vergrub. Es tat ein wenig weh, da es schon eine Weile her war, doch das leichte Unbehagen verschwand schnell, nachdem sie sich an seine Größe gewöhnt hatte. Sie bewegte sich unter ihm, spreizte die Beine noch weiter und schwang ihre Knie über seine Schultern, sodass er noch tiefer in sie eindringen konnte. Emily spürte, wie seine heißen, schweren Hoden gegen ihren Hintern schlugen, und sie wölbte sich und entblößte ihren Hals.

Ohne die Augen zu öffnen, befahl sie ihm: »Fick mich, Fletch. Ich gehöre dir.«

»Ja, du *gehörst* mir, Em«, stöhnte Fletch.

Er zog seinen Schwanz erst aus ihr heraus und stieß dann bis zum Anschlag zu. Emily stöhnte. Danach gab es kein Halten mehr. Sie gingen mit voller Kraft voraus und nichts konnte sie mehr aufhalten, bis sie fertig waren.

Fletch war ein rücksichtsvoller Liebhaber, streichelte und drückte ihre Brüste, während er sie hart nahm. Er betrachtete ihr Gesicht und passte den Winkel seiner Stöße an, damit er ihre Klitoris so oft wie möglich streifte.

»Ich halte es nicht mehr viel länger aus, du fühlst dich einfach zu perfekt an«, knurrte Fletch und hielt für einen Moment inne.

Emily hätte schwören können, dass sie spürte, wie er in ihr pulsierte. Sie war zwar etwas wund, doch gleichzeitig prickelte es zwischen ihren Beinen.

Er bewegte seine Hand dorthin, wo sie verbunden waren, und strich mit seinem Daumen einmal über ihre Klitoris. Emily zuckte zusammen und er fing wieder an zuzustoßen. »Ja, das ist es, Em. Verdammt, du bist wunderschön.«

Emily bewegte ihr Becken und wollte, dass Fletch mehr Druck auf ihre Klitoris ausübte, damit sie zum Höhepunkt kam. Sie schob seine Hand weg und fing an, sich selbst zu streicheln. Sie spürte, dass sie kurz vor dem Orgasmus stand, und wollte unbedingt, dass sie beim ersten Mal mit ihm zusammen kam.

»Oh ja, das ist so sexy. Zeig mir, wie du es magst. Hart und schnell, was? Gott, du hast keine Ahnung, was du da mit mir machst. Genau so ... bring dich zum Kommen. Ich will es spüren. Warte nicht auf mich, Em.«

Emily konnte kaum verstehen, was Fletch sagte. Sie

gab sich ihren Empfindungen hin. Sie masturbierte regelmäßig ... hatte sich genauso wie jetzt selbst gestreichelt und sich vorgestellt, wie er tat, was er jetzt tat ... doch dies war noch viel besser. Und es fühlte sich *definitiv* besser an, einen echten Schwanz in sich zu haben als einen aus Plastik. Fletch war warm und hart, und dass er sie mit seinen Händen festhielt, während er zustieß, erhöhte ihr Vergnügen.

»Härter, Fletch. Härter!«

Erstaunlicherweise tat er, was sie verlangte. Sie spürte, wie seine Hüftknochen gegen ihre Oberschenkel schlugen, während er sie nahm. Sie schloss die Augen, öffnete sie jedoch wieder, als sie ihn sagen hörte: »Schau mich an, Em. Ich möchte, dass du mich anschaust, wenn wir zum ersten Mal zusammen kommen.«

Emily schaute auf die Stelle, an der sie miteinander verbunden waren. Sie rieb fieberhaft ihre Klitoris mit ihrem Zeigefinger und konnte sehen, wie sein Schwanz mit ihrem Saft bedeckt war und glänzte, jedes Mal, wenn er ihn aus ihr herauszog.

Ihre Blicke trafen sich genau in dem Moment, als sie spürte, wie sie kam. Sie stöhnte und schaffte es kaum, die Augen offenzuhalten, während die erste heiße Welle sie überrollte. Ihr Becken zuckte in seinen Händen und während des Orgasmus zogen sich ihre inneren Muskeln krampfartig um ihn herum zusammen. Emily klammerte sich mit der freien Hand an seinem Bizeps fest und krümmte sich zusammen, während dieses exquisite Gefühl weiterhin ihren Körper durchströmte.

Das war einer der intimsten Momente, den sie je mit jemandem erlebt hatte. Es. War. Fantastisch.

Und es war noch nicht vorbei.

»So verdammt schön, Em. Ich habe tatsächlich gespürt, wie du um meinen Schwanz herum geschmolzen bist.« Fletchs Stöße waren weiterhin hart, doch sie konnte einen Unterschied erkennen. Er glitt jetzt leichter in sie und aus ihr heraus, ihr Orgasmus hatte das noch einfacher gemacht als zuvor.

»Ich komme gleich und werde dich mit meinem Saft füllen. Du gehörst jetzt mir, Em. Mir. Ich werde dich markieren, innen und außen.«

Fletch stöhnte, stieß ein letztes Mal tief in sie und kam zum Höhepunkt.

Emily lächelte und entspannte sich in der Erwartung, dass es vorbei war.

Sie zuckte überrascht zusammen, als Fletch abrupt seinen Schwanz aus ihr herauszog und über ihren Bauch hielt. Er ejakulierte ein letztes Mal und sie seufzte. Sie genoss diese Fleischeslust. Fletch hielt seinen Schwanz fest, drückte ihn gegen ihre Falten und schaffte es, ihn wieder in sie zu schieben, obwohl sein erschlaffender Zustand das erschwerte. Er legte sich auf sie, ohne sich um die klebrigen Spuren auf ihrem Bauch zu kümmern.

Emily seufzte zufrieden und schlang beide Arme um Fletch. Sie lagen eine Weile so da, atmeten synchron und genossen das angenehme Gefühl nach ihren überwältigenden Orgasmen.

Schließlich stützte Fletch sich auf seine Ellbogen und grinste sie liebevoll an. »Auf einer Skala von eins bis zehn war das definitiv eine Zwölf.«

Emily lächelte ihn an. »Ich wollte fünfzehn sagen.«

»Damit kann ich leben. Danke, Em.«

»Wofür?«

»Dafür, dass du mir vertraust. Dafür, dass du hier bist mit mir. Dafür, dass du mir deinen Körper geschenkt hast. Für alles.«

»Gern geschehen. Aber eigentlich sollte ich mich bei *dir* bedanken ... schon wieder.« Emily schaute auf ihren Bauch, der mit seinem Samen beschmiert war. »Was sollte das denn?« Als sie seinen verwirrten Blick sah, beruhigte sie ihn schnell. »Ich beklage mich nicht, ich frage nur.«

Fletch bewegte sich weiter nach oben und sie stöhnten beide, da diese Bewegung ihn aus ihr rutschen ließ. Er liebkoste mit der Hand ihren Bauch und massierte seinen Samen in ihre Haut. »Ich weiß nicht. Ich wollte mich einfach auf dir sehen.«

»Ihr Männer seid wirklich visuell gepolt, was?«

»Ja, aber es ist mehr als das. Ich kam schon, als ich in dir war, aber ich wollte dich auch außen markieren.«

Emily lächelte Fletch an. Er war ein knallharter Soldat und gleichzeitig ein geiler Teenager. Dieser Gegensatz war verführerisch. »Okay.«

»Okay?«

»Ja. Okay. Du weißt, was das bedeutet, oder?«

»Was?«

»Dass wir jetzt duschen müssen.«

»Oh ja, wir müssen definitiv duschen.«

Emily spürte an ihrem Innenschenkel, wie er wieder steif wurde, und schaute ihn überrascht an. »Echt? So schnell?«

»Ich glaube, er hat seinen eigenen Willen, was dich angeht.«

»Wie spät ist es?«

Fletch drehte sich um und schaute auf die Uhr auf seinem Nachttisch. »Elf Uhr dreißig.«

Emily kicherte. »Du hattest recht, es hat nicht lange gedauert.«

»Hey, ich habe dich gewarnt.«

»Stimmt.«

»Aber jetzt, wo wir uns etwas abgeregt haben, haben wir genügend Zeit für andere Dinge.«

»Wie gesagt, es ist schon eine Weile her.«

Fletch streichelte einen Moment lang ihre Wange. »Du wirst wohl nie verstehen, wie sehr ich das schätze und wie dankbar ich dafür bin. Ich bin ein verdammter Glückspilz und ich bin mir dessen bewusst. Es gibt viele andere Dinge, die wir tun können, wenn du zu wund wirst. Ich kann es kaum erwarten, dich zu schmecken und zu spüren, wie du an meiner Zunge explodierst. Du musst wissen, dass ich noch lange nicht fertig bin mit dir. Es dauert noch Stunden, bis Annie zurückkommt. Ich habe vor, jede Sekunde auszukosten.«

Emily schaute den Mann an, der ihr Leben verändert hatte. Sie hatte versucht, ihn zu hassen. Hatte versucht, schlimme Dinge über ihn zu denken, doch tief drin wusste sie, dass er ein guter Mann war und kein Arschloch, wie Jacks ihr hatte weismachen wollen.

»Komm.« Fletch setzte sich aufrecht hin. »Zieh dieses Foltergerät aus«, forderte er und deutete auf ihren BH, der immer noch ihre Brüste hochdrückte und ihre Brustwarzen so zur Schau stellte, dass er am liebsten Stunden damit zugebracht hätte, ihr zu zeigen, wie sehr er ihren

Körper verehrte. »Und jetzt ab in die Dusche. Hattest du schon mal Sex unter der Dusche?«

Emily rollte die Augen und schüttelte den Kopf. »Hört sich kompliziert an.«

»Ich glaube nicht, dass es das ist. Ich habe das auch noch nie gemacht. Es wird für uns beide das erste Mal sein. Ich bin nicht viel größer als du, ich denke, es wird gut funktionieren.«

Emily stand auf, zog den Spitzen-BH aus und genoss den lüsternen Blick, den Fletch ihr zuwarf, als sie ihm ihren Körper zeigte. »Du erwartest doch nicht, dass ich dir glaube, dass du noch nie Sex unter der Dusche hattest?«

Emily hätte schwören können, dass seine Wangen leicht erröteten, bevor er antwortete. »Nun, abgesehen von selbst hervorgerufenen Orgasmen schien es immer zu intim zu sein. Vor dir war ich nicht auf solche Dinge erpicht. Jetzt komm, bevor ich dich zurück ins Bett bringe und wir es nicht mehr verlassen.«

»Ich habe nichts dagegen einzuwenden, aber du musst auf der nassen Seite liegen.«

Fletch neigte sich zu ihr und hielt mit den Händen ihren Kopf. »Damit habe ich kein Problem, Em. Überhaupt keins. Weil es bedeutet, dass wir beide befriedigt sind.« Er grinste sie an. »Du wirst rot.«

»Sei still. Bleiben wir den ganzen Tag hier stehen oder was?«

»Oder was.«

Emily lächelte, während Fletch sie zum Badezimmer führte. Es würde ein langer, köstlicher Tag werden, und sie konnte es kaum erwarten.

Am Abend, während Annie immer wieder davon schwärmte, was für einen wunderbaren Tag sie gehabt hatte und mit welchen Karussells sie gefahren war, was sie gegessen hatte und wie sie »echte« Soldatenschminke ausprobiert hatte, versuchte Emily, die ungewohnten Schmerzen in ihrem Körper zu ignorieren. Jedes Mal wenn sie sich auf ihrem Stuhl bewegte, wurde sie daran erinnert, wie heftig Fletch den ganzen Tag mit ihr Liebe gemacht hatte.

Nach dem dritten Mal hatte sie protestiert und ihm erklärt, dass sie zu wund für mehr Sex war. Fletch hatte keine Einwände gehabt, sondern sie einfach geleckt, bis sie explodierte und seine Finger und seine Zunge mit ihrem Saft bedeckte. Sie hatte dasselbe für ihn getan und festgestellt, dass sie es genoss, Fletch mit ihrem Mund zu verwöhnen. In der Vergangenheit hatte sie Blowjobs nicht besonders gemocht, doch bei ihm machte es Spaß und sie fühlte sich mächtiger als je zuvor, als sie sah, wie er weiche Knie bekam, während sie ihn zum Höhepunkt brachte.

Alles in allem war der Tag erstaunlich gewesen. Fletch war ein rücksichtsvoller und aufmerksamer Liebhaber. Er gab mehr, als er nahm. Und nach jedem Mal hatten sie sich aneinandergekuschelt, in seinem Bett, auf der Couch, für eine Weile sogar auf der hinteren Veranda. Es war fast überwältigend, doch er hatte sie vorgewarnt und ihr gesagt, dass er *alles* gab, wenn er sich auf etwas einließ. Er hatte nicht gelogen. Nicht im Geringsten.

Annie beruhigte sich langsam und Emily schaute Fletch an. Er lächelte die beiden an, als könnte er sich nicht vorstellen, irgendwo anders zu sein als genau dort, wo er in diesem Moment war. Emily dachte für sich, dass sie genau das Gleiche empfand.

KAPITEL SIEBZEHN

Emily kniete sich vor ihre Tochter hin und tat so, als würde sie ein paar Falten in ihrem T-Shirt glätten. Eigentlich wollte sie aber nur mit Annie auf Augenhöhe sein, damit sie ihre Reaktion beurteilen konnte.

»Freust du dich auf heute?«

»Mhm.«

Emily schaute Annie lange in die Augen und versuchte herauszufinden, was das kleine Mädchen dachte. Sie wollten heute zusammen nach Austin fahren … Fletch hatte eine Verabredung mit ihnen beiden geplant. Emily hatte versucht, es ihm auszureden, und erklärt, dass Annie genauso gern mit ihnen zusammen zu McDonald's gehen würde, doch er hatte ihrer Argumentation keinen Raum gelassen und gekontert: »Wenn ich dazu bereit bin, Zeit und Energie für ihre Mutter aufzubringen, warum sollte ich das nicht auch für sie tun wollen?«

Doch Emily machte sich nicht nur Gedanken darüber, dass ihre Tochter einen Zuckerrausch bekommen und den ganzen Tag herumtollen würde. Annie war bereits sehr auf Fletch fixiert. Es war eine Sache, sollte Emily verletzt werden, falls ihre Beziehung endete, doch es war eine ganz andere Sache, wenn *Annie* verletzt wurde, falls es nicht klappte.

»Erinnerst du dich daran, als ich mich einige Male mit Rodney getroffen habe?«, fragte Emily ihre Tochter.

»Als wir noch in der anderen Wohnung lebten«, sagte Annie und nickte feierlich.

»Genau. Und du mochtest ihn auch. Aber Erwachsene verabreden sich manchmal und heiraten dann trotzdem nicht. Ich weiß, dass du Fletch magst und willst, dass wir heiraten, aber das passiert nicht immer.«

»Rodney hat mir einmal erzählt, dass er mich in ein Internat schicken würde, sobald du und er verheiratet seid«, sagte Annie zu ihrer Mutter und es war klar, dass sie nicht scherzte.

»Was? Das hat er gesagt? *Wann*?«

Das kleine Mädchen nickte. »Er kam, um dich abzuholen und zu diesem komischen Ort, wo gesungen wird, zu bringen, und du warst noch nicht fertig.«

Emily spürte, wie ihr die Tränen in die Augen schossen, konnte sie jedoch zurückhalten. Sie legte eine Hand auf Annies Wange. »Die Oper?«

Annie nickte.

Emily wurde schlecht. Sie wusste genau, wann Rodney das zu ihrem Kind gesagt hatte. Sie hatte sich im oberen Stockwerk fertiggemacht, als er sie abholen wollte. Sie hätte nie gedacht, dass er so etwas Schreckliches zu ihrer Tochter sagen würde. »Ich würde dich nie irgendwohin schicken, Süße. Wir bleiben zusammen.

Immer. Ich würde dich nie in ein Internat schicken. Niemals.«

Annie nickte feierlich. »Ich weiß. Das habe ich Rodney auch gesagt. Er hat mich ausgelacht.«

Emily umarmte Annie und es gefiel ihr überhaupt nicht, was sie da gerade erfahren hatte. Sie zog sich aus der Umarmung zurück und legte ihre Hände auf die Schultern ihrer Tochter. »Annie. Hör mir zu. Ich hab dich lieb. Du bedeutest mir alles. Mir gefällt gar nicht, dass du mir das nie erzählt hast.«

»Ich weiß, Mommy.«

»Hat er dir gesagt, dass du es mir nicht erzählen sollst?«

Sie schüttelte den Kopf. »Nein. Aber es ist in Ordnung. Ich wollte es dir sagen, aber dann hast du dich nicht mehr mit ihm getroffen und dann musste ich es dir nicht mehr sagen.«

Emily schaute ihre Tochter kritisch an. Da war immer noch etwas, das sie ihr nicht verraten wollte. »Wir haben uns danach nur noch einmal getroffen.«

»Ich weiß.«

»Was hast du getan?«

Annie biss sich auf die Lippe und schaute von ihrer Mutter weg.

»Annie. Sieh mich an.« Emily wartete, bis das kleine Mädchen ihr wieder in die Augen schaute. »Was hast du getan?«

»Ich wollte nicht weggeschickt werden. Ich dachte nicht, dass du das tun würdest, und ich wusste, dass du ihn nicht wirklich magst. Er roch komisch, nach frittiertem Essen. Und du hast immer gesagt, dass frittiertes

Zeug nicht gesund ist. Dein Boss hat angerufen und du bist in dein Zimmer gegangen, um mit ihm zu reden.«

»Erzähl weiter«, drängte Emily, als Annie innehielt.

»Ich habe ihm nur erzählt, wie schwer es ist, ein Kind zu sein«, protestierte Annie mit Tränen in den Augen. Sie befürchtete offensichtlich, dass ihre Mutter wütend auf sie sein würde. »Ich habe ihm erzählt, dass ich einmal diese Läuse-Dinger in den Haaren hatte und dass du mir die ganze Zeit bei meinen Hausaufgaben helfen musst. Und dass ich einmal über das ganze Bett und über dich gekotzt habe. Aber dann habe ich ihm erzählt, dass ich gern in der Öffentlichkeit singe und dass ich es kaum erwarten kann, alt genug zu sein, damit meine zehn besten Freundinnen bei mir übernachten dürfen, und dass Chuck E. Cheese mein liebstes Lieblingsrestaurant auf der ganzen Welt ist.«

Emily musste sich das Lachen verkneifen. Sie hatte bereits entschieden, dass sie sich nicht mehr mit Rodney treffen wollte, doch es schien, als hätte ihre Tochter eher ihm dabei geholfen, mit ihr Schluss zu machen, als umgekehrt.

»Ann Elizabeth. Du weißt doch, dass man so etwas nicht tut.«

Annie schmollte und schaute auf den Boden. Sie flüsterte leise: »Ich wollte nicht, dass du ihn lieber hast als mich und mich wegschickst.«

Jede Spur eines Lächelns verschwand sofort von Emilys Gesicht. Es gab Momente, in denen sie vergaß, dass Annie erst sechs Jahre alt war. Sie schob ihre Finger unter das Kinn ihrer Tochter und hob deren Kopf an, bis sie sich in die Augen schauten. »Ich werde dich *nie* wegschicken. Egal was passiert. Ich hab dich lieb, Süße. Du bist das Beste, was mir je passiert ist. Kein Mann wird jemals zwischen uns stehen. Niemals.«

Annie schniefte und fuhr sich mit dem Handrücken über die Nase. »Versprochen?«

»Großes Indianerehrenwort.« Emily legte sich die Hand aufs Herz und lächelte, als Annie nickte. »Also, wegen heute. Ich mag Fletch und ich bin mir ziemlich sicher, dass er mich auch mag. Aber Erwachsene mögen sich manchmal, doch wenn sie schon eine Weile miteinander ausgehen, passiert es manchmal, dass sie sich nicht mehr so sehr mögen.«

»Wie Tommys Eltern. Sie leben nicht mehr im selben Haus. Unter der Woche wohnt er bei seiner Mutter und am Wochenende ist er bei seinem Vater.«

»So ähnlich, ja«, stimmte Emily zu.

»Aber du hast dich jetzt schon viermal mit Fletch getroffen. Ich glaube, er mag dich.«

Emily lächelte. »Ich möchte, dass du heute Spaß hast. Ich will nur, dass du weißt, dass wir nicht heiraten werden. Zumindest jetzt noch nicht. Ich will auf keinen Fall, dass du enttäuscht bist, wenn es nie passiert. Okay?«

»Okay. Aber Mommy?«

»Ja, Süße?«

Annie lehnte sich an ihre Mutter und flüsterte: »Ich habe ein gutes Gefühl bei Fletch.«

Emily lachte und schüttelte den Kopf. Sie hatte es versucht. Sie stand auf und verzog das Gesicht, als sie das Knacken in ihren Knien hörte. »Worauf freust du dich heute am meisten?«

Sie wollten zum *Millennium Youth Entertainment*

Complex im Osten von Austin. Es war ein riesiges Gebäude mit Kino, Bowlingbahn, Rollschuhbahn, vielen Restaurants und sogar einer Spielhalle. Emily wusste, dass es ein anstrengender Tag werden würde, sowohl für Annie als auch für sie, doch als Fletch diesen Ort vorgeschlagen hatte – und sich so darüber gefreut hatte, dass er darauf gekommen war –, brachte sie es nicht fertig, ihm den Wunsch abzuschlagen. Der Mann hatte keine Ahnung, worauf er sich einließ. Null. Er hatte zuerst Laser Tag vorgeschlagen, doch Emily hatte ihr Veto eingelegt. Obwohl sie wusste, dass Annie das gefallen würde, dachte sie, dass ihre Tochter doch noch etwas zu jung war, um herumzulaufen und Leute zu erschießen.

»Rollschuhlaufen. Das habe ich noch nie gemacht«, sagte Annie.

»Denkst du, dass du dich aufrecht halten kannst, ohne hinzufallen?«

Annie zuckte mit den Schultern und drehte sich zum Spiegel um, packte ihre Bürste und kämmte sich die Haare. »Keine Ahnung, aber Fletch wird mir helfen.«

Dagegen konnte Emily nichts einwenden. »Was ist mit Bowling? Du magst Bowling.«

»Ja. Fletch und ich haben eine Wette.«

»Bitte? Was für eine Wette?«, wollte Emily wissen. Es sah so aus, als ob sie mit Fletch über ein paar Dinge reden müsste.

»Ich glaube, es war keine richtige Wette, weil du ihm gesagt hast, dass er nie mehr in seinem Leben wetten darf. Aber er hat behauptet, dass du und ich zusammen ihn nicht schlagen können.«

»Oh, hat er das gesagt?«, fragte Emily und beugte sich

zu Annie nieder, um sie wieder zu umarmen. Sie schob ihr Gesicht neben das ihrer Tochter und sie sahen sich beide im Spiegel an. »Du hast ihm aber nicht erzählt, dass ich dich zum kostenlosen Familienbowling-Abend mitnehme, seit du drei Jahre alt warst, oder?«

»Nein.«

Sie grinsten einander an.

»Das wird sein Untergang sein«, sagte Emily zu ihrer Tochter.

»Allerdings.«

Mutter und Tochter lächelten einander an. Das würde ein Spaß werden.

Emily beobachtete, wie Fletch Annie das Bowling »beibrachte«. Sie waren im Unterhaltungszentrum angekommen und hatten ihr Abenteuer mit einer Mahlzeit begonnen. Es war keine lange Fahrt nach Austin, Annie hatte jedoch Hunger. Seitdem Fletch herausgefunden hatte, mit wie wenig zu essen sie hatten auskommen müssen, hatte er es sich zur Lebensaufgabe gemacht, immer gesunde Snacks auf Vorrat zu haben und für die beiden Mahlzeiten zuzubereiten. Er hatte gelobt, dass keine der beiden jemals wieder würde hungern müssen.

Nachdem sie blitzschnell eine Portion Nachos verdrückt hatte, erklärte Annie, dass sie als Erstes bowlen wollte. Emily wusste, der Grund dafür war, dass das kleine Mädchen vor Ungeduld platzen würde, wenn sie Fletch nicht bald austricksen konnte.

Sie hatten die Schuhe gewechselt und eine leere

Bahn gefunden. Fletch stand hinter Annie, zeigte ihr die Löcher im Ball und deutete auf die Kegel am Ende der Bahn. Emily versuchte, mit ihrer Hand ihr Grinsen zu verbergen. Fletch schaute sie in dem Augenblick zufällig an.

»Was?«

»Wie, *was*?«, fragte Emily und bemühte sich, unschuldig zu klingen.

»Wieso grinst du?«

Emily dachte schnell. »Es ist einfach schön, euch beide zusammen zu sehen.«

Fletch beugte sich zu dem kleinen Mädchen hinunter und sagte etwas zu ihr. Annie lächelte ihn an und nickte.

Er kam mit einem intensiven Blick, den Emily nicht deuten konnte, auf sie zu. Er trat nahe an sie heran und legte ihr die Hände auf die Hüfte. Er neigte sich zu ihr und sagte leise, sodass nur sie es hören konnte: »Du hast ein erstaunliches Kind großgezogen, Em. Sie ist lustig, klug und achtet auf die Gefühle der Menschen um sie herum.«

Emily strahlte. Sie hörte nichts lieber, als wenn jemand ihrer Tochter Komplimente machte.

»Sie ist aber auch raffiniert und hinterlistig, und sie mogelt. Genau wie ihre Mutter.«

Sie versuchte, nicht zu lachen, und wusste, dass er recht hatte. Emily tat ihr Bestes, es herunterzuspielen. Sie schmollte und versuchte, beleidigt auszusehen. »Was meinst du denn?«

»Schau mich nicht mit diesem Hundeblick an. Du weißt genau, was ich meine.« Fletch drehte sie um, damit er hinter Emily stand und sie beide Annie auf der

Bowlingbahn zusehen konnten. Er hatte eine Hand auf Emilys Bauch und die andere auf ihrer Hüfte. Er zog sie zu sich heran und Emily schmiegte sich an ihn.

»Los, Annie, zeig, was du kannst«, rief er dem kleinen Mädchen zu, das praktisch an Ort und Stelle tanzte, weil es kaum erwarten konnte, die erste Kugel ins Rollen zu bringen.

Die beiden beobachteten, wie Annie selbstbewusst zur Linie ging, wie eine alte Frau die Kugel hielt und sie anstieß.

»Das hat sie schon einmal gemacht«, sagte Fletch überflüssigerweise, während sie beobachteten, wie die Bowlingkugel langsam die Bahn entlangglitt und sieben Kegel umstieß. »Ich werde verlieren, stimmt's?«

Sie sahen, wie Annie sich mit einem breiten Grinsen im Gesicht zu ihnen umdrehte. »Ist sieben gut, Fletch?«

»Mist. Ich werde todsicher verlieren.« Diesmal war es eine Feststellung.

Emily drehte sich in Fletchs Armen um, stellte sich auf die Zehenspitzen und küsste ihn liebevoll auf die Lippen. Es gefiel ihr, dass er kein Problem damit hatte, in der Öffentlichkeit Zuneigung zu zeigen. Jedes Mal wenn sie ihn küsste oder seine Hand hielt, glänzten seine Augen vor Verlangen. »Das ist dein Untergang, Cormac.«

Eineinhalb Stunden später ließ Fletch sich auf seinen Stuhl sinken und gestand seine Niederlage ein. »Ihr habt gewonnen. Himmel, ihr hattet von Anfang an einen Vorsprung.«

Annie führte einen Siegestanz auf und Fletch konnte sich das Lachen nicht verkneifen. Er lehnte sich zu Annie hinüber, packte das kleine Mädchen, hielt es kopfüber auf seinem Schoß fest und kitzelte es. Annies Gelächter klang durch die belebte Bowlingbahn, während sie sich wand und kreischte und versuchte, Fletchs flinken Fingern zu entkommen.

Schließlich richtete er sie auf, setzte sie seitwärts auf seinen Schoß und schaute zu Emily hinüber.

Als er die Tränen in ihren Augen sah, änderte sich sein ganzes Verhalten. »Was? Ist etwas nicht in Ordnung?«

»Es ist nichts«, beruhigte Emily ihn sofort und wischte sich die Tränen aus den Augen.

»Em, was ist los?«

»Ich bin einfach ... glücklich, Fletch. Das sind Freudentränen.«

Er verstand, was sie meinte, legte ihr die Hand in den Nacken und zog sie zu sich, während Annie immer noch auf seinem Schoß saß. Er küsste sie, tief und intensiv. Der Kuss war wahrscheinlich nicht angemessen, besonders weil Annie so nahe neben ihnen saß und sie genau beobachtete, doch das war Emily im Moment egal.

Er drückte seine Stirn an ihre und flüsterte: »Solange es Freudentränen sind, habe ich nichts dagegen. Es ist die andere Sorte, die ich nicht ertragen kann.«

»Komm schon, Fletch. Du hast versprochen, dass du mir das Rollschuhlaufen beibringst, nachdem ich dich geschlagen habe«, bettelte Annie und rutschte von seinem Schoß.

Fletch zog sich zurück und wischte mit seinen Daumen Emilys Tränen weg. Ohne den Blick von ihr abzuwenden, sagte er zu Annie: »Stimmt, Knirps. Das habe ich gesagt. Könntest du bitte unsere Schuhe zurückbringen? Danach gehen wir.«

»Ja!«, zwitscherte Annie aufgeregt.

Emily lächelte ihre Tochter an, während diese sich zu Boden fallen ließ und sich die gemieteten Bowlingschuhe von den Füßen zerrte. Sie wartete ungeduldig, während sie und Fletch ihre ebenfalls auszogen.

»Wir warten hier auf dich. Geh aber nirgendwo anders hin als zum Rückgabetresen«, warnte Fletch sie. »Ich will dich die ganze Zeit sehen können.«

»Das werde ich nicht!«, beruhigte Annie ihn.

Fletch und Emily beobachteten, wie das kleine Mädchen zum Tresen lief und sich in der kurzen Warteschlange einreihte.

»Danke, Fletch«, sagte Emily leise. »Sie amüsiert sich prächtig.«

»Ich glaube, ich sollte *dir* danken«, entgegnete Fletch ernst. »Ich habe nie wirklich daran gedacht, Kinder zu haben. Nicht bei meinem Job. Ich dachte immer, dass es entweder ein Wunschtraum bleiben oder dass es viele, viele Jahre dauern würde, bis ich jemals die Gelegenheit bekommen würde, welche zu haben. Der heutige Tag ist wundervoll. Ich meine, ich weiß, dass Annie großartig ist. Aber sie so zu sehen, so unbekümmert, das ist ...« Seine Stimme geriet ins Stocken. Er räusperte sich und fuhr fort: »Das bedeutet alles für mich. Es gibt mir das Gefühl, dass das, was ich tue, Sinn macht. Wenn ich sie so glücklich und sorglos sehe, erinnert mich das daran, dass ich das vorher nicht hatte. Jeder Einsatz hat seinen Zweck.«

Emily legte ihre Hand auf Fletchs tätowierten Unterarm. Er behielt Annie im Auge, während sie sich in der Schlange vorwärtsbewegte. Sie hob den Kopf und küsste Fletchs Wange. Dann seine Stirn. Dann neigte sie sich zu ihm, damit sie ihm ins Ohr flüstern konnte.

»Ich werde dich heute Abend flachlegen.«

Fletch drehte seinen Kopf so schnell, dass sie nicht einmal einatmen konnte, bevor sie seine Lippen auf ihren spürte. Seine Zunge drängte sich in ihren Mund und er legte ihr wieder die Hand in den Nacken. Doch dieses Mal war es keine zarte Liebkosung. Er hielt ihren Kopf für den sinnlichen Angriff auf ihren Mund still.

Dieser dauerte bei Weitem nicht lange genug, doch Fletch war sich offensichtlich mehr als bewusst, dass sie sich mitten in einer von Familien bevölkerten Bowling-halle aufhielten. Er drehte den Kopf, schaute in Annies Richtung und murmelte, ohne Emily anzusehen: »Ver-dammt richtig. Du hast mich reingelegt, Frau. Du schul-dest mir etwas.«

Emily kicherte und spürte, wie sich Gänsehaut über ihren Armen ausbreitete, als Fletch mit dem Daumen die Seite ihres Halses streichelte. Er hatte seine Hand nicht weggenommen und sie legte den Kopf auf seine Schulter.

Sie saßen eine Weile so da und beobachteten Annie, die ihre Bowlingschuhe zurückgab und mit ihren normalen Straßenschuhen in den Armen wieder zu ihnen zurückkehrte.

»Hier sind sie! Beeilt euch! Ich will Rollschuhlaufen!«

Der intime Moment war vorbei. Fletch richtete sich schleppend auf und griff nach seinen Stiefeln. Er zog sie so langsam an, wie er konnte, nur um das kleine Mädchen zu quälen. Emily tat es ihm gleich, bis Annie buchstäblich um sie herumtanzte und darum bettelte, dass sie sich beeilten.

Fletch stand auf und streckte Emily die Hand entgegen. Es wurde ihm warm ums Herz, als er ihre warme Hand in seiner spürte, doch es war Annies kleinere Hand, die er ebenfalls hielt, die ihn schmelzen ließ. Das kleine Mädchen war zwar anhänglich, aber es hatte noch nie seine Hand gehalten.

Er war kein rührseliger Mann, doch in diesem Moment wusste er, dass er alles dafür tun würde, Annie und Emily bei sich zu behalten.

Emily beobachtete, wie Fletch und Annie sich langsam durch die Rollschuhbahn bewegten. Annie hatte Fletchs Hand nur losgelassen, damit beide ihre Rollschuhe zubinden konnten. Sobald sie damit fertig waren, hatte sie sofort wieder nach seiner Hand gegriffen. Das Duo begab sich auf die Bahn, die mit Tausenden von Kindern und Erwachsenen bevölkert zu sein schien.

Emily lehnte sich gegen das lange hölzerne Geländer und beobachtete, wie Fletch Annie von ein paar umgefallenen Kindern weglenkte. Dann, wie er sich zwischen ihr und einem anderen Kind positionierte, das rücksichtslos durch die Bahn raste und sich nicht darum kümmerte, wer ihm im Weg stand. Als er seinen Kopf zurückwarf und über etwas lachte, das Annie sagte, seufzte sie.

Fletch war erstaunlich. Zugegeben, sie hatte noch nie mit Annie und einem Mann gemeinsam eine Verabredung gehabt, doch irgendwie wusste sie, dass das nicht unbedingt normal war. Annie war anstrengend. Sie würde das als Erste zugeben. Emily liebte ihre Tochter, doch die endlosen Fragen, ihre unermüdliche Energie, ihre Lebensfreude und ihre Sturheit trugen beim besten Willen nicht zu einem entspannten Tag bei.

Man sah ihm nicht an, dass er um halb fünf aufgestanden war, um zu trainieren, nachdem er bis morgens um zwei mit ihr Sex gehabt hatte. Der Mann war ein Roboter. Er konnte einfach alles. Und Emily war dabei, sich in ihn zu verlieben.

Nein. Sie *war* in ihn verliebt.

Der Gedanke hätte sie erschrecken sollen, doch seltsamerweise war das nicht der Fall. Die Leute sagten immer, dass man einfach wusste, wenn man seinen Seelenverwandten gefunden hatte. Und Emily wusste es.

»Mommy! Schau mal!«, rief Annie, als sie an ihr vorbeirollten.

»Du machst das toll, Süße!«, antwortete Emily und winkte ihr zu.

Fletch lächelte sie an, sagte aber nichts.

»Die beiden sind wirklich süß«, bemerkte eine Frau, die neben Emily stand.

»Oh, danke. Ja.«

»Sieht so aus, als hätte sie ihren Daddy um den kleinen Finger gewickelt.«

Emily wollte ihr erklären, dass Fletch nicht ihr Vater war, entschloss sich dann jedoch, nichts zu sagen, und nickte nur. »Ja, das hat sie.«

»Sie Glückliche«, fuhr die Frau fort. »Viel Spaß.« Sie schlenderte davon.

Sie hatte die fremde Frau nicht korrigieren wollen,

erstens, weil es einfach zu kompliziert war, und zweitens, weil es sich gut anfühlte, dass jemand dachte, Fletch gehörte ihr. Das war zwar kindisch und dumm, aber so war es.

Nach unzähligen weiteren Runden hatte Annie endlich genug. Sie rollte mit Fletch zu der Stelle, an der Emily auf die beiden wartete. Fletch half ihr über die hölzerne Umrandung der Bahn und lächelte Emily an, während Annie unaufhörlich plapperte.

»Hast du mich gesehen, Mommy? Das hat so viel Spaß gemacht! Am Anfang ging es noch nicht gut, aber Fletch hat mir geholfen, das Gleichgewicht zu halten. Hast du gesehen, dass er sogar *rückwärtsfahren* kann? Ich will das auch können und Fletch hat gesagt, dass ich das schnell lerne, wenn ich viel übe. Und dann hat er mich losgelassen, aber er war immer noch da. Hast du das gesehen? Ich bin ganz alleine gefahren! Es ist wie damals, als du mir das Fahrradfahren beigebracht hast. Ich hatte Angst, aber du hast das Fahrrad festgehalten, bis ich alleine fahren konnte. Wann können wir wieder hierherkommen?«

Emily ließ Annie weiter plappern und schaute Fletch an. Die Liebe, die sie für ihn empfand, schien zu wachsen, als er tonlos »Danke« sagte und sich sein Gesicht zu dem breitesten Grinsen verzog, das sie je an ihm gesehen hatte.

Sie grinste zurück, hauchte: »Heute Abend«, und zeigte zuerst auf sich, dann auf Fletch.

Obwohl Emily dachte, dass das fast nicht möglich war, wurde sein Grinsen noch breiter.

Es war still und dunkel im Innenraum seines Wagens, als sie sich nach dem Abendessen auf den Nachhauseweg machten. Fletch hatte sich geweigert, einen Fuß in das berüchtigte Chuck E. Cheese Restaurant zu setzen, und hatte Annie erklärt, dass alle guten Soldaten viel Eiweiß zu sich nehmen und mindestens einmal pro Woche ein großes Steak essen mussten.

Emily hätte besorgt darüber sein sollen, wie gut Fletch darin war, Annie zu manipulieren und sie dazu zu bringen, zu tun, was am besten für sie war, doch das war sie nicht. Es war schön, zur Abwechslung die Verantwortung für die Erziehung ihrer Tochter mit jemandem zu teilen. Sehr schön sogar.

»Mommy hat gesagt, dass ich Kampfstiefel tragen darf, wenn ihr heiratet«, verkündete Annie, als sie auf der Bundesstraße 35 nach Hause fuhren.

Emily verschluckte sich fast. Um Himmels willen! Sie öffnete den Mund, um etwas zu sagen – was genau, wusste sie nicht –, doch Fletch kam ihr zuvor.

»Ich habe nichts dagegen.«

»Fletch«, zischte Emily. »Du brauchst sie nicht noch zu ermutigen.«

Er schaute sie an und sagte mit ernster Stimme: »Warum nicht?«

»Möchtest du deinen Film schauen?«, fragte Emily ihre Tochter und ignorierte Fletch und das ganze Gespräch.

»*Small Soldiers*!«, rief Annie begeistert und freute sich

auf ihren Lieblingsfilm. Sie kannte jedes Wort darin und konnte jederzeit Teile daraus rezitieren.

Emily suchte die Datei und übergab ihrer Tochter die Kopfhörer und das Tablet, das Fletch zur Verfügung gestellt hatte. Innerhalb von zehn Minuten war Annie eingeschlafen.

»Ich glaube, es hat ihr gefallen«, sagte Emily trocken und betrachtete ihre Tochter, die in ihrem Kindersitz auf dem Rücksitz tief und fest schlief. Sie hielt immer noch das Tablet in den Händen und das Licht, das von dem Video ausging, flackerte über ihre Wangen.

»Mir auch«, sagte Fletch leise. »Danke, dass ich euch beide ausführen durfte.«

»Es hat viel Spaß gemacht. Aber weißt du«, sagte Emily zögernd, »du solltest sie nicht ermutigen.«

»Was meinst du?«

»Die Sache mit dem Heiraten. Sie ist in einer Phase, in der sie sich auf alles fixiert. Ich will nicht, dass sie am Schluss enttäuscht ist.«

»Und was ist, wenn es nicht dazu kommen wird?«

»Wozu nicht kommen wird?«

»Dass sie enttäuscht ist«, sagte Fletch leise und bestimmt. »Ich mag dich, Emily. Sehr sogar. Ich bin nicht mit dir zusammen, nur damit ich Sex haben kann. Ich meine es wirklich ernst mit dieser Beziehung. Vom Anfang bis zum Ende.«

»Fletch –«

»Ich weiß, es ist alles noch frisch. Aber ich möchte, dass du weißt, dass ich nicht mit euch beiden herum-spiele. Okay?«

»Einverstanden.« Emily hätte eigentlich noch mehr

sagen wollen, doch sie konnte sich nicht dazu bringen, es anzusprechen.

Fletch legte seine Hand auf Emilys Bein, während sie den Rest des Nachhausewegs in angenehmer Stille fortsetzten.

Als sie vor dem Haus vorfuhren, schlief Annie immer noch tief und fest. Fletch drehte sich zu Emily um. »Darf ich dir helfen, sie ins Bett zu bringen?«

»Natürlich.«

»Und nachher werde ich *dich* ins Bett bringen.«

Emily lächelte und neigte sich zu Fletch. Ihre Lippen berührten sich sanft. »Ich habe doch gesagt, dass wir beide noch was vorhaben heute Abend, oder?«

»Das hast du«, bestätigte er mit einem Lächeln, ohne die Hände vom Lenkrad zu nehmen.

»Du kannst mich dann danach ins Bett bringen.«

Sein lustvoller Blick brachte sie dazu, unruhig auf ihrem Sitz herumrutschen. Gott, sie wollte diesen Mann. Ihre Brustwarzen zogen sich unter ihrem T-Shirt zusammen und sie hätte sich am liebsten gleich schon im Auto rittlings auf ihn gesetzt und ihn mit ihr machen lassen, was er wollte.

»Sind wir zu Hause?«, fragte Annie verschlafen vom Rücksitz aus.

»Ja, Knirps. Wir sind *zu Hause*«, bestätigte Fletch, ohne den Augenkontakt mit Emily abzubrechen.

»Gut. Ich habe Hunger.«

Emily lachte, als sie Fletchs überraschten Blick sah. So sehr sie sich auch wünschte, direkt ins Bett gehen zu können, jetzt, wo Annie wach war und anscheinend

Hunger hatte, mussten sie beide sich wohl noch etwas länger gedulden.

»Bald«, sagte Emily leise zu Fletch, während sie nach ihrem Sicherheitsgurt griff.

»Bald«, stimmte Fletch zu, als er auf seiner Seite ausstieg.

Einige Stunden später lag Emily glücklich und zufrieden in Fletchs Armen.

»Der beste Tag meines Lebens«, erklärte sie entschieden.

»Der beste Tag meines Lebens«, stimmte Fletch zu und umarmte Emilys nackten Körper noch fester. »Aber ich habe vor, von jetzt an nur noch beste Tage meines Lebens zu verbringen.«

»Dann mal los, Soldat«, neckte Emily ihn. »Ich werde dich nicht aufhalten.«

Fletch küsste Emily leicht auf die Stirn und ließ sich dann wieder auf die Matratze sinken. »Du wirst nie wieder hungern müssen. Du und Annie seid bei mir in Sicherheit. Ich werde alles daransetzen, dass Jacks nie wieder in eure Nähe kommt.«

Seine Worte kamen wie aus dem Nichts, doch Emily sagte nichts weiter dazu. Sie gewöhnte sich langsam daran, wie Fletchs Verstand funktionierte. »Was er getan hat, war nicht deine Schuld.«

»Ja und nein. Darüber haben wir doch schon gesprochen«, argumentierte Fletch. »Er hat es einmal geschafft, dich auszutricksen. Er ist immer noch da draußen. Ich werde nicht zulassen, dass das noch einmal geschieht.«

»Du bist aber nicht Gott, Fletch. Du weißt nicht, was passieren wird.«

»Das ist mir bewusst. Aber ich verspreche, dass ich dich und Annie beschützen werde.«

»Okay«, stimmte Emily zu. Tief in ihrem Herzen wusste sie, dass er für ihre Sicherheit nicht garantieren konnte. Verdammt, die Schießerei in Annies Schule hatte ihr das bewiesen. Die Menschen waren für ihre eigenen Taten verantwortlich und solange Fletch nicht rund um die Uhr bei ihnen war, konnte er nichts garantieren.

»Okay«, wiederholte Fletch. »Schlaf jetzt, Em.«

»Gute Nacht, Fletch. Danke für diesen wundervollen Tag. Von mir und Annie.«

»Gern geschehen. Wir werden das bald wiederholen.«

»Toll.«

Fletch lächelte und drückte sein Gesicht in Emilys Haar, während sie in seinen Armen einschlief. Er drückte sie noch enger an sich.

Sie gehörte ihm. Sie und Annie gehörten ihm.

Er schlief zufrieden ein in der Gewissheit, dass die beiden wichtigsten Frauen in seinem Leben unter seinem Dach sicher waren.

KAPITEL ACHTZEHN

Emily lächelte, während Annie, die auf dem Rücksitz saß, auf dem Heimweg von der Schule erzählte. Es war ein wundervoller Monat gewesen. Es war nicht nur so, dass sie und Fletch sich gut verstanden – eigentlich verstanden sie sich mehr als nur gut, wenn sie ehrlich war –, sondern auch, dass Annie regelrecht aufblühte dank der Aufmerksamkeit, die sie von Fletch, aber auch von seinen Teamkollegen bekam.

Sie hatten erfinderisch werden müssen, um Zeit miteinander zu verbringen. Emily fühlte sich immer noch nicht ganz wohl, wenn sie Sex hatten, während Annie im Haus war. Da ihre Tochter jedoch schlief wie ein Stein, fiel es ihr mit jedem Tag etwas leichter.

Emily hatte sich schnell und heftig in Fletch verliebt. Er schien es genauso zu genießen, mit ihr im Bett zu liegen und zu kuscheln, wie mit ihr zu schlafen. Er hatte sie nie dazu gedrängt, wenn sie sich unbehaglich fühlte, doch die Momente, in denen sie tatsächlich Sex miteinander hatten, waren unvergesslich.

Emily war einmal nachts aufgewacht, warum wusste sie nicht, und konnte nicht widerstehen, Fletch aufzuwecken, indem sie seinen Schwanz lutschte. Innerhalb weniger Minuten hämmerte er von hinten in sie, während sie ihr Gesicht im Kissen vergrub, um das Stöhnen zu ersticken. Er war kreativ und gab gern, und Emily hätte nicht glücklicher sein können, was die Entwicklung ihrer Beziehung anging, sowohl in sexueller Hinsicht als auch im Allgemeinen.

Es kam nicht oft vor, dass sie und Annie allein im Haus waren. Wenn Fletch aus irgendeinem Grund nicht da sein konnte, schickte er immer einen seiner Teamkollegen vorbei, um auf sie aufzupassen. Die Männer hatten ziemlich viel Zeit damit verbracht, Annie zuzuhören, die ihnen erzählte, was sie in der Schule gelernt hatte, oder damit, ihr vorzulesen. Aus irgendeinem Grund schien es ihr zu gefallen, wenn einer der Männer ihr laut vorlas. Emily hätte neidisch werden können, doch wenn sie ehrlich war, mochte sie es, ihre tiefen Stimmen zu hören, während sie die Szenen in den Büchern schauspielerisch interpretierten.

Jedes Mal wenn sie ihr ein Kapitel aus Nancy Drew vorgelesen hatten, wollte Annie darüber diskutieren. Die Männer hatten sie geduldig ausreden lassen, wenn sie ihnen erklärte, was Nancy getan hatte und was sie hätte tun sollen, um keinen Ärger zu bekommen. Alles, was mit Spionen und Selbstverteidigung zu tun hatte, schien das kleine Mädchen zu faszinieren. Emily brauchte sich jedoch keine Sorgen darüber zu machen, denn die Männer hatten dafür gesorgt, dass alles, was sie ihr beibrachten, altersgerecht war.

Das war alles sehr rührend für Emily, da Annie bisher in ihrem Leben nie irgendeinen positiven Austausch mit Männern gehabt hatte. Viele der Männer waren wie Jacks und ihr ehemaliger Vermieter gewesen.

Als sie eines Abends nach Annie schaute und sie mit Truck auf ihrem kleinen Bett sitzen sah, brach sie fast in Tränen aus. Truck war viel zu groß für das Bett des kleinen Mädchens, doch es schien sich nicht darum zu kümmern. Annie lag neben ihm und betrachtete das Buch, während er ihr vorlas. Sie hatte ihren Arm über seine breite Brust gelegt und ihre Hand ruhte auf seiner Wange. Sie strich unbewusst mit ihrem kleinen Daumen über seine Narbe, als ob sie ihn beruhigen wollte. Emily hatte sich zurückgezogen und die beiden in Ruhe gelassen, bevor sie sich und Truck in Verlegenheit brachte, weil sie in Tränen ausbrach.

Rayne war auch eine sehr nette Überraschung. Immer wenn Ghost zu Besuch kam, kam Rayne auch mit. Sie war bodenständig und witzig, und Emily wusste, dass sie sehr gute Freundinnen werden würden ... zumindest hoffte sie das. Sie hatte Mary nicht mehr gesehen, seit sie und Rayne sich um Annie gekümmert hatten, doch Rayne hatte versprochen, sie bald wieder mitzubringen.

Alles in allem war Emily sehr glücklich. Sie hatte nicht geplant, auf unbestimmte Zeit bei Fletch zu wohnen, doch sie fühlte sich wohl und sicher in seinem Haus – und vor allem in seinem Bett.

Sie waren fast zu Hause angelangt und Emily konnte es kaum erwarten zu hören, was Fletch von der Zeichnung hielt, die Annie für ihn gemacht hatte. Das kleine Mädchen hatte sie ihr gezeigt, als sie ins Auto gestiegen war. Es war eine grob gezeichnete Darstellung eines Mannes, der sich in einem Busch versteckt hielt. Darunter hatte Annie »Daddy Fletch« geschrieben. Emily wusste, dass Fletch das gefallen würde. Er hatte gesagt, dass er vermutlich früher von der Arbeit nach Hause kommen könnte und schon da sein sollte, bis sie und Annie zurückkehrten.

»... und dann hat Mrs. O. gesagt, dass es Zeit für Mathe ist und Crissy hat geweint. Sie hat tatsächlich geweint, weil sie Mathe nicht mag! Ich habe gesagt, dass ich ihr helfen würde, aber –«

Annies Worte wurden abrupt abgeschnitten, als sie von einem Auto, das aus dem Nichts zu kommen schien, von hinten gerammt wurden.

Emily spürte, wie sie nach vorne geschleudert wurde. Das Geräusch, das ihr Kopf machte, als er gegen das Lenkrad schlug, während das andere Auto gegen ihre Stoßstange stieß, war abscheulich. Der Sicherheitsgurt hatte zwar seinen Zweck erfüllt, jedoch nicht verhindern können, dass ihr Kopf gegen das Lenkrad knallte.

Sobald Emily sich wieder etwas gefasst hatte, galt ihr erster Gedanke Annie. Sie hatte beim Aufprall aufgeschrien, seitdem hatte sie jedoch keinen Mucks mehr von ihr vernommen.

Sie hörte, wie eine Fensterscheibe zertrümmert wurde, und drehte sich im Sitz um, um zu sehen, ob mit Annie alles in Ordnung war. Sie konnte nicht glauben, was sie sah.

Ein wildfremder Mann, buchstäblich von Kopf bis Fuß in Tarnfarben gekleidet, lehnte sich durch das Fenster, das er gerade neben Annie zertrümmert hatte, und drückte ihr mit einer Hand ein weißes Tuch aufs Gesicht. Mit der anderen Hand löste er ihren Sicherheitsgurt und es war klar, dass er vorhatte, sie aus dem Sitz zu heben.

Annies Augen waren riesig und sie versuchte verzweifelt, die Hand des Mannes von ihrem Gesicht zu lösen, doch sie hatte kein Glück.

Emily überlegte, ob sie aufs Gaspedal treten und davonfahren sollte, doch sie entschied sich schnell dagegen, da sie nicht riskieren wollte, dass der Mann Annie fallen ließ. Sie fummelte an ihrem Sicherheitsgurt herum und wollte gerade um Hilfe rufen, als von links eine Hand auftauchte und auch ihr Gesicht mit einem Tuch bedeckte.

Sie wehrte sich gegen die Hand und schaute nach oben. Jacks, ebenfalls in Tarnfarben gekleidet, stand neben der Fahrertür.

»Wehr dich nicht, du Schlampe.«

Seine Worte schienen von weit weg zu kommen, doch Emily hörte nicht auf ihn. Sie würde auf keinen Fall damit aufhören, sich zu wehren. Sie wand sich unter der Hand auf ihrem Gesicht, doch sie verlor langsam das Bewusstsein, denn die Substanz auf dem Tuch fing an zu wirken. Ihr letzter Gedanke galt ihrer Tochter.

Fletch legte ein paar Apfelscheiben auf einen Teller für Annie, so wie er es jeden Nachmittag tat, wenn er früher als Emily und Annie nach Hause kam. Normalerweise erschienen sie kurz nach drei und meistens schaffte er es nicht, vor fünf Uhr dreißig vom Stützpunkt wegzukommen. Aber heute, nachdem er und Ghost mit dem Oberst über die Situation mit Jacks und dem Infanteriekommando gesprochen hatten, hatte der Oberst ihnen erlaubt, sich den Rest des Tages freizunehmen.

Es schien, dass Jacks, obwohl er für seine törichten Erpressungsversuche aus der Armee entlassen worden war, die Angelegenheit nicht ruhen ließ. Er setzte seine dummen Jungenstreiche fort, verhöhnte Fletch und seine Teamkollegen, äußerte vage Drohungen und manchmal verfolgte er sogar einen der Männer auf dem Nachhauseweg. Nichts, was er tat, war an sich illegal, doch Ghost sorgte dafür, dass über jeden einzelnen Vorfall Bericht erstattet wurde.

Sie konnten nicht beweisen, dass Jacks mit anderen Soldaten in seinem Trupp zusammenarbeitete, doch es war zu vermuten. Er hatte sie wahrscheinlich davon überzeugt, dass es eine Art Spiel war, und sie machten einfach mit, weil sie dachten, dass es nicht real war.

Der Oberst hatte mittlerweile auch genug von dem ganzen Mist und beschlossen, die Fehde an den verantwortlichen General zu melden. Das bestmögliche Ergebnis war, dass alle Soldaten, die an diesem kleinen Eifersuchtsspiel beteiligt waren – ob aus Boshaftigkeit oder weil sie gern Streiche spielten – versetzt wurden. Im schlimmsten Fall bekamen sie nur eine schlechte Offiziersbewertung, in der vermerkt war, dass sie sich nicht mit anderen Soldaten vertrugen, was für eine gewisse Zeit verhindern würde, dass sie befördert wurden.

Keines der Ergebnisse war akzeptabel für Fletch. Jacks hatte Emily Angst gemacht. Er war der Grund dafür gewesen, dass sie hatte *hungern* müssen, zum Teufel, weil ihr nicht einmal genügend Geld geblieben war, um Lebensmittel zu kaufen. Er hatte einer Mutter damit gedroht, ihr ihr kleines sechsjähriges Kind wegzunehmen. Jacks und seine Freunde hatten dafür gesorgt, dass Fletch und Emily sich erst Monate später kennengelernt hatten – und das nervte ihn am meisten. Wenn er darüber nachdachte, dass er sie schon die ganze Zeit in seinem Bett und Annie in ihrem Zimmer am Ende des Flurs hätte haben können, wurde er sauer.

Fletch bereute immer noch, dass er angenommen hatte, dass Jacks ihr Freund war, wenn sie in Wirklichkeit direkt vor seiner Nase von diesem Mann terrorisiert worden war. Das belastete ihn. Er würde nie wieder irgendwelche Annahmen machen, wenn es um sie ging. Er würde sie sofort fragen.

Als er auf die Uhr schaute, fiel ihm zum ersten Mal auf, dass Emily Verspätung hatte. Sie war normalerweise pünktlich wie ein Uhrwerk. Er fragte sich, ob sie bei der Arbeit oder in Annies Schule aufgehalten worden war. Sein Telefon klingelte, als er den Kühlschrank wieder zumachte, nachdem er den Teller mit den Äpfeln hineingestellt hatte.

»Fletch hier.«

»Ist mit Emily alles in Ordnung?«, fragte Coach dringlich.

»Warum fragst du?«, wollte Fletch wissen.

»Ich stehe an deiner Einfahrt und Emilys Auto ist hier, aber es wurde von der Straße weg in den Dreckhügel auf der anderen Straßenseite gestoßen. Die Tür steht offen und das Heck ist zertrümmert.«

Fletch war unterwegs, bevor Coach den Satz beendet

hatte. Er wusste nicht, warum sein Teamkollege überhaupt in seiner Straße war, aber das spielte keine Rolle. »Em ist nicht da? Was ist mit Annie?«

»Nein, Mann. Es ist niemand da. Ich habe mich etwas umgeschaut, habe sie aber nirgends gesehen.«

»Ich bin in drei Minuten da.« Fletch legte auf und lief zur Haustür hinaus, diesmal ohne sich die Mühe zu machen, die Alarmanlage einzuschalten. Er rannte so schnell er konnte an der Wohnung über der Garage vorbei zur Straße. Er hielt am Ende der Einfahrt an und schaute sich um. Als er Emilys alten Honda neben Coachs Pritschenwagen sah, lief er nach rechts.

Fletch versuchte, die Szene zu analysieren, während er zum Auto rannte. Die Tür auf der Fahrerseite war offen. Ohne etwas zu berühren, schaute er hinein. Ems Handtasche lag auf der Beifahrerseite auf dem Boden, als wäre sie durch den Aufprall dort hingeschleudert worden. Er schaute nach unten und sah eine Reihe von Fußabdrücken im Staub. Das Auto war ganz von der Straße geschoben worden und im Dreck zum Stillstand gekommen. Die Fußabdrücke führten bis zur Tür und dann wieder von ihr weg. Eine Person. Fletch knirschte mit den Zähnen, als er daran dachte, was das bedeuten könnte.

Er ging um die Vorderseite des Autos herum zur anderen Seite. Die hintere Tür auf der Beifahrerseite war geschlossen, doch das Fenster war zertrümmert. Annies Sicherheitsgurt war geöffnet worden und es lagen Scherben auf dem Sitz und im Schmutz neben der Tür. Wieder waren nur die Fußabrücke von einer Person im

Staub zu erkennen. Sie führten zum Auto hin und dann auf demselben Weg wieder von ihm weg.

Dann entdeckte er ein gefaltetes Stück Papier, das auf Annies Kindersitz lag.

»Handschuhe.«

Fletch schaute Coach kaum an, während er seine Hand ausstreckte und nach den schwarzen Handschuhen griff, die sein Freund ihm reichte. Er zog sie so schnell er konnte an und griff nach dem Stück Papier.

Revanche.
Unsere Stadt.
Old Home Road.
21 Uhr.
Aufgabe: die Geiseln retten.

Fletch wollte diese Scheißkerle umbringen.

Er nahm an, dass Jacks Em und Annie betäubt hatte und sie als Köder für sein krankes Spiel benutzte. Das würde erklären, warum die beiden nirgendwo zu sehen waren und nur die Fußabdrücke von je einer Person zu jeder Seite des Autos führten. Sie hatten sich bestimmt nicht in Luft aufgelöst.

Es war absolut unverschämt, dass Jacks und seine Kumpel sich trauten, ihr Spiel so weit zu treiben. Doch sie hatten einen Fehler gemacht. Fletch wusste nicht, wo »ihre Stadt« war, aber das spielte keine Rolle. Er und seine Teamkollegen hatten sechs Stunden Zeit, um einen Schlachtplan zu entwerfen.

Er hoffte nur, dass diese Arschlöcher Emily und Annie in der Zwischenzeit nichts antaten.

Leider würde Fletch auch den Oberst informieren müssen. Das war eine Nummer zu groß für ihn. Die Armee konnte es sich nicht leisten, dass Soldaten sich gegenseitig bekämpften. Und er brauchte den Segen des Kommandanten für diesen Einsatz.

Und es bestand kein Zweifel, dass es sich hier um einen *Einsatz* handelte.

Die Geiseln retten.

Wenn er Emily oder Annie auch nur ein Haar gekrümmt hatte, war Jacks ein toter Mann.

Deshalb brauchten sie den Oberst. Fletch wusste, dass Jacks seine Karriere ruinieren wollte, doch die Armee ging nicht zimperlich mit Entführern und Erpressern um. Die Deltas hatten in diesem Fall die Macht der US-Armee hinter sich und Fletch wusste das.

Er schaute zu Coach hoch. Ihre Blicke trafen sich und der Mann nickte einmal. Beide wussten, dass dies die Karriere der beteiligten Männer beenden würde, doch das war ihnen scheißegal. Niemand legte sich mit den Deltas an ... oder mit ihren Angehörigen.

»Ich muss mich umziehen«, sagte Fletch in einem überraschend normalen Ton.

»Wir treffen uns im Haus«, beteuerte Coach. »Ich werde zuerst ein paar Fotos machen. Ich bin gleich da.« Er hatte schon sein Handy hervorgezogen und dokumentierte die Szene, die sie vorgefunden hatten.

Fletch nickte nicht einmal, sondern drehte sich einfach um und lief auf demselben Weg, auf dem er gekommen war, wieder zurück. Sein Verstand raste und er überlegte, was er als Nächstes tun musste.

Während er zum Haus eilte, schossen ihm Bilder von Annies Gesicht, wie sie am Morgen das Haus verlassen hatte, durch den Kopf. Er hatte sich wie gewohnt niedergekniet, um sie zu umarmen, und sie hatte ihre kleinen Hände auf sein Gesicht gelegt und sich an ihn geschmiegt.

»Ich hab dich lieb, Fletch.« Sie hatte die Worte geflüstert und dabei ausgesehen, als würde sie sich zu Tode ängstigen. Das war aber typisch Annie; genau wie ihre Mutter sagte sie immer, was sie dachte, auch wenn es ihr Angst machte.

»Ich hab dich auch lieb, Annie. Sehr sogar.«

Das Lächeln, das sie ihm schenkte, breitete sich auf ihrem Gesicht aus und wärmte ihm das Herz.

»Wir sehen uns, wenn du nach Hause kommst, Knirps.«

»Okay, Fletch. Hab einen schönen Tag!«

Er lächelte das kleine Mädchen an, während sie aus dem Haus hüpfte. Er stand auf und schaute Emily an. Die Tränen, die in ihren Augen glänzten, sagten mehr als Worte. Er ging drei Schritte auf sie zu und nahm sie in die Arme. Die Worte kamen aus seiner Seele.

»Mein ganzes Leben lang ging es darum, meinem Land zu dienen und für meine Teamkollegen da zu sein. Ich hätte nie gedacht, dass der wahre Sinn des Lebens irgendwann an meine Tür klopfen würde, so, wie es vor ein paar Monaten passiert ist. Danke, dass du mir mit Annie vertraust. Danke, dass du mir eine Chance gegeben hast. Und danke, dass du *mir* vertraust.«

Emily hatte sich aus seiner Umarmung gelöst und schaute ihn an. »Ich denke immer noch, dass wir uns bei dir zu bedanken haben.« Mittlerweile war es zu einem andauernden Scherz geworden, wer wem danken sollte.

»Auf keinen Fall. Wenn ich mir euch beide nicht geschnappt hätte, dann wäre ein anderer gekommen, und ich hätte nie gewusst, welch tiefe Befriedigung es mir gibt zu wissen, dass ihr mir gehört.«

Emily hatte nur empört den Kopf geschüttelt und konnte nicht glauben, dass er es hundertprozentig ernst meinte. »Du bist das Beste, was Annie je passiert ist.«

»Und dir?«

»Und mir. Ich liebe dich, Cormac. Wir sehen uns nach der Arbeit und der Schule.«

Fletch schob die Erinnerungen an den Morgen beiseite und versuchte, sich auf das zu konzentrieren, was vor ihm lag. Er öffnete die Haustür und ging in sein Schlafzimmer, um seine Kampfkleidung zu holen. So sehr er seine Erinnerungen auch verdrängen wollte, es gelang ihm nicht. Er dachte an den Kuss zurück, den er Emily gegeben hatte, als sie an diesem Morgen gegangen war. Er hätte kurz und süß sein sollen, da ihre Liebeserklärung aber immer noch in seinen Ohren hallte, war daraus schnell eine wilde Knutscherei im Eingang geworden. Annie hatte ungeduldig gehupt, um die beiden zu unterbrechen.

»Fahr vorsichtig. Ich komme heute Abend so schnell wie möglich nach Hause. Wenn ich Glück habe, ist heute nicht viel los und ich kann früh gehen.«

»Toll.«

»Los, du weißt doch, dass Annie es hasst, zu spät zu kommen.«

»Und wer ist daran schuld?« fragte sie, während sie zum Auto ging.

»Hab dich lieb.«

Ihr Gesicht war weich geworden. »Hab dich auch lieb.«

Während Fletch eine schwarze Cargohose und ein schwarzes T-Shirt hervorholte, presste er wütend die Lippen zusammen. Emily und Annie ängstigten sich bestimmt zu Tode. Jacks und seine Helfer würden dafür zahlen.

Niemand brachte seine Familie in Gefahr. *Niemand.*

KAPITEL NEUNZEHN

»Ich habe Angst, Mommy«, sagte Annie mit zittriger Stimme.

»Ich weiß, Süße. Ich auch. Aber weißt du was?«

»Was?«

»Fletch wird uns finden.« Sobald Emily diese Worte aussprach, fühlte sie sich besser. Sie hatte absolut keinen Zweifel daran, dass Fletch und seine Teamkollegen sie tatsächlich finden würden.

Sie hatte keine Ahnung, wie viel Zeit seit ihrer Entführung aus dem Auto vergangen war, da ihr die Uhr weggenommen worden war. Aber das spielte keine Rolle. Sobald Fletch bemerkte, dass sie verschwunden waren, würde er sich auf den Kriegspfad machen, um sie zu finden.

Jacks. Sie hatte ihn erkannt, als er sie im Auto überfallen hatte. Fletch hatte sich eines Abends, nachdem Annie zu Bett gegangen war, mit ihr hingesetzt und ihr die ganze Situation erklärt.

Dass er sie jede Woche um Geld erpresst hatte, war nur die Spitze des Eisbergs gewesen. Jacks hatte eine ganze »Fletch-Schikanierkampagne« am Laufen. Selbst dass er aus der Armee geflogen war, hatte nicht ausgereicht, um ihn aufzuhalten. Er wollte sich an Fletch und seinen Teamkollegen rächen, weil sie ihn in Verlegenheit gebracht hatten, und war offensichtlich zu allem bereit, damit er bekam, was er wollte.

Annie schmiegte sich eng an ihre Mutter und Emily schaute sich um. Sie konnte nicht sagen, wo sie waren, doch es schien so, als befänden sie sich in einer Art Metallcontainer. Beim Aufwachen waren sie alleine gewesen. Es stand eine Lampe in der Ecke, die den Bereich erhellte. Es gab keine Möbel im Raum, es waren nur sie beide und das kleine Licht da.

Es fühlte sich irgendwie wie in einem Sarg an. Aber sie konnten nicht einfach dasitzen und weinen.

»Komm, Annie. Wir müssen die Umgebung auskundschaften.«

»Auskundschaften?«

»Ja. Wir lesen doch schon lange Nancy Drew und G.I. Joe. Wir brauchen Informationen.«

Annie richtete sich im Schoß ihrer Mutter auf. »Ja, gute Idee. Truck hat mir neulich eine Geschichte erzählt.«

»Hat er das?«

»Ja.«

»Worum ging es?«

»Er hat erzählt, dass er und seine Teamkollegen vor einiger Zeit vom Feind gefangen genommen wurden. Sie steckten fest, aber Fletch war derjenige, der einen Ausweg fand. Sie mussten alle durch ein winziges Loch kriechen. Truck blieb fast stecken, weil er so groß ist, aber er hat sich durchgequetscht und es am Schluss doch noch geschafft. Und weißt du was?«

»Was, Süße?«

»Alle seine Freunde haben auf ihn gewartet. Sie sind nicht weggelaufen, obwohl sie das hätten tun können. Sie haben gewartet, bis Truck auch draußen war. Er hat gesagt, dass echte Freunde das machen.«

Emily wurde warm ums Herz. Sie wusste, dass die Geschichte wahrscheinlich viel schlimmer gewesen war, als Truck ihrer Tochter erzählt hatte, aber sie war dankbar für alles, woran Annie sich erinnern konnte.

»Na, also wenn sie das geschafft haben, dann können wir das auch.« Emily wusste nicht, ob das stimmte, aber es würde Annie beschäftigt halten und sie von ihrer Angst ablenken. Sie half ihrer Tochter aufzustehen, dann erhob sie sich auch vom Boden. Emily hielt mit einer Hand die Lampe und mit der anderen Annie. »Komm, Miss Annie Drew. Lass uns herausfinden, womit wir es hier zu tun haben.«

Annies Kichern klang zwar wirklich süß, half aber trotzdem nicht dabei, den Knoten der Furcht zu lockern, den Emily im Hals spürte. Sie steckten in großen Schwierigkeiten und sie hoffte, dass Fletch und die anderen sie so schnell wie möglich finden würden. Sie hatte keine Ahnung, was Jacks mit ihnen vorhatte. Emily fürchtete sich davor, es herauszufinden.

Fletch schaute auf die Uhr. Neunzehn Uhr zweiundzwanzig. Die Zeit verging zu schnell und sie hatten noch immer nicht alle Informationen, die sie brauchten. Das machte ihn verrückt und war frustrierend. »Scheiß drauf. Ruf Tex an«, befahl er. »Mit Google Maps können wir die Old Home Road nicht auskundschaften. Die Daten sind zu alt. Wir brauchen aktuelle Satellitendaten, um zu sehen, was diese Scheißkerle aufgebaut und geplant haben. Ich werde nicht wie ein Blinder da reingehen.«

Ghost nickte zwar zustimmend, bewegte sich aber nicht. »Ich habe ihn kontaktiert, bevor wir hierherkamen. Ich vermute, er wird jeden Moment anrufen.«

Fletch nickte, stand auf und schritt durch den Raum. Er versuchte, sich auf den bevorstehenden Einsatz zu konzentrieren, konnte jedoch nicht anders, als darüber nachzudenken, wie Emily und Annie sich wohl fühlten. Sie hatten vermutlich Angst und machten sich Sorgen. Er konnte nur hoffen, dass Jacks schlau genug war und ihnen nicht wehtat.

Plötzlich spielte es keine Rolle mehr, ob er den beiden körperliche Schmerzen zugefügt hatte oder nicht. Er hatte sie wahrscheinlich betäubt. Ihnen Angst gemacht. Das reichte. Jacks würde sterben.

Als könnte er Fletchs Gedanken lesen, knurrte der Oberst: »Ich weiß, dass Sie alle sauer sind. Ich mache Ihnen keine Vorwürfe, ich bin genauso wütend wie Sie. Aber es darf unter *keinen Umständen* zu einem Zwischenfall kommen. Nur nicht-tödliche Munition.«

»Scheiß drauf!«, rief Hollywood, bevor Fletch den Mund öffnen konnte. »Diese Jungs meinen es ernst, wir werden auf keinen Fall ohne scharfe Munition dort reingehen. Wir wissen, dass *sie* wahrscheinlich echte Patronen verwenden werden.«

»Ich werde auf keinen Fall erlauben, dass *Sie* scharfe Munition benutzen«, konterte der Oberst sofort. »Schauen Sie, wir wissen doch alle, dass Sie sie in den Hintern treten werden. Das steht von vornherein fest. Ich habe keine Ahnung, was diese Arschgeigen sich dabei denken. Sie müssen jedes Mal, wenn sie ein kleines Ligaspiel verloren haben, eine Trophäe bekommen haben. Sie halten sich offensichtlich für irgendwelche verdammten Olympiasieger. Das Entscheidende ist, dass sie verlieren werden. Doch um zu verhindern, dass der Präsident der Vereinigten Staaten der Öffentlichkeit erklären muss, warum ein Team von US-Soldaten ein anderes umgebracht hat, werden wir es *so* machen.«

Den Oberst schien es nicht zu kümmern, dass sieben Augenpaare ihn musterten. Er arbeitete schon lange mit den Männern zusammen und kannte sie in- und auswendig. Sie waren zwar verärgert und wütend, aber nie außer Kontrolle. Niemals. Das machte sie zu so guten Soldaten der Spezialeinheit. Sie waren die Besten der Besten. Genau die Art Männer, von denen er gerettet werden wollte, falls *er* jemals entführt werden sollte.

Er fuhr fort, als wäre er nicht unterbrochen worden. »Ich weiß, dass Sie sauer sind, und ich mache Ihnen keine Vorwürfe, aber ich habe mit dem Captain gesprochen, der für Jacks Trupp verantwortlich ist. Er sagte, dass die Männer, mit denen er arbeitet, gute Jungs sind. Er behauptet, dass sie auf keinen Fall jemals eine Frau, ein Kind oder andere Soldaten absichtlich in Gefahr bringen würden. Er denkt – und da stimme ich ihm zu –, dass Jacks sie angelogen haben muss, um sie dazu zu bringen, zu tun, was er will. Sie wissen genauso gut wie ich, dass Gummigeschosse genauso effektiv sein können wie echte Munition. Verdammt, Sie können sogar Ihre *Hände* so effektiv einsetzen wie eine Kugel.«

»Ich bin nicht bereit, Emilys oder Annies Leben leichtfertig zu riskieren«, sagte Fletch leise und bestimmt. »Ob die Infanteriesoldaten da draußen überhaupt wissen, dass Zivilisten in dieses verdammte Chaos involviert sind, ist uns nicht bekannt. Sie *sind* aber involviert und ich werde nicht riskieren, dass Emily oder Annie auch nur ein Haar gekrümmt wird, weil Jacks diese kranken Rachegelüste mir und meinem Team gegenüber hat.«

Ghosts Handy vibrierte und alle im Raum schauten ihn an, als er den Anruf entgegennahm.

»Ghost. Warte, ich mache den Lautsprecher an.« Ghost tippte auf eine Schaltfläche und legte das Handy auf den Tisch im Konferenzraum. »Okay, schieß los.«

Die Stimme, die durch den Lautsprecher klang, war jedoch nicht die männliche, südländisch akzentuierte, die alle erwartet hatten. Sie war weiblich und die Besitzerin verschwendete keine Zeit mit Höflichkeiten, sondern kam gleich auf den Punkt.

»Also habe ich die Adresse überprüft, die ihr Tex gegeben habt, und es sieht so aus, als wäre da in den letzten Wochen viel Betrieb gewesen.«

»Wer bist du?«, unterbrach Fletch, bevor die Frau weitersprechen konnte.

Alle hörten, wie die Frau seufzte, bevor sie erklärte: »Ich bin Beth. Und bevor ihr anfangt, euch darüber zu beklagen, dass ich nicht Tex bin, solltet ihr wissen, dass er mich mit diesem Fall beauftragt hat, weil seine Frau die Treppe hinuntergestürzt ist. Es geht ihr gut, aber er bringt sie trotzdem in die Notaufnahme. Sicher ist sicher. Und wenn ihr mich jetzt weiterreden lasst, dann kann ich euch sagen, was ihr wissen müsst, damit ihr Emily und ihre Tochter aus ihrer misslichen Lage befreien könnt.«

»Verdammte Scheiße«, fluchte Fletch verärgert. »Entschuldige, aber ich kenne dich nicht. Ich kenne *Tex*. Ich brauche seine Hilfe. Wir haben nur noch anderthalb Stunden und ich habe keine Zeit für Spielchen.«

»Hör gut zu, du Pfadfinder«, schnauzte die Frau am Telefon und klang genauso verärgert wie Fletch. »Du hast *mich*. Tex weiß, wie wichtig das für dich ist, deshalb hat er mich angerufen, als er mit der Liebe seines Lebens auf dem Weg ins Krankenhaus war, und mich darum gebeten, dieser ganzen Scheiße ein Ende zu bereiten. Wenn du eine Sekunde lang den Mund halten würdest, könnte ich dir die Information geben, die du brauchst, um Jacks und seine verdammten Helfer zu finden und diese Frau und das Kind aus diesem Schlamassel zu befreien und nach Hause zu bringen, wo sie hingehören.«

Einen Moment lang herrschte Stille im Raum, bis Coach anfing zu lachen. »Sie hat recht«, bemerkte er und grinste.

»Rede weiter«, verlangte Fletch, ohne sich zu entschuldigen.

»Vielen Dank, Euer Hoheit«, entgegnete die Frau, sprach dann aber weiter, als wäre sie weder unterbrochen noch beleidigt worden. »Wie ich schon sagte, es sieht so aus, als hätten sich diese Arschlöcher eine ganze Stadt aus Frachtcontainern gebaut. Ihr wisst schon, wie die, die man auf Schiffen stapelt –«

»Wir wissen, was Frachtcontainer sind«, bellte Fletch und wusste, dass er sich wie ein Arschloch benahm, doch er konnte sich nicht zurückhalten.

»Hast du Fotos?«, fragte Beatle ungeduldig.

»Ob ich Fotos habe?«, fragte Beth rhetorisch. Wie auf ein Zeichen fing ein Handy nach dem anderen an zu vibrieren. »Ich habe euch allen gerade Satellitenfotos geschickt. Ich weiß nicht, wie zum Teufel sie an so viele dieser verdammten Container gekommen sind, aber das ist jetzt unwichtig. Sie haben eine ziemlich gute Verteidigungsposition errichtet, doch sie hat mehrere offensichtliche Schwachpunkte. Vermutlich konnten sie nicht genügend ihrer Kumpel anheuern, um das ganze Ding zu sichern. Umso besser für euch.

Es sieht aus, als würden sie erwarten, dass ihr vom Nordwesten oder Südosten her in ihre kleine Stadt eindringt. Diese Zonen haben sie relativ offen gelassen und warten vermutlich dort auf euch. An der Nordseite entlang haben sie Stacheldraht angebracht und denken wohl, dass dieser euch dazu zwingen wird, die Stadt dort zu betreten, wo *sie* es wollen. Aber sie sind Idioten, natürlich denken sie das.«

Fletchs Respekt vor der Frau am anderen Ende nahm zu, als er die Fotos untersuchte, die sie geschickt hatte. Sie fuhr fort, ihnen die Stadt zu erklären, die Jacks und seine Freunde errichtet hatten. Sie hatte bei jeder Einzelheit recht. Sie musste den Delta Force-Soldaten eigentlich keine der Details erläutern, doch niemand unterbrach sie, da sie alle ihre eigenen geistigen Pläne machten.

»Ich bin nicht hundertprozentig sicher, wo Emily und Annie sind. Der Satellit hat Jacks' Ankunft mit ihnen nicht aufgenommen, aber ich nehme an, sie haben sie in der Mitte untergebracht. Seht ihr die drei Container, die aufeinandergestapelt sind? Ich wette, sie denken, dass sie eine bessere Chance haben, euch zu überrumpeln, wenn sie euch in die Mitte ihrer Stadt locken können. Auf jeden Fall sieht es nicht so aus, als würden sie ein faires Spiel spielen wollen.«

»Das hatten wir auch nicht angenommen«, platzte der Oberst heraus.

»Natürlich nicht. Wie auch immer, ich bin mir sicher, dass ich euch nichts sage, was ihr nicht schon selbst herausgefunden habt. Gebt ihnen einfach keinen Grund dazu, die Mädels zu packen und sie gegen euch zu benutzen.«

Fletch hatte das Gleiche gedacht, doch jetzt, wo er es hörte, brachte es sein Blut wieder zum Kochen. Der Gedanke, dass Emily oder Annie als menschliches Schild benutzt werden könnten, brachte ihn zur Weißglut.

»Danke, Beth. Ich weiß nicht, wer du bist oder warum du Tex kennst –«

»Ich arbeite für ihn. Er hat sich in meinen Computer gehackt und mich angeheuert. Ich bin mit Penelope Turner befreundet.«

Ghost hatte offensichtlich keine Erklärung erwartet

und es war auch nicht wirklich eine, doch sie machte ungefähr so viel Sinn wie alles andere, wenn es um Tex ging. »Sag ihm, wir hoffen, dass es Melody gut geht. Und grüß Tiger von uns. Danke für die Informationen.«

»Das werde ich. Danke, dass ihr sie nicht Armeeprinzessin nennt. Sie hasst diesen blöden Namen. Und gern geschehen. Holt euch die Scheißkerle. Ganz schön traurig, dass wir unseren eigenen Soldaten nicht mehr trauen können.«

»Du kannst *uns* vertrauen«, sagte Fletch mit ernster Stimme. »Diese Typen verdienen es nicht einmal, Soldaten genannt zu werden.«

»Amen. Wir wissen, dass ihr die wahren stillen Profis seid. Ende der Durchsage.«

Es war einen Moment lang still im Raum, bevor Ghost laut lachen musste, weil er es amüsant fand, das inoffizielle Delta Force-Motto aus Beths Mund zu hören. »Wenigstens weiß *sie* über die Deltas Bescheid, wenn auch sonst niemand auf diesem Stützpunkt. Tex hat ein gutes Händchen bei der Auswahl seiner Leute.« Dann wurde er ernst. »Also, wir haben alle Informationen, die wir brauchen. Der Oberst hat gesagt, dass wir die Arschlöcher nicht umbringen dürfen. Deshalb müssen wir einen genauen Plan haben.«

Die sieben Teamkollegen und der Oberst setzten sich an den Tisch. Sie hielten die Fotos in den Händen, hatten Notizpapier vor sich und waren nicht nur bereit herauszufinden, wie sie Emily und Annie am sichersten da herausholen konnten, sondern auch, wie sie Jacks und seine Truppe ein für alle Mal ausschalten konnten.

»Mommy, schau mal. An dieser Ecke löst sich das Metall«, sagte Annie leise und aufgeregt. Sie nahm ihre Aufgabe ernst und untersuchte jeden Zentimeter des Containers, in dem sie gefangen gehalten wurden.

Emily stand hinter ihrer Tochter und kniete sich nieder. Sie streckte die Hand aus und berührte mit den Fingern das verrostete Metall. Annie hatte recht. »Lass mich mal sehen, Süße.« Annie trat einen Schritt zur Seite, damit ihre Mutter mehr Platz hatte.

Sie zog fest an einer der rostigen Metallschuppen und fiel plötzlich rückwärts auf ihren Hintern. Als Emily auf ihre Hand schaute, sah sie, dass sie einen Teil der Wand herausgerissen hatte. »Mach das Licht aus!«, sagte Emily in dringlichem Ton und stieß einen Seufzer der Erleichterung aus, als Annie sofort tat, was sie verlangt hatte.

»Das hast du toll gemacht, Annie!«, lobte Emily ihre Tochter. »Das Metall ist ganz dünn an dieser Stelle. Wenn wir genug davon wegreißen können, können wir uns vielleicht hinaus quetschen. Aber wir müssen das Licht so oft wie möglich ausschalten. Wir wollen nicht, dass jemand mitbekommt, was wir vorhaben. Es ist dunkel draußen, wir sind also schon eine Weile hier.«

Als Beweis dafür, wie reif sie manchmal war, sagte Annie nur: »Lange genug, damit Fletch uns finden kann?«

Emily hörte auf, am rostigen Metall des Containers zu ziehen, und nahm Annie in die Arme. Dann hielt sie Annies Kopf zwischen ihren Händen, so wie das kleine

Mädchen es an diesem Morgen bei Fletch getan hatte. »Ja. Lange genug, damit Fletch, Ghost, Coach und alle anderen uns finden können.« Emily legte ihre Hand auf Annies Herz, streichelte sie sanft und fuhr fort: »Und mein Herz sagt mir, dass Fletch alles in seiner Macht Stehende tut, um zu uns zu gelangen.«

Emily hörte, wie Annie schniefte. »Ich hab ihn so lieb, Mommy. Ich versuche, ein guter Soldat zu sein, aber ich habe Angst.«

»Es ist in Ordnung, Angst zu haben. Weißt du, was ich einmal gehört habe?«

»Was?«

»Dass Angst zu haben bedeutet, dass man bald etwas ganz Mutiges tun wird.«

»Ich bin mutig.«

»Ich weiß, dass du das bist, Süße. Ich bin so stolz auf dich.« Emily konnte die Tränen nur durch reine Willenskraft zurückhalten. Sie hatte keine Angst um sich selbst; sie würde alles aushalten, was notwendig war, um Annie zu beschützen. Ob sie vergewaltigt, geschlagen, angeschossen oder niedergestochen wurde ... es spielte keine Rolle. Sie würde ihre Tochter um jeden Preis beschützen.

In diesem Moment hatte Emily eine Erleuchtung. Sie verstand plötzlich, wie Fletch über seine Arbeit dachte ... über *sie*. Sie wusste ohne Zweifel, dass er sich vor sie und Annie stellen würde und sie vor allem, was da kommen mochte, beschützen würde. Jacks, Tyrannen, Kugeln. Sie stellte sich vor, dass er sich genauso fühlen musste, wenn er auf einen Einsatz ging. Wenn er arbeitete, war er mit ganzem Herzen bei der Sache.

Plötzlich tat er ihr leid … er war vermutlich krank vor Sorge und fragte sich, wo sie waren. Und das schmerzte sie. Eigentlich war sie im Moment in einer besseren Situation als er. Ja, sie waren aus ihrem Auto entführt worden und ja, sie hatte Angst gehabt, doch sie konnte sich dank des Betäubungsmittels auf dem Tuch nur an diesen kurzen Moment im Auto erinnern. Sie und Annie waren alleine aufgewacht und waren relativ unverletzt.

Wenn sie sich vorstellte, was Fletch durchmachen musste, wurde ihr fast schlecht. Genau in diesem Moment schwor sie, dass sie alles tun würde, um ihm zu helfen. Sie wollte nicht nur eine Zukunft mit diesem Mann haben, sie wollte auch unbedingt die Angst lindern, unter der er momentan zu leiden hatte.

»Komm, hilf mir, Annie. Aber sei vorsichtig, damit du dich nicht schneidest. Das Metall ist sehr scharf.« Ihre Tochter beschäftigt zu halten schien der beste Weg zu sein, sie von dem abzulenken, was vor sich ging.

Nachdem sie einige Minuten an den rostigen Metallkanten herumgezogen hatte, kniete sie sich nieder und war bereit aufzugeben. Sie hatten es zwar geschafft, ein Loch zu formen, doch es schien nicht groß genug zu sein, damit eine von beiden sich hätte durchquetschen können. Sie lehnte sich zu dem Loch hin und warf einen Blick nach draußen.

Die frische Luft war himmlisch, auch wenn es heiß war, typisch für Texas um diese Jahreszeit. Sie sah den Halbmond, der nicht genügend Licht abwarf, um die Umgebung vollständig zu beleuchten, doch Emily konnte die Umrisse von vielen anderen Containern erkennen.

Außer den Grillen und Zikaden, die normalerweise um diese Zeit aktiv waren, konnte sie keine Geräusche wahrnehmen.

Sie setzte sich wieder hin und drehte sich zu Annie um. »Ich schätze, wir müssen einfach abwarten.«

»Ich passe durch.«

Emily strich liebevoll mit der Hand über den Kopf ihrer Tochter. »Ich weiß, aber wir haben keine Wahl.«

»Mommy«, sagte Annie ernst. »Ich passe durch. Ich weiß es. Wenn Truck sich durch das Loch quetschen konnte, als sie in Schwierigkeiten waren, dann kann ich das auch.«

In diesem Moment hörten sie ein Geräusch über ihren Köpfen. Fußstapfen.

Emily packte Annie, drückte sie an ihre Brust und setzte sich mit dem Rücken gegen die Wand hin. Beide hielten den Atem an, während die Fußstapfen zuerst zum einen Ende des Containers führten, dann zurück zum anderen. Sie klangen gedämpft, so als stünde noch ein Container auf dem, in dem sie sich befanden.

Allein der Gedanke daran, was Jacks oder einer seiner Freunde Annie antun könnten, wenn sie sich mit ihnen anlegen wollten, erleichterte ihre Entscheidung. Wenn jemand in ihr Metallgefängnis kam, waren sie ausgeliefert. Im Freien zu sein war zwar alles andere als sicher, aber es konnte trotzdem die bessere Option sein. So konnte wenigstens Annie entkommen. »Okay Süße. Lass uns herausfinden, ob du durchpasst.«

* * *

Die sieben Delta Force-Männer trafen sich kurz vor der Stadt, die Jacks und seine Infanteriefreunde gebaut hatten. Es war eine Imitation der Anlage, die die Armee in Fort Hood errichtet hatte. Sie hatten ziemlich viel Zeit damit verbracht, dort zu trainieren, bevor die einseitige Fehde begonnen hatte.

Die Stadt bestand aus dreißig großen Metallcontainern, die strategisch auf dem Grundstück platziert worden waren. Die Anlage war zweifelsohne auch mit Sprengladungen versehen. Jetzt, wo er sie mit eigenen Augen sehen konnte, stimmte er Beths Einschätzung zu. Er hatte keine Ahnung, wie Jacks an das Geld und die Ressourcen für diese Einrichtung gekommen war. Doch das war im Moment nicht wichtig. Er wollte nur Emily und Annie finden und dafür sorgen, dass Jacks nie wieder in ihre Nähe kam. Es hätte eigentlich gar nicht so weit kommen dürfen, dass er sie hatte entführen können, doch er hatte es geschafft und heute Abend würde damit Schluss sein.

Ghost flüsterte, damit ihn außer seinen Männern in der Stille der Nacht niemand hören konnte. »Jeder hat seine Ziele ... denkt daran, Jacks ist wahrscheinlich bewaffnet, deshalb nehme ich an, dass er sich irgendwo hoch oben befindet. Diese Operation ist geräuschlos. Das Ziel ist es, einen Mann nach dem anderen kampfunfähig zu machen ... aus nächster Nähe. Schaltet sie aus und lasst sie an Ort und Stelle liegen. Wir werden sie später einsammeln, nachdem wir Em und Annie sicher von hier weggebracht haben. Irgendwelche Fragen?«

»Wie viel Zeit gibt uns der Oberst?«, fragte Blade.

»Zwanzig Minuten. Mehr konnte er mit dem

General nicht verhandeln. Er hat genug von diesem Eifersuchtsgeplänkel und gibt uns Zeit, damit wir reingehen und die Sache erledigen können, ohne jemand anderen einzubeziehen. Ich kann kaum glauben, dass er überhaupt zugestimmt hat, aber er weiß, dass wir gut in dem sind, was wir tun, und will, dass wir die Sache so unauffällig wie möglich erledigen. Im Moment denken die wartenden Truppen, dass dies ein normaler Trainingseinsatz ist. Wenn wir es nicht in zwanzig Minuten schaffen, wird der General den Zugführern erzählen, was wirklich los ist, und dann sehen wir weiter.«

»Eifersuchtsgeplänkel?«, schnaubte Fletch verärgert.

Ghost hielt die Hand hoch. »Nicht jetzt. Wir müssen die Sache beenden. Habt ihr alles im Griff?«

»Ja.« Es war offensichtlich, dass Fletch *nicht* alles im Griff hatte, doch jeder der Männer wusste, was er zu tun hatte.

»Diese Arschlöcher werden kein faires Spiel spielen. Bewegt euch langsam, aber gezielt, und lasst euch nicht in einem dieser gottverdammten Container einsperren. Verstanden?«, fragte Ghost und schaute jedes Teammitglied an. Sie hatten besprochen, dass das vermutlich der Plan der anderen Soldaten war ... sie zu isolieren, einzusperren und gefangen zu halten.

Alle nickten und Ghost gab ihnen das Zeichen zum Aufbruch. Er ließ seine Hand auf Fletchs Arm ruhen, während die anderen in der Dunkelheit verschwanden.

»Ernsthaft, Fletch, reiß dich zusammen. Emily und Annie brauchen dich«, belehrte Ghost ihn.

»Erinnerst du dich daran, wie du dich gefühlt hast, als

dir klar wurde, dass Rayne sich in diesem Gebäude in Ägypten aufhielt?«, fragte Fletch in ruhigem Ton.

»Ja.«

»Dann kannst du dir ja vorstellen, wie ich mich gerade fühle. Es macht mich wütend, dass wir diese Arschlöcher nicht umbringen dürfen. *Du* durftest wenigstens den Hurensohn erschießen, der Rayne vergewaltigen wollte. Ich weiß nicht, ob Em und Annie überhaupt hier sind. Ich weiß nicht, was sie ihnen angetan haben. Ich weiß nicht einmal, ob sie zusammen sind. Du kannst sicher verdammt gut verstehen, dass mich das nicht kaltlässt.«

»Ich weiß *tatsächlich*, wie du dich fühlst, aber du weißt genauso gut wie ich, dass wir die Sache ruhig und kontrolliert angehen müssen. Jacks wandert ins Bundesgefängnis, wenn das hier vorbei ist.«

Das Argument schien Fletch nicht zu beruhigen. »Er ist absichtlich in ihr Auto gekracht. Er hat sie betäubt. Er spielt ein verdammtes Spiel mit uns ... er verdient es zu sterben!«

»Das Ziel besteht darin, Emily und Annie zu finden und da rauszuholen. Das ist alles. Punkt. Du weißt, dass du dich auf uns verlassen kannst. Diese Arschlöcher werden damit nicht durchkommen. Wir können sie vielleicht nicht *töten* ... aber das ist das Einzige, was wir dem Oberst versprochen haben.«

Fletch schaute seinen Freund an. »So sehr ich ihnen auch wehtun will, ich will nicht, dass du deine Karriere riskierst, Ghost.«

Ghost legte Fletch die Hand auf den Rücken. »Niemand legt sich mit einem Delta an. Und genauso wie

Rayne gehören Emily und Annie nun auch zu den Deltas. Wenn wir die beiden finden, musst du Jacks so lange wie möglich ablenken. Verwirre ihn, verspotte ihn, was auch immer nötig ist. Wir geben dir Rückendeckung und er wird den beiden nicht wehtun können. Vertraust du mir?«

»Ich vertraue dir ihrer beider Leben an«, antwortete Fletch sofort.

»Gut. Heute Abend senden wir eine Nachricht ... klar und deutlich ... ohne Rückschlag«, beruhigte Ghost seinen Teamkollegen.

Die beiden Männer schauten sich gegenseitig an und waren völlig auf derselben Wellenlänge.

»Plan B ist vorbereitet, nur für den Fall«, sagte Ghost zu Fletch.

»Kein Rückschlag?«

»Absolut keiner«, bestätigte Ghost. »Falls etwas schiefläuft und dieser Wichser sich verschanzt, ist er erledigt.«

Fletch spürte, wie seine Schultern sich entspannten. Er war zwar immer noch nicht zufrieden, doch Ghosts Worte hatten ihn beruhigt und er konnte sich nun etwas besser mit dieser beschissenen Situation anfreunden. Er wusste nicht, was sein Teamleiter vorhatte, doch er vertraute Ghost sein Leben an.

Und die Leben von Emily und Annie.

Das reichte.

»Komm, es ist Zeit, diesen Mist zu beenden. Wir holen deine Tochter und ihre Mutter da raus«, knurrte Ghost.

Diese Worte trafen Fletch tief im Inneren. Seine Tochter.

Ja, Annie gehörte ihm. Genauso wie Emily.

Er lenkte seine ganze Aufmerksamkeit auf den bevorstehenden Einsatz. Nichts und niemand würde seiner Familie je etwas anhaben können, solange er am Leben war.

KAPITEL ZWANZIG

»Wenn du draußen bist, musst du so tun, als wärst du ein Soldat«, belehrte Emily Annie. »Beweg dich langsam und vorsichtig. Schau dich um und mach keine plötzlichen Bewegungen. Denk dran, die feindlichen Soldaten könnten über dir stehen.«

»Verstanden.« Annie nickte ihrer Mutter ernst zu.

»Fletch ist irgendwo da draußen, das weiß ich. Das Ziel besteht darin, Fletch oder einen seiner Teamkollegen zu finden. Hast du verstanden? Wenn du einen der bösen Jungs siehst – diejenigen, die Tarnkleidung trugen und uns aus dem Auto entführt haben –, musst du dich verstecken, bis sie verschwunden sind.«

»Und wie soll ich sie unterscheiden können?«

Das war eine gute Frage. Eine, die Emily leider nicht beantworten konnte. Sie klopfte leicht auf Annies Stirn. »Du wirst deine Birne benutzen müssen.« Obwohl es keine zufriedenstellende Antwort war, fuhr Emily fort: »Fletch und seine Freunde sind meistens ganz schwarz gekleidet. Von Kopf bis Fuß. Du hast doch Fletchs Kleider gesehen, nicht wahr?«

Annie nickte.

»Okay, wenn du da draußen jemanden siehst, dann wartest du und beobachtest ihn. Du darfst erst auf jemanden zugehen, wenn du ganz sicher bist, dass es einer unserer Freunde ist. Sogar wenn du denkst, dass es Truck oder einer der anderen ist. *Vielleicht* tragen die bösen Jungs auch schwarz, ich hoffe aber, dass sie alle in Tarnfarben gekleidet sind. Zähl in Gedanken bis zehn und schau, was sie machen. Wenn es so aussieht, als ob sie auf dich zukommen, anstatt Ausschau zu halten, sind es wahrscheinlich Fletchs Freunde.«

»Ich verstehe, Mommy.«

»Ich habe gesagt *vielleicht*«, warnte Emily sie. Der Gedanke, dass sie ihre Tochter dieser Situation ausliefern musste, gefiel ihr überhaupt nicht und sie versuchte unbewusst, den Moment hinauszuzögern. »Das Wichtigste ist, dass du dich *nicht* zu erkennen gibst, wenn du nicht hundertprozentig sicher bist, dass es Fletch oder einer der guten Jungs ist. Versteck dich. Das ist wichtig, Süße.«

Annie nickte wieder.

»Ich bin stolz auf dich, Annie. Du bist ein ausgezeichneter Soldat. Du übst ja auch schon lange, nicht wahr?« Emily versuchte, Annies Selbstvertrauen zu stärken. Sie fühlte sich *äußerst* unwohl dabei, ihre sechsjährige Tochter ins Ungewisse zu schicken, doch die Alternativen machten ihr fast noch mehr Angst. Fast. Sie erinnerte sich an die Blicke, die Jacks dem kleinen Mädchen zugeworfen hatte. Der Mann war krank und sie wollte auf keinen Fall, dass er ihre Tochter in die Finger bekam.

Emily küsste Annie auf die Stirn und umarmte sie innig. Sie wollte sie nicht gehen lassen.

Schließlich zog Emily sich zurück und schaute ihrer Tochter in die Augen. »Ich hab dich lieb, meine Süße. Pass auf dich auf. Und sei schlau.«

»Das werde ich. Ich hab dich auch lieb. Ich werde Fletch finden, damit er dich retten kommt.«

Emily lächelte ihre Tochter mit tränenerfüllten Augen an und hatte plötzlich Zweifel. Bisher hatte man sie in Ruhe gelassen, vielleicht war es besser, wenn sie beide einfach hierblieben und abwarteten.

Aber Annie lag schon auf dem Bauch und streckte den Kopf durch das kleine Loch, das sie gemacht hatten.

Sie warteten, bis die Fußstapfen über ihnen am anderen Ende des Containers angelangt waren und versuchten, den perfekten Zeitpunkt für Annies Flucht zu bestimmen. Ihre Tochter wand sich und versuchte, sich durch das kleine Loch zu schlängeln. Schließlich schaffte sie es, ihre Hüften durch das Loch zu quetschen. Es war zwar eng, doch Annie hatte recht gehabt, sie passte *tatsächlich* hindurch. Das kleine Mädchen zog die Beine durch das Loch und war plötzlich verschwunden.

Emily bückte sich zum Loch hinunter und spähte hinaus, konnte Annie jedoch nirgends sehen. Es war, als hätte sie sich einfach in Luft aufgelöst.

Einerseits war Emily froh darüber, andererseits konnte sie nicht anders, als sich Sorgen zu machen.

Was hatte sie getan? Sie hatte ihre Sechsjährige in die

Dunkelheit hinausgeschickt, mitten in einen Bandenkrieg.

Emily ließ sich auf ihren Hintern fallen und rutschte rückwärts, bis ihr Rücken auf die gegenüberliegende Containerwand traf. Sie legte die Arme um ihre angewinkelten Beine, stützte ihr Kinn auf den Knien ab und betete darum, dass Fletch oder einer seiner Männer Annie bald finden würde. Sie begann zu zittern, als sie darüber nachdachte, was passieren könnte, wenn Jacks oder einer der anderen Idioten ihre Tochter in die Hände bekam.

Was getan war, war getan, doch Emily konnte nicht verhindern, dass ihr die Tränen über die Wangen strömten.

»Finde sie, Fletch. Bitte.« Obwohl sie diese Worte nur in die abgestandene Luft hinaus geflüstert hatte, hoffte Emily trotzdem, dass jemand weiter oben sie hören konnte.

Fletch schaute auf die Uhr. Es waren sieben Minuten vergangen, seit seine Männer im Dunkel der Nacht verschwunden waren. Dreizehn Minuten noch, bis der Oberst und der General Verstärkung schicken würden. Zwanzig Minuten reichten aus, damit sich die Deltas um die Angelegenheit kümmern konnten, doch sie hätten lieber mindestens fünfundvierzig gehabt. Es war schwer vorauszusagen, wie Jacks reagieren würde, wenn er merkte, dass er verloren hatte ... schon wieder.

Fletch hatte auf eine Nachtsichtbrille verzichtet, da er

wusste, dass ein kleiner Strahl einer Taschenlampe ausreichte, um jemandem für kostbare Sekunden die Sicht zu vermasseln. Der Halbmond warf genügend Licht ab, damit er sehen konnte, wohin er ging. Fletch hatte nur einen von Jacks' Freunden angetroffen und ihn bewusstlos gemacht, ohne dass dieser überhaupt gemerkt hatte, dass Fletch hinter ihm war. Sie waren wirklich ein Haufen Amateure im Vergleich zu den Deltas. Eigentlich hätte Fletch sich darüber freuen sollen, dass es so einfach gewesen war, den Mann in seinem Sektor außer Gefecht zu setzen. Doch er wollte einen Kampf, obwohl es dazu nicht kommen würde, da sie so unerfahren waren.

Auf dem Weg zum Stadtzentrum – wo Beth und seine Teamkollegen vermuteten, dass Emily und Annie höchstwahrscheinlich gefangen gehalten wurden – legte Fletch am Ende eines Containers eine Pause ein. Er kauerte sich flach auf den Boden, bewegte keinen Muskel und versuchte herauszufinden, was er da gerade gehört hatte.

Es kamen schlurfende Geräusche aus der Richtung des Containers, neben dem er lag. Jemand versuchte, sich geräuschlos fortzubewegen, machte seine Arbeit aber sehr schlecht. Es war, als hätte dieser Soldat noch nie irgendwelche Ausweichmanöver geübt. Erbärmlich.

Fletch wandte eine Taktik an, die er während eines zweiwöchigen Aufenthalts in der Scharfschützenschule gelernt hatte. Er bewegte sich langsam – so langsam, dass man ihn gar nicht sehen konnte, wenn man ihn nicht direkt anschaute. Er kroch auf dem Boden entlang und arbeitete sich bis zum Ende des Containers vor. Er wollte herausfinden, wer diese Geräusche verursachte.

Es dauerte einen Moment, bis Fletchs Gehirn verarbeitet hatte, was er sah.

Er hatte erwartet, einen von Jacks' Soldaten zu sehen. Doch es war kein Soldat. Es war *Annie*. Sie drückte ihren Rücken flach gegen die Containerwand und rutschte langsam vorwärts, als ob sie mit dem Metall verschmelzen wollte.

Er spürte, wie Freude in ihm aufkam, als er sah, dass das kleine Mädchen anscheinend unversehrt war. Er wollte jedoch noch nicht, dass Annie ihn sah. Fletch schaute an ihr vorbei und um sich herum, doch er konnte niemanden entdecken. Obwohl er einerseits erleichtert war, sie zu sehen, war er andererseits besorgt darüber, dass Emily nicht bei ihrer Tochter war. Warum hatten sie sich getrennt? War Emily etwas passiert? Benutzte Jacks Annie aus irgendeinem Grund als Köder?

Er wusste, dass er keine Antworten auf seine Fragen bekommen würde, ohne mit dem kleinen Mädchen zu sprechen. Er rechnete seine Gewinnchancen aus und entschied, dass es am besten war, wenn er Annie aus ihrer gefährlichen Situation befreite. Sie gab sich große Mühe mit ihrem Schleichmanöver, doch leider waren ihre blonden Haare, ihre Kleider, die am Metallcontainer kratzten, und ihre aufrechte Haltung wie Leuchtsignale, die ihre Position verrieten. Sie hätte genauso gut schreiend durch die behelfsmäßige Stadt laufen können.

Da Fletch nicht wusste, wie das kleine Mädchen reagieren würde, sobald er aus der Dunkelheit auf sie zukam, und er seine Position nicht preisgeben wollte, musste er schnell handeln. Sobald Annie in die andere Richtung schaute, sprang er auf und machte ein paar leise

Riesenschritte auf sie zu. Er nahm sie in seine Arme und hielt ihr mit einer Hand den Mund zu, um ihren überraschten Schrei zu dämpfen. Dann verschwand er rasch wieder um die gegenüberliegende Ecke des Containers.

Er bewegte sich flink und wollte, dass Annie so schnell wie möglich merkte, dass er es war, und sich beruhigte. Er ging auf demselben Weg, den er gekommen war, wieder zurück, denn er hatte Gewissheit, dass sich dort keine bösen Jungs aufhielten.

Nachdem er sich umgeschaut und nichts gesehen hatte, kniete Fletch sich mit Annie in den Armen nieder. Er hielt sie mit dem Rücken gegen seine Brust gedrückt. Sie wehrte sich so sehr, wie eine Sechsjährige nur konnte. Er neigte den Kopf zu ihr hin und flüsterte ihr ins Ohr: »Ich bin's, Knirps. Fletch.«

Sie beruhigte sich sofort, als hätte man den Stecker aus der Wand gezogen. Um sicher zu sein, dass sie ihn verstanden hatte, sagte er: »Ich hab dich, Annie. Du bist in Sicherheit.«

Als sie ihn gehört und verstanden hatte, drehte Fletch sie um und verlor fast das Gleichgewicht, als sie sich ihm in die Arme warf. Sie verstand offensichtlich, dass sie leise sein musste, und flüsterte: »Ich wusste, dass ich dich finden würde.«

»Das hast du auch. Das hast du gut gemacht.« Fletch löste sich aus ihrer Umarmung, hielt sie an den Schultern fest und schaute ihr in die Augen. Er wollte mehr Zeit damit verbringen, sie zu beruhigen und sie dafür zu loben, dass sie so still wie möglich war, doch er musste wissen, was mit Emily los war. »Wo ist deine Mom?«

»Ich weiß es nicht.« Annies Antwort war kurz und bündig. »Wir sind in einem Container aufgewacht. Eine Ecke war gerostet und wir haben das Metall hochgebogen, aber das Loch war nur groß genug, damit ich hinauskriechen konnte.«

»Rostig?«

»Ja, das habe ich doch gesagt.«

»In welcher Richtung?« Fletch wusste, dass er seine Fragen zu schroff stellte, doch er konnte nicht anders. Dass Emily verzweifelt genug gewesen war, um Annie alleine in die Dunkelheit hinauszuschicken, verriet ihm, wie prekär die Situation war.

Annie wies in die Richtung, aus der sie gekommen war. Es sah so aus, als hätte Beth recht gehabt. Fletch hatte es fast bis ins Stadtzentrum geschafft, als er auf Annie gestoßen war. Er schaute auf die Uhr. Er hatte nur noch zehn Minuten, um die Sache auf *seine* Weise zu beenden. Er wollte das kleine Mädchen nicht alleine lassen, doch im Moment war es in Sicherheit. Emily nicht.

»Das hast du toll gemacht, dass du mich gefunden hast, Annie, aber ich muss jetzt deine Mom holen.«

Sie nickte feierlich. Annie war ein einzigartiges kleines Mädchen. Sie hätte eigentlich ausflippen oder weinen sollen, *irgendetwas*, stattdessen schaute sie ihn einfach an und wartete auf seine Anweisungen.

»Du weißt, dass ich dich lieb habe, nicht wahr?«, fragte Fletch das kleine Mädchen.

Sie nickte wieder.

»Ich will auch, dass du weißt, dass ich deine Mom

fragen werde, ob sie mich heiraten will, sobald der richtige Zeitpunkt gekommen ist.«

»Wirklich?«, hauchte Annie mit weit aufgerissenen Augen. »Hattet ihr denn schon zehn Verabredungen?«

Fletch wusste nicht, was die Anzahl der Verabredungen, die er und Emily gehabt hatten, damit zu tun hatte, doch er nickte einfach.

»Bist du dann mein richtiger Daddy?«, flüsterte Annie und neigte neugierig den Kopf zur Seite.

Fletch hätte nie gedacht, dass er so emotional sein könnte, doch die Ehrfurcht und Hoffnung in Annies Stimme brachten ihn fast zum Weinen. »Wenn das für dich und deine Mom okay ist, dann ja. Ich möchte dich adoptieren und dein richtiger Daddy werden.«

Vor lauter Aufregung begann sie herumzuhüpfen und bewies einmal mehr, wie schlau sie war, indem sie fragte: »Werde ich dann auch Fletch heißen?«

Er wusste, was sie meinte. »Ja, Knirps. Du wirst dann Annie Fletcher heißen.«

»Mann oh Mann oh Mann!«

»Aber vorerst musst du das für dich behalten ... okay? Das ist unser kleines Geheimnis. Ich will deine Mom damit überraschen.«

»Ja, ich bin gut darin, Geheimnisse für mich zu behalten.«

Das war sie nicht, aber im Moment spielte das keine Rolle. Sie atmete tief durch. Er hatte ein paar Dinge zu erledigen. Er sprach in das Mikrofon an seinem Kragen und gab dem Oberst, der zuhörte und bereit war, Verstärkung zu schicken, seine Koordinaten durch.

»Also, wir machen Folgendes, kleiner Soldat«, sagte er

mit ernster Stimme zu Annie, sobald er wusste, dass ein Ranger auf dem Weg zu ihnen war. Es war, als hätten seine Worte einen Schalter in dem kleinen Mädchen umgelegt. Sie hörte auf zu lächeln und nickte ihm ernsthaft zu. Fletch dachte sich wieder, dass sie viel reifer als ihre sechs Jahre war.

»Ich muss deine Mom holen, aber *du* musst zum Stützpunkt zurückkehren.« Fletch drehte Annie um, sodass sie in die Richtung schaute, aus der er ursprünglich gekommen war. »Es wird jeden Moment ein Ranger hier sein und dich zum Stützpunkt zurückbringen. Ich habe die bösen Jungs ausgeschaltet, aber ihr müsst immer noch vorsichtig sein auf dem Rückweg, es könnten sich immer noch einige da draußen herumtreiben. Hör auf den anderen Soldaten, sorg dafür, dass du unentdeckt bleibst, und nutze das, was Nancy Drew und ich dir beigebracht haben. Denkst du, dass du das kannst?«

Annie nickte feierlich und drehte sich zu ihm um. Sie sah zum ersten Mal besorgt aus. »Wirst du Mommy da rausholen? Sie wollte mich nicht gehen lassen, aber ich bin entwischt, bevor sie ihre Meinung ändern konnte.«

»Ich werde deine Mom da rausholen.«

Fletch musste es ihr nicht einmal versprechen. Seine Worte genügten dem kleinen Mädchen, das er so gern zu seiner Tochter machen wollte. Sobald er das gesagt hatte, erschien der Ranger aus der Dunkelheit, um Annie in Sicherheit zu bringen.

»Okay«, sagte Annie ernst. »Mein Soldat ist hier. Geh. Die Zeit rennt.«

Fletch lächelte und fragte sich, woher sie diesen

Spruch kannte. Er küsste Annie auf die Stirn und umarmte sie schnell. »Zehn-Vier. Bis gleich.«

Er beobachtete, wie das kleine Mädchen seinen Rücken gegen die Containerwand drückte und Schritt für Schritt auf den Ranger zuging. Er verlor die beiden aus den Augen, nachdem sie um die Ecke des Containers verschwunden waren.

Fletch war dankbar dafür, dass er sich nun keine Sorgen mehr um Annie machen musste, und konzentrierte sich auf Emily. Neun Minuten. Er ging dorthin zurück, wo er Annie zum ersten Mal gesehen hatte, und überlegte, wie viele von Jacks' Freunden wohl zwischen ihm und Emily standen. Dann verschwand er in der Dunkelheit.

KAPITEL EINUNDZWANZIG

Emily schnappte nach Luft, als plötzlich die Containertür aufgerissen wurde und ein Lichtstrahl sie blendete. Sie hob die Hände, um ihre Augen zu schützen, doch bevor sie sich überhaupt abwenden konnte, wurde sie gepackt und unsanft auf die Füße gezogen. Zwei Männer waren in ihr Gefängnis gestapft und hatten offensichtlich erwartet, dass sie und Annie vor Angst erstarren würden.

»Wo zum Teufel ist das Kind?«

Emily wusste, dass es Jacks war, der diese Frage gestellt hatte. Sie konnte ihn nicht gut sehen, doch seine Stimme hätte sie überall erkannt. Sie versuchte, ihren Ellbogen aus dem Griff des anderen Mannes zu ziehen, ohne Erfolg.

»Weg.«

»Verdammt!«, fluchte Jacks erst, zuckte dann aber mit den Schultern. »Es spielt keine Rolle. Es reicht, wenn wir dich haben. Los!«

Emily versuchte, sich aufrecht zu halten, was schwierig war, da sie so unsanft auf dem Boden entlang geschleift wurde. »Du kannst gleich aufgeben, Jacks, du weißt doch, dass du nicht gewinnen kannst«, schimpfte sie, obwohl sie wusste, dass er ihr nicht zuhören würde.

»Halt die Klappe. Wir *haben* schon gewonnen. Wir haben dich und das kleine Miststück direkt vor seiner Nase entführt. Wir hätten euch alles Mögliche antun können und dein Freund und seine Kumpel wissen das genau. Und das hier? Das ist nur der krönende Abschluss.«

»Du glaubst doch nicht wirklich, dass du damit durchkommst«, zischte Emily.

Als Jacks nicht reagierte, wandte sie sich an den jüngeren Mann, der ihren Arm so fest zusammendrückte, dass sie wusste, sie würde am nächsten Morgen einen Bluterguss haben. »Und was ist für dich drin? Denn deine Karriere bei der Armee ist vorbei. Eine Frau und ein Kind zu entführen und zu betäuben ist keine kleine Sache. Das wird dich ins Bundesgefängnis bringen und ich habe gehört, dass es dort noch viel schlimmer zugeht als in normalen Gefängnissen.«

Der Schlag kam von Jacks. Emily hatte ihn nicht erwartet. Sie taumelte und fiel nur nicht hin, weil der andere Mann ihren Arm festhielt.

»Halt die Klappe, Miststück. Oder ich werde dich wieder bewusstlos schlagen.«

»Äh, Jacks ... ich weiß nicht –«

»Halt die Klappe, Soldat!«, schnauzte Jacks den jüngeren Mann an, der jetzt nervös wirkte. »Das gehört alles zum Training. Wir tun ihr nicht wirklich weh. Reiß dich zusammen. Die Schlampen im Irak werden dir noch ganz andere Geschichten erzählen. ISIS benutzt Frauen und Kinder als verdammte Schutzschilde im Kampf und sie sind genauso gut ausgebildet wie die Männer. Sie spielen nur ihre Rolle, du Idiot. Das sind alles Schauspielerinnen, genau wie sie. Ich bringe dir nur bei, dass man mitten in einer lebensbedrohenden Situation für *niemanden* Mitleid haben darf. Also reiß dich verdammt noch mal zusammen.«

Emily presste die Lippen aufeinander und wusste, dass Jacks es ernst meinte und sie wieder schlagen würde. Er war völlig durchgeknallt und sie bekam noch mehr Angst als zuvor ... und das hatte etwas zu bedeuten. Sie wollte dem anderen Soldaten gerade erklären, dass sie nichts freiwillig tat und wirklich entführt worden war, als Jacks sie packte und zur Tür hinausstieß.

Sie gingen zur Seite des Containers, in dem sie festgehalten worden war, und Jacks deutete auf eine Leiter, die dort stand. »Steig hinauf.«

»Was? Da hinauf?«

»Ja verdammt, da hinauf«, sagte Jacks spöttisch.

Emily wurde zu der wackligen Leiter geschupst und sie schaute voller Angst nach oben.

»Und komm ja nicht auf dumme Gedanken, sonst hole ich dich so schnell da runter, dass dir schwindlig wird.«

Sie wollte auf keinen Fall von der Leiter fallen. Emily hatte keine andere Wahl, als die Leiter hochzusteigen. Jacks stand direkt hinter ihr und hatte ihre Wade mit seiner Hand so fest im Griff, dass es schmerzte. Als sie oben angekommen war, bewegte sie sich schnell von der Kante weg und atmete schwer.

Es waren nicht nur zwei Container aufeinandergestapelt, so wie sie angenommen hatte, sondern *drei*. Sie befanden sich etwa zehn Meter vom Boden entfernt und Emily wusste, dass sie sterben könnte, wenn sie hinunterfallen würde oder jemand sie vom Container stieß.

Jacks und der andere Mann kletterten zu ihr hoch und sie beobachtete mit Schrecken, wie Jacks die Leiter hinter sich hinaufzog. Jetzt konnte niemand mehr nach oben gelangen. Sie war ganz oben auf dieser verrückten Stadt gefangen – und ausgerechnet mit dem Kerl, den sie *nie mehr* hatte wiedersehen wollen, geschweige denn mit ihm festsitzen.

Emily stand nicht auf, sondern kroch auf allen vieren von den beiden Männern weg. Jacks schien sich im Moment nicht darum zu kümmern und zu glauben, dass sie ihm nicht entkommen konnte. Und er hatte recht.

Sie zuckte zusammen, als Jacks' laute Stimme durch die Stille der Nacht hallte. »Ich habe deine Schlampe, Fletch! Willst du sie wiederhaben? Dann komm und hol sie dir!«

Seinen schroffen Worten folgte Stille, doch Emily hatte keinen Zweifel daran, dass Fletch und seine Teamkollegen da draußen waren und ihn gehört hatten. Jacks stapfte zu ihr hinüber und kniete sich vor sie nieder.

»Also, die Sache ist die. Wir wussten, dass sie dich suchen würden, wir haben ihnen sogar gesagt, wo du bist. Aber sie denken, dass sie schlauer sind als wir. Sie denken, dass sie schlauer als *alle anderen* sind. Ich habe ein paar Soldaten vom Stützpunkt angeheuert, um die bösen Jungs in dieser Stadt zu spielen. Sie haben sich nur zu gern zu einem Paintball-Spiel mitten im Nirgendwo gemeldet, bei dem man keine Regeln befolgen muss.

Wenn jemand vom Stützpunkt hierherkommt, werden diese Jungs sie von dem ablenken, was wir wirklich vorhaben.« Er machte eine theatralische Pause.

Emily wollte nicht gefügig sein, spielte aber trotzdem mit. »Und was wollt ihr?«

»Vergeltung.«

Emily wusste nicht einmal, was das bedeutete, doch sie schwieg, da Jacks sich offenbar gern selbst reden hörte.

»Sie haben uns ausgetrickst, als wir dieses Spiel zum ersten Mal gespielt haben. Wir waren noch gar nicht bereit und sie haben uns geschlagen, bevor wir überhaupt wussten, dass das Spiel angefangen hatte.« Jacks hielt inne und nickte dann, als ob er jemandem zustimmen würde. Doch es war außer ihnen niemand da und der jüngere Soldat, der etwas abseits auf dem Container stand, schaute sie nur ungläubig an. *Er* hatte bestimmt nichts gesagt.

»Aber würden Terroristen nicht dasselbe tun? Jemanden austricksen, um zu bekommen, was sie wollen?« Emily konnte sich die Frage nicht verkneifen. Fletch hatte ihr vor ein paar Monaten von diesem Training erzählt und wie peinlich es gewesen war, dass sie das Infanteriekommando so schnell und so einfach geschlagen hatten.

»Halt die Klappe«, knurrte Jacks, der dastand, mit seinem Gewehr herumfuchtelte und dann den Finger an den Abzug legte. »Sie haben uns ausgetrickst und mich und meine Truppe wie inkompetente Arschlöcher aussehen lassen! Dich zu verarschen hat zwar Spaß gemacht, aber eigentlich haben wir dadurch nur Zeit gewonnen. Wir haben dieses Meisterstück mit dem Geld, das du uns gegeben hast, zusammen mit eigenen Ersparnissen finanziert. Und wenn dein Freund eintrifft, geht das Spiel erst *richtig* los.«

»Welches Spiel?«, fragte Emily.

»Ich weiß, dass Fletch dich fickt. Und wenn ich dich vor seiner Nase umbringe, während er hilflos zusehen muss und nichts dagegen tun kann, wird er *ganz genau* wissen, wie es sich anfühlt zu versagen.«

Emily und der Soldat, der auf dem Container stand, schnappten zur gleichen Zeit nach Luft.

»Ich bin hier, Arschloch«, sagte Fletch frostig aus dem Dunkel der Nacht.

Emily atmete auf und versuchte aufzustehen, doch Jacks stand schon neben ihr, bevor sie sich ganz aufrichten konnte. Er ließ das Gewehr fallen, griff hinter sich und zog eine Pistole aus dem Hosenbund, legte einen Arm diagonal über ihre Brust und zog sie zu sich heran. Sie taumelte umher und klammerte sich an seinen Arm, um nicht das Gleichgewicht zu verlieren.

»Schau mal, was ich gefunden habe«, spöttelte Jacks.

Als sie den kalten Lauf der Pistole an ihrer Schläfe spürte, wagte Emily es nicht mehr, sich zu bewegen. Jacks war verärgert genug, um abzudrücken. Er wollte sich an Fletch rächen? Indem er sie tötete, würde er genau das tun.

»Was zum Teufel denkst du, dass du da machst, Jacks?« Ghosts Stimme war laut und deutlich und kam von der anderen Seite des Containers.

Emily wagte es, sich umzusehen, und konnte ein paar dunkle Gestalten am Rand des Containers erkennen, auf dem sie standen. Es war zum Kotzen, aber offensichtlich hatte Jacks die Oberhand. Und zwar *eindeutig*. Er hatte sich gut positioniert und die anderen hatten keine andere Wahl, als abzuwarten und zu sehen, was er wollte.

»Was ich hier mache?«, wiederholte Jacks. »Ich zeige dir, dass ich kein Versager bin, wie alle denken.«

»Niemand denkt, dass du ein Versager bist«, rief Coach ihm zu.

»Schwachsinn! Mein Zugführer denkt das. Der Captain und der Oberst denken das. Und dank dir denkt das jetzt auch der General! Ihr denkt alle, dass ihr unbesiegbar seid, dabei weiß ich, dass ihr die ganze Zeit versagt. Ich weiß, dass ihr neulich diesen geheimen Einsatz hattet. Und wie viele Leute kamen dabei um? Hm? Waren es nicht sogar zwei?«

»Ich weiß nicht, woher du diese Informationen hast«, sagte Blade spöttelnd, »denn die einzigen Leute, die getötet wurden, waren die Terroristen.«

»Halt die Klappe!«, schrie Jacks verärgert. »Meine Quellen haben mir mitgeteilt, dass ihr wie *kleine Mädchen* davongerannt seid, als die Schießerei losging!«

Emily versuchte, sich zu bewegen, doch Jacks drückte den Lauf der Pistole noch härter gegen ihre Schläfe. »Wage es ja nicht«, zischte er. »Ich schwöre bei Gott, ich werde dir so schnell eine Kugel in den Kopf jagen, dass niemand dazu kommt, auch nur einen Schritt zu tun, bevor du tot umfällst.«

Emily wollte ihn beruhigen und ihm sagen, dass sie nicht versuchte wegzulaufen, doch er setzte seine Tirade fort.

»Mein ganzes Leben lang habe ich zu euch Soldaten

aufgeschaut und gedacht, dass ihr das Beste seid, das die Armee zu bieten hat, und dass alle mit eurem Rang voll harte Typen sind. Aber das ist alles ein Haufen Scheißdreck! Ihr seid nichts als Schläger. Wenn es drauf ankommt, wollt ihr nur im Rampenlicht stehen. Nun, heute bin ich dran. Heute zeige ich der Welt, was *wahre* Tapferkeit ist.«

»Was, Frauen und Kinder zu entführen? Hältst du das etwa für tapfer?«

Emily wusste nicht, wer das gesagt hatte, doch sie spürte, wie Jacks sich hinter ihr versteifte. Sie wusste nicht, warum in aller Welt Fletchs Freunde das Bedürfnis hatten, den offensichtlich psychisch angeschlagenen Mann zu verspotten, und wünschte, sie würden es nicht tun. Sie wünschte sich *wirklich*, sie würden es nicht tun.

»Ich will, dass die ganze Welt weiß, dass ich euch geschlagen habe! Der Feind kümmert sich nicht um das Leben von Kindern oder Schlampen ... sie werden andauernd zu Selbstmordattentätern gemacht. Frauen sind entbehrlich. Sie wurden auf diese Erde gebracht, um Kinder zu gebären. Sie sind nur gut zum Ficken, Kochen und Putzen. Ich habe diese schwache Armee voller Muttersöhnchen satt. Ihr denkt, dass die Welt sich an eure verfluchten Spielregeln halten muss. Zum Teufel damit! Im Krieg gibt es keine Spielregeln.«

»Dies ist aber kein Krieg, Jacks«, hörte Emily Fletch sagen.

»Und ob! Ihr habt ihn vor Monaten begonnen. Und ich werde ihn beenden.«

»Was machst du da, Jacks?«, fragte der andere Mann

auf dem Container mit besorgter Stimme. »Das war so nicht geplant.«

»Klar war es das, Brown. Du warst einfach nur zu dumm, um es zu merken«, sagte Jacks zu dem Soldaten und lachte hysterisch. »Ihr *alle* wart zu dumm, um es zu merken.«

»Vergiss es«, murmelte Brown, zog die Leiter zur Seite des Containers und wollte sich offensichtlich aus dem Staub machen. »Ich dachte, das wäre alles nur ein Spiel. Du hast gesagt, sie wüssten Bescheid, aber offensichtlich ist das nicht der Fall. Ich bin absolut dagegen, Frauen und Kinder zu entführen, und vor allem, jemanden *umzubringen*, und ich werde mich bestimmt nicht auf einen Bandenkrieg mit anderen US-Soldaten einlassen. Wenn du eine offene Rechnung zu begleichen hast, dann ist das *dein* Problem. Nicht meins.«

Emily fiel auf die Knie, als Jacks sie plötzlich nach vorne stieß und dann auf den anderen Mann zu stapfte. Sie beobachtete entsetzt, wie er ihn so hart anstieß, dass er einen Schritt rückwärts machen musste.

Jacks richtete die Pistole auf ihn und schubste ihn wieder. Der andere Mann machte noch einen Schritt zurück, dann einen weiteren, bis er nirgendwo mehr hingehen konnte, weil er am Rand stand.

»Leck mich, Brown!« rief Jacks, bevor er den Mann ein letztes Mal angriff. Der Stoß reichte aus, um ihn aus dem Gleichgewicht zu bringen.

Emily schloss die Augen und wusste, dass sie den angsterfüllten Gesichtsausdruck des jungen Soldaten, während er mit den Armen um sich schlug und versuchte, das Gleichgewicht wiederzufinden, nie wieder vergessen würde. Sie hörte einen grauenhaften Schrei und dann das widerliche Geräusch des Aufpralls, als er unter ihnen auf dem Boden landete.

»Was zum Teufel hast du getan, Jacks!« Emily vermutete, dass Truck das gerufen hatte.

Plötzlich war ein lauter Knall in der dunklen Nacht zu hören und Emily duckte sich, ohne nachzudenken. Sie hörte zuerst einen Aufprall und dann Jacks, der vor Schmerzen stöhnte.

Jacks lief vom Ende des Containers zurück zu Emily. Er zog sie wieder an sich heran, obwohl sie versuchte, ihn von sich fernzuhalten. Er setzte die Pistole erneut direkt an ihre Schläfe. »Ihr könnt mich mit euren verdammten Bohnensäcken und Gummigeschossen bearbeiten, solange ihr wollt, es macht keinen Unterschied. Ich werde trotzdem gewinnen. Ich weiß, dass ihr mich nicht erschießen werdet. *Ich* weiß es und *ihr* wisst es ... warum sollen wir uns also etwas vormachen? Ich kann verdammt noch mal machen, was ich will, und ihr könnt nichts dagegen tun. *Nichts.* Ich weiß, wie die Regierung vorgeht. Ihr musstet euch vermutlich einen Vortrag darüber anhören, dass ihr nur nicht-tödliche Taktiken anwenden dürft, um mich und meine Männer auszuschalten, nicht wahr?« Er beantwortete seine eigene Frage. »Ja, ich weiß, dass es so war. Und jetzt steckt ihr in einem Dilemma ... was könnt ihr tun?

Ich bin hier oben, außer Reichweite. Ihr könnt euch nicht anschleichen, weil ihr nicht hier heraufkommen könnt, ohne dass ich euch höre, da ich die Leiter hochgezogen habe. Vermutlich bekommt ihr bald Verstärkung, aber was wird *die* schon ausrichten können? Ich habe eine geladene Waffe, die auf meine Geisel gerichtet ist – und ihr habt nichts.«

»Was willst du?«

Überraschenderweise klang Fletch nicht einmal verärgert. Resigniert war ein besserer Ausdruck. Emily wusste nicht, was sie davon halten sollte. Dachte er, dass sie verlieren würden? Haben seine Freunde realisiert, dass sie sterben würde?

Schweißperlen bildeten sich auf ihrer Stirn. Nein. Sie wollte nicht sterben. Nicht jetzt. Und bestimmt nicht so.

»Du weißt, dass du hier nicht rauskommst«, rief Ghost.

»Ich muss auch nicht hier rauskommen«, spottete Jacks. »Die arme kleine *Emily* ist diejenige, die hier rauskommen muss. Die Sache ist die. Ich weiß, dass ich ins Gefängnis komme – und es ist mir scheißegal. Meine beiden Brüder sind da, und hey, vielleicht bekommen wir sogar nebeneinanderliegende Zellen. Aber weißt du was? Wenn Em hier stirbt, habe ich *gewonnen*. Denn du, Fletch – du wirst darunter leiden. Ich werde nachts auf meiner Pritsche liegen und wissen, dass ich dich geschlagen habe. Und dass du jeden Morgen in deine Cornflakes weinst und dich fragst, was du hättest anders machen sollen.«

Jacks' Worte hallten in die Nacht hinaus, von Stille gefolgt. Es schien ihn zu stören, dass er keine Antwort bekam. Es war offensichtlich, dass er eine Reaktion von den Soldaten erwartete, die unter ihm standen.

Emily wand sich in der ungewollten Umarmung. Verdammt, sie würde es ihm nicht leicht machen, sie zu erschießen. Sie wollte lieber von diesem verdammten

Container fallen und vielleicht überleben, als in den Kopf geschossen zu werden.

»Was ist? Denkst du etwa, dass ich es nicht tun werde? Dass ich ihr nicht das Hirn rauspusten werde?«, spottete Jacks und hatte völlig die Fassung verloren. »Ich werde es verdammt noch mal tun! Und dann werfe ich sie runter, damit du sehen kannst, was *du* ihr angetan hast. Dann werden wir sehen, wer der Gewinner ist! Ich werde –«

Emily hatte bis dahin geschwiegen, kreischte jedoch entsetzt, als sie den Knall hörte, der durch die Nacht hallte.

Jacks ließ sie los und fiel zu Boden. Emily spürte, wie etwas Nasses in ihr Gesicht spritzte.

Einen Moment lang dachte sie, dass er es getan hatte, dass er ihr in den Kopf geschossen hatte, doch sie wusste, dass sie nicht mehr aufrecht stehen würde, wenn das der Fall gewesen wäre.

»*Emily?*«, rief Ghost verzweifelt.

»Es ist alles in Ordnung. Zumindest nehme ich das an.« Ihre Stimme zitterte und war nicht sehr laut, doch sie lebte und war unverletzt. Sie trat schnell einen Schritt von Jacks weg und schaute ihn ängstlich an. Sie wollte auf keinen Fall, dass er plötzlich aufsprang und sie wieder packte. Er lag bewegungslos auf dem Metalldach und unter seinem Kopf bildete sich langsam eine Blutlache. Sie trat einen weiteren Schritt von ihm weg, bückte sich, legte die Hände auf die Oberschenkel und rang nach Luft.

»Em.«

Das war wieder Fletchs Stimme – und sie klang sehr nahe. Sie wirbelte erstaunt herum. Es *war* Fletch. Wie hatte er es geschafft, da hinaufzukommen? Sie hatte keine Ahnung, wie er plötzlich hinter ihr aufgetaucht war, doch das war ihr egal. Emily schaute wieder Jacks an, er hatte sich nicht bewegt. Sie wusste nicht, ob er tot war, doch im Moment kümmerte sie das wenig.

Anstatt direkt zu ihr zu kommen, ging Fletch zuerst zu Jacks und sicherte das Gewehr und die Pistole, bevor er sich an sie wandte.

»Wie, was –« Emily kam nicht dazu, etwas anderes zu sagen, bevor sie in Fletchs Umarmung versank. Alles andere verschwamm. Sie atmete tief ein und nahm Fletchs einzigartigen Duft wahr, der immer eine beruhigende Wirkung auf sie hatte. Sicher. Sie war sicher. Alles andere spielte keine Rolle.

Sie spürte, wie sie vom Rand des Containerdachs weggetragen wurde, und von Jacks' Leiche. Fletch hielt sie mit den Armen fest umschlungen, so, als wollte er sie nie mehr loslassen. Sie hatte sich noch nie in ihrem Leben so ruhig und sicher gefühlt.

Plötzlich erinnerte sich Emily an ihre Tochter und fragte verzweifelt: »Annie?«

»Es geht ihr gut. Ich habe sie bei ihrem Soldatenspiel entdeckt. Sie ist in Sicherheit, weit weg von hier«, sagte Fletch mit erstickter Stimme.

»Gott sei Dank. Ich wusste nicht, ob ich sie alleine gehen lassen oder bei mir behalten sollte.«

»Wenn du mich fragst, hast du die richtige Entscheidung getroffen.« Er lockerte seine Umarmung etwas, damit ihre Füße den Boden berührten, doch er ließ sie nicht los.

Emily nickte und schmiegte sich wieder an Fletch.

Sie standen eine Weile so da und waren dankbar dafür, dass sie beide am Leben waren.

»Hey, Fletch, lass mal die Leiter runter!«

Emily wollte sich nicht bewegen, wusste jedoch, dass sie nicht ewig dort oben bleiben konnte, und ließ Fletch widerwillig los. Sie drehte den Kopf, um Jacks noch einmal anzuschauen, doch Fletch legte ihr einen Finger unters Kinn. »Schau nicht hin, Em. Es ist vorbei. Er wird dir nie wieder wehtun.«

»Ist er tot?«

»Ich weiß es nicht und es ist mir egal.«

»Werdet ihr Ärger bekommen?«

»Nein.«

»Aber –«

»Ich werde es später erklären.«

»Wie bist du hier hinaufgekommen?«

»Mit einem Antrieb. Es war nicht schwer, Em. Ich würde Berge erklimmen, um zu dir zu gelangen.«

Emily nickte und drückte seine Hand, während sie ihm auf die andere Seite des Containers folgte, wo er die Leiter hinunterließ. Innerhalb weniger Sekunden hatten Ghost und Hollywood sich ihnen angeschlossen.

»Die Kacke ist am Dampfen, wir müssen los«, drängte Hollywood, nachdem er Jacks gesehen hatte. »Der Oberst hat ausdrücklich gesagt nicht-tödlich.«

Ghost ging zu dem Mann hinüber, der regungslos auf dem Boden lag, legte ihm zwei Finger an den Hals und suchte nach einem Puls. »Erstens ist Jacks nicht tot. Und zweitens ist die Kacke nicht am Dampfen«, versicherte Ghost dem anderen Mann, als ob er mehr wüsste als Hollywood.

»Der Befehl war nicht-tödliche Kraftanwendung«, argumentierte Hollywood, wiederholte sich und ignorierte den ersten Teil von Ghosts Aussage.

»Hörst du mir überhaupt zu? Die Kacke ist *nicht* am Dampfen«, wiederholte Ghost nachdrücklich. »Komm, wir bringen Emily von diesem verdammten Container herunter und vereinen sie mit Annie, okay?«

Hollywood war nicht dumm und warf seinem Teamleiter einen langen Blick zu, bevor er sich schließlich neben die Leiter kniete, um sie festzuhalten.

»Komm, Em, ich gehe voraus und du folgst mir. Ich halte dich fest«, beteuerte Fletch.

»Das weiß ich. Ich vertraue dir mit meinem Leben.«

»Verdammt richtig. Jetzt wirst du dich erst mal etwas frisch machen und dann gehen wir zu unserem Soldatenmädchen.«

Emily wartete, bis Fletch ein oder zwei Sprossen hinuntergestiegen war, und folgte ihm dann. Sie hatte unzählige Fragen, schwor jedoch, den Mund zu halten, bis sie mit Fletch alleine war. Sie war überglücklich, wieder mit ihm zusammen zu sein. Das war im Moment das Einzige, das zählte. Emily vermutete, dass die Erinnerungen daran, wie Jacks nur wenige Zentimeter neben ihr erschossen wurde, später zurückkommen würden, doch im Moment war nur wichtig, dass sie, Annie und Fletch am Leben waren und ihnen nichts passiert war.

KAPITEL ZWEIUNDZWANZIG

Emily saß mit angezogenen Füßen auf der Couch und kuschelte sich an Fletch. Sie hatte eine lange, heiße Dusche genommen. Es war jetzt zwei Uhr morgens und sie war todmüde, doch seltsamerweise war sie zu aufgeregt, um zu schlafen. Ghost war ihnen nach Hause gefolgt und wollte offensichtlich mit seinem Freund sprechen, bevor sie am nächsten Morgen ein Treffen mit dem General hatten.

Der Umgang mit den Folgen der Ereignisse in dieser Nacht hatte länger gedauert, als die Deltas gebraucht hatten, um Jacks' Helfer auszuschalten. Kaum eine Minute nachdem sie den Boden berührt hatten, war das Gebiet von zwei Hubschraubern beleuchtet und von etwa vierzig Soldaten gestürmt worden. Die Kavallerie war angekommen, aber letztlich war es nicht nötig gewesen, sie zu retten.

Alle Männer, die den Deltas in die Quere gekommen waren, lagen immer noch bewusstlos an Ort und Stelle. Außer den Kopfschmerzen, die sie haben würden, wenn sie erwachten, hatten sie keine Verletzungen. Offensichtlich waren alle Deltas in der Lage, jemandem ohne viel Aufhebens das Bewusstsein zu nehmen.

Specialist Brown, der Mann, der mit ihr und Jacks auf dem Container gewesen war, wurde ins örtliche Krankenhaus eingeliefert, höchstwahrscheinlich mit einem gebrochenen Rücken ... doch Hollywood hatte sie beruhigt und beteuert, dass er überleben würde.

Und überraschenderweise hatte Ghost recht gehabt. Jacks war nicht tot. Wer auch immer auf ihn geschossen hatte, hatte entweder Pech gehabt oder war extrem talentiert, denn die Kugel hatte nur die Seite seines Kopfes gestreift. Sie hatte eine Furche von seiner rechten Schläfe bis zu seinem Ohr gegraben, doch er war am Leben. Fletch war nicht froh darüber, dass er noch lebte, doch Emily war das egal.

Der beste Teil des Abends war gewesen, als Truck mit Annie an der Hand auf die Lichtung hinausgetreten war, nachdem Jacks und Brown ins Krankenhaus gebracht worden waren. Der Ranger, der sich um sie gekümmert hatte, hatte sie zum Ort des Geschehens zurückgebracht, nachdem es sicher für sie war, sich dort aufzuhalten. Emily hatte sich noch nie in ihrem Leben so gefreut, ihre Tochter zu sehen. Die Kleine strahlte über das ganze Gesicht und konnte nicht fassen, dass sie sich mitten in einer »Militäroperation«, wie sie es nannte, befand.

Emily hatte gesehen, wie sich einer der Soldaten, der zu spät zur Party kam, den Rang, der an der Vorderseite seiner Uniform festgeklettet war, wegriss und ihn an Annies T-Shirt befestigte, nachdem sich herausstellt hatte, was sie getan hatte. Was Emily betraf, konnte ihre

Tochter der ganzen Welt erzählen, dass sie das Leben ihrer Mutter gerettet hatte ... solange sie in Sicherheit war und es ihr gefühlsmäßig gut ging, war Emily zufrieden.

Nach allem, was geschehen war, wollte sie nicht von Annie getrennt werden, doch es war offensichtlich, dass die hochrangigen Beamten Antworten auf ihre Fragen haben wollten. Nachdem Fletch sie beruhigt hatte, erlaubte sie, dass ein anderer Soldat sich um Annie kümmerte, die bei den Fahrzeugen stand. In Sicherheit und außer Hörweite wartete sie, bis die Erwachsenen fertig waren.

Emily war überrascht, als sie hörte, dass der General alle verhaftet hatte, die an dem Vorfall beteiligt gewesen waren. Er wollte sie erst freilassen, nachdem er genau wusste, was sich an diesem Abend zugetragen hatte. Sie hielt den Mund, während Ghost ausführlich die Rolle seines Teams in der ganzen Sache erklärte. Genauso wie der General wollte auch sie wissen, was vom Zeitpunkt ihrer Entführung bis zu dem Moment, als sie die Deltas vom Containerdach aus entdeckt hatte, passiert war.

»Sie wollen sagen, dass Sergeant Jacks –«

»Ex-Sergeant, Sir«, unterbrach ihn Ghost. »Er war bereits aus der Armee entlassen worden.«

»Wollen Sie mir etwa sagen, dass *Ex*-Sergeant Jacks Miss Grant und ihre Tochter töten wollte?«, fragte der General, offensichtlich verärgert über die ganze Situation.

»Ja, Sir.« Ghost hielt seine Antworten kurz und präzise, was Emily für eine gute Idee hielt.

»Und dass er wusste, dass Sie den Befehl hatten, nicht-tödliche Waffen einzusetzen?«

»Ja, Sir.«

»Kann mir dann mal jemand erklären, wie das eine nicht-tödliche Operation gewesen sein soll, wenn Ex-Sergeant Jacks mit scharfer Munition angeschossen wurde?«

Niemand sagte ein Wort, was der Situation nicht zuträglich war.

»Offensichtlich hat jemand den Befehl nicht verstanden«, beschwerte sich der General. »Ich habe morgen eine Telefonkonferenz mit dem Präsidenten, in der ich ihm erklären muss, was zum Teufel heute Abend passiert ist. Sie alle haben bis auf Weiteres Hausarrest«, knurrte er.

»Sir?«, fragte Emily vorsichtig.

»Was?« Er bellte das Wort immer noch, jedoch weniger aggressiv, als er es normalerweise den Männern gegenüber tun würde.

»Ich weiß nicht, wer auf Jacks geschossen hat, aber es war weder Ghost noch waren es seine Männer.« Emily konnte das mit hundertprozentiger Sicherheit sagen. Sie fuhr trotz seines ungläubigen Blicks fort. »Jacks hatte einen Arm über meine Brust gelegt und hielt mir die Pistole an den Kopf. Er sprach immer wieder von Vergeltung und dass er mich umbringen wollte, um sich an den Jungs zu rächen. Ich kann Ihnen versichern, dass jeder einzelne von Ghosts Männern versucht hat, ihn davon abzubringen. Sie standen auf dem Boden unter uns. Ich wusste, dass ich sterben würde und dass sie nichts dagegen tun konnten.«

Der General runzelte die Stirn, schaute Emily an und überkreuzte die Arme vor der Brust. »Die Kugel hat die

Seite seines Kopfes gestreift. Nur jemand, der dafür ausgebildet ist, ist dazu in der Lage. Jemand in einer Spezialeinheit.«

Emily nickte. »Ich weiß«, flüsterte sie. »Ich spürte, wie sein Blut auf mich tropfte, und dachte eine Sekunde lang, dass er tatsächlich abgedrückt hatte und es *mein* Blut war, das ich spürte.«

Der ranghöchste Mann auf dem Fort Hood-Stützpunkt neigte den Kopf zur Seite und sagte einen Moment lang nichts. Schließlich fragte er leise: »Warum sollte ich Ihnen glauben, Miss Grant? Es ist offensichtlich, dass Fletch etwas für Sie empfindet und dass das auf Gegenseitigkeit beruht. Vielleicht hat *er* es getan und Sie decken ihn.«

»Bei allem Respekt, Sir. Obwohl es möglich ist, dass ich Fletch liebe und ihn decken *würde*, wenn ich glauben würde, dass es funktioniert, wie in aller Welt sollte Fletch es geschafft haben, auf Jacks zu schießen und zwei Sekunden später auf die Rückseite des Containers gehievt zu werden? Ich weiß, dass er das nie riskiert hätte, während ich so nahe neben ihm stand.«

Der General wandte den Blick von ihr ab und schaute jeden der Männer des Delta-Teams an. Er musterte sie wortlos, einen nach dem anderen.

Schließlich spekulierte er: »Ich habe mit Specialist Brown gesprochen, bevor er ins Krankenhaus gebracht wurde, und er bestätigt Ihre Aussage. Tatsache ist jedoch, dass *irgendjemand* auf Ex-Sergeant Jacks geschossen hat. Ungeachtet dessen, was ich Miss Grant gefragt habe, bin ich mir *bewusst*, dass der Schuss nicht von unten abgefeuert wurde ... Das bedeutet, dass es keiner von Ihnen gewesen sein kann, wenn Sie alle auf dem Boden standen oder damit beschäftigt waren, Fletchers Hintern auf den Container zu hieven. Die Frage ist: Wer war es dann?«

Es war wieder still, bis der General schließlich seufzte. »Sie machen mich fertig. Gehen Sie nach Hause. Sie alle. Kommen Sie morgen um acht in mein Büro. Wir werden dann weiterreden.«

Die Männer sagten im Chor: »Ja, Sir.« Jeder der Männer salutierte vor dem General, während dieser sich umdrehte und ging. Kurz bevor er um einen der Container verschwand, wandte er sich kurz um und erklärte: »Sie haben Glück gehabt, Miss Grant. Ich bin froh, dass es Ihnen gut geht.«

»Danke, Sir. Ich bin auch froh.«

Keiner der Deltas hatte auch nur ein Wort gesagt. Sie hatten sich nicht einmal gegenseitig verhohlene Blicke zugeworfen, sondern einfach so getan, als wäre die Tatsache, dass sie fast ihren Job – und alles, wofür sie in ihrer Karriere gearbeitet hatten – verloren hätten, lediglich unangenehm und bei Weitem keine Katastrophe.

»Komm, Em, wir holen Annie und gehen nach Hause«, sagte Fletch, legte einen Arm um ihre Taille und zog sie zu sich heran.

Es war nicht ganz so einfach gewesen, doch schließlich durften sie gehen, und jetzt saß Emily zu Hause neben Fletch auf der Couch, was sich himmlisch anfühlte.

»Also, was ist heute Abend wirklich passiert?«, fragte Emily Ghost und Fletch und spürte eine seltsame Ruhe.

»Was meinst du denn?«

»Stell dich nicht dumm«, schimpfte Emily mit Ghost. »Wer hat auf Jacks geschossen?«

»Ist das wie ›Wer hat JR umgebracht?‹«

Emily starrte den Mann an, der es sich im Stuhl neben ihnen bequem gemacht hatte. Es schien ihn nicht zu kümmern, was alles geschehen war. Er tat so, als wäre es ein ganz normaler Abend gewesen.

Ghost hörte endlich auf zu grinsen, und lehnte sich nach vorn. Er sagte leise und ernst: »Das darfst du niemandem erzählen, Emily.«

»Das werde ich nicht«, stimmte sie sofort zu.

»Niemandem. Nicht Rayne. Nicht Mary. Nicht Annie. *Unter keinen Umständen*«, betonte Ghost.

»Ich bin heute Abend fast ums Leben gekommen«, sagte Emily, anstatt Ghost erneut zu beruhigen. »Ich wusste, dass ihr mir nicht helfen konntet. Ich habe den General nicht angelogen. Jacks war völlig aufgedreht und hat vor lauter Adrenalin gezittert. Ich wusste, dass es nur eine Frage der Zeit war, bis ich sterben würde. Er würde abdrücken und ich würde Annie nie aufwachsen sehen. Ich würde alles in ihrem Leben verpassen. Ich würde jetzt nicht hier sitzen. Es ist mir egal, dass auf ihn geschossen wurde. Es ist mir egal, ob er sich wieder davon erholt oder nicht. Wenn einer von euch es gewesen ist, wunderbar, gut. Ich ... möchte es nur wissen.«

»Wir hatten einen Plan B, nur für den Fall. Wir wussten nicht, ob er zum Einsatz kommen würde. Es gibt nicht viele Delta Force-Soldaten auf der Welt, die ihre Fähigkeiten behalten haben. Es ist schwierig, reinzukommen, und es ist noch schwieriger, *drinzubleiben*. Es ist ein beschissener Job, bei dem wir beschissene Dinge tun müssen. Loyalität wird uns sehr früh beigebracht und sie endet nicht, wenn jemand ein Team verlässt. So etwas wie einen Ex-Delta Force-Soldaten gibt es nicht. Einmal ein Delta, immer ein Delta.« Ghost hielt inne und schaute Emily in die Augen.

Offenbar konnte er sehen, dass sie den Ernst seiner Worte verstand, und fuhr fort: »Ich habe mit jemandem zusammengearbeitet, bevor ich in Fort Hood stationiert war. Er ist ausgestiegen und arbeitet jetzt als Streifenpolizist in San Antonio. Sobald wir wussten, wer dich entführt hat, habe ich ihn angerufen. Er war ein Scharfschütze.«

Diese vier Worte sagten alles. Er. War. Ein. Scharfschütze. Gott sei Dank.

»Danke.« Emily atmete auf. »Und wenn du wieder mit deinem Freund redest, dank ihm bitte auch von mir.«

»Das werde ich. Alles klar, Fletch?«, fragte Ghost.

Emily hatte die Männer alleine gelassen und Annie ins Bett gebracht. Es hatte eine Weile gedauert, da das kleine Mädchen so aufgedreht war wie alle anderen. Sie wollte erzählen, was sie getan hatte und wie Fletch sie gepackt hatte und wie sie es dann mit dem Army Ranger zusammen zurück zum Stützpunkt geschafft hatte. Es war ein großes Abenteuer für sie und Emily wusste, dass sie immer wieder darüber sprechen würde, wie von der Schießerei in ihrer Schule. Doch da alles glimpflich ausgegangen war, hatte Emily nichts dagegen.

Offensichtlich hatten Ghost und Fletch zwischenzeitlich besprochen, was sie am nächsten Tag dem General erzählen würden.

»Werdet ihr auch mit dem Präsidenten reden?«, fragte Emily ehrfürchtig.

Fletch und Ghost lachten. »Hoffentlich nicht.«

»Aber das wäre doch cool.«

»Glaub mir«, sagte Fletch und küsste Emily auf die Nase, »es wäre *alles andere* als cool.«

»Egal.«

»Wir sehen uns in ein paar Stunden«, sagte Ghost zu Fletch, stand auf und ging in Richtung Tür.

»Würdest du Rayne ausrichten, dass ich nichts dagegen hätte ... wenn sie morgen vorbeikäme?«, fragte Emily und war plötzlich scheu. Sie kannte Rayne, sie hatten einige Zeit miteinander verbracht, obwohl sie noch keine guten Freundinnen waren. Doch Emily dachte, dass es gut wäre, wenn sie sich mit einer anderen Frau unterhalten würde, die ebenfalls mit einem Delta zusammen war. Die Deltas waren wirklich eine Klasse für sich und sie wusste, dass Rayne ihr dabei helfen konnte, sie besser zu verstehen.

»Werde ich machen.« Ghost beugte sich über Emily und küsste ihren Kopf. »Ich bin froh, dass es dir gut geht. Und Annie auch. Bis morgen, Fletch.«

Fletch machte sich nicht die Mühe und brachte seinen Freund zur Tür, stattdessen zog er seinen Arm um Emily fest und fragte: »Geht es dir gut?«

»Es geht mir gut.«

»Geht es dir wirklich gut oder sagst du das nur, weil du denkst, dass ich das hören will?«

Emily drehte sich zu Fletch um und entgegnete ernst: »Es geht mir gut. Ernsthaft. Dir geht es gut. Mir geht es gut. Annie geht es gut. Mir geht es bestens. Glaub mir.«

»Ich hätte dich heute Abend fast verloren.« Fletchs Worte klangen gedämpft, da er sein Gesicht in ihrem Haar vergrub. Emily dämmerte, dass sie eigentlich Fletch hätte fragen sollen, ob es *ihm* gut ging.

»Hast du aber nicht.«

»Doch, wenn Ghost TJ nicht angerufen hätte.«

»Hat er aber. Obwohl ich es nicht besonders toll fand, in einer so gefährlichen Situation zu sein, mit dem Ergebnis bin ich *hundertprozentig* zufrieden. Fletch, sieh mich an.«

»*Ich* bin derjenige, der es nicht besonders toll fand, dass du in einer so gefährlichen Situation warst. Er hätte auf die andere Seite von Jacks' Kopf zielen können ... weg von deinem Gesicht.« Fletch fuhr sich mit der Hand durchs Haar, aufgewühlt durch den Gedanken daran, wie nahe die Kugel aus dem Gewehr des ehemaligen Delta Force-Agenten *ihrem* Schädel gekommen war.

»Fletch«, sagte Emily sanft.

Schließlich schaute er auf.

Emily wartete, bis Fletch ihr direkt in die Augen sah. »Von dem Moment, an dem ich in diesem Container aufgewacht bin, bis zu dem Moment, an dem ich dich hinter mir hörte und spürte, wusste ich, dass du mich und Annie irgendwie retten würdest. Das ist der *einzige* Grund, warum ich meiner Sechsjährigen erlaubt habe, alleine loszugehen. Ich wusste, dass du da draußen warst. Ich vertraue dir mit meinem Leben, aber was vielleicht noch wichtiger ist, ich vertraue dir mit *Annies* Leben. Wenn der heutige Abend sich wiederholen müsste, dann würde ich wollen, dass er auf genau die gleiche Weise stattfindet. Ich liebe dich, Cormac Fletcher. Ich bin so verdammt dankbar dafür, dass ich den Mut aufgebracht habe, mich nach deiner Mietwohnung zu erkundigen.«

»Ich auch, Liebling, ich auch.«

»Wirst du morgen Ärger bekommen?«

»Das bezweifle ich. Der General hält sich strikt an die Regeln, das muss er auch, doch der Oberst wird für uns bürgen und ich glaube, dass das, was du heute Abend zu dem General gesagt hast, viel bewirkt hat.«

»Wird er nicht wissen wollen, wer Jacks erschossen hat?«

»Doch, aber er wird es nicht herausfinden. TJ ist mittlerweile wieder zu Hause und so wie Ghost ihn mir beschrieben hat, ist er zu vorsichtig, um irgendwelche Spuren zu hinterlassen. Der General wird sich damit abfinden müssen, dass er nie herausfinden wird, wer diesen Mistkerl angeschossen hat.«

Emily gähnte und schloss die Augen, während sie noch tiefer in Fletchs Umarmung sank. Sie spürte, wie er sich auf die Seite drehte und sie auf sich zog. Emily stöhnte zufrieden, ohne die Augen aufzumachen. »Mann, das fühlt sich gut an.«

»Ich hätte dir ein Bad einlassen sollen. Du wirst morgen blaue Flecke haben.«

Emily zuckte mit den Schultern. »Egal. Ich hatte schon oft blaue Flecke. Keine große Sache.«

»Für mich ist es aber eine große Sache«, erwiderte Fletch entschlossen.

»Du kannst es später wiedergutmachen«, murmelte Emily im Halbschlaf. »Ich liebe dich.«

»Ich liebe dich auch, Em. Schlaf jetzt. Ich bin bei dir.«

»Musst du nicht die Tür zuschließen? Und die Alarmanlage einschalten?«

»Nein, das hat Ghost auf dem Weg hinaus erledigt.«

»Okay. Fletch?«

»Ja, Liebling?«

»Von der Schießerei in der Schule, als ich nicht wusste, ob Annie in der Turnhalle war oder nicht, über die Erpressung bis zum heutigen Abend ... ich glaube, ich hatte für *mindestens* den Rest des Jahres genügend Abenteuer.«

»Ich auch«, stimmte Fletch zu und lachte. »Ich auch.«

»Ich will einfach nur zur Arbeit gehen, nach Hause kommen und ein ruhiges Leben mit dir und Annie verbringen.«

»Das kann ich dir geben.«

»Gut.« Es war einen Moment lang still, bevor Emily wieder sprach. »Fletch?«

»Ja?« Wenn Emily wacher gewesen wäre, hätte sie den lachenden Unterton in seiner Stimme wahrgenommen, doch sie war schon fast eingeschlafen und hörte ihn nicht.

»Ich würde dich jetzt gern ficken, aber ich bin zu müde.«

»Keine Sorge, Em. Ich stehe dir jederzeit zur Verfügung und du kannst mich ficken, wann immer dir danach ist.«

»Gut. Ich ficke dich nämlich gern.«

Fletch verschluckte sich fast vor Lachen, doch er konnte sich beherrschen ... wenn auch nur knapp. »Das freut mich. Und jetzt sei still und schlaf. Ich muss in ein paar Stunden aufstehen.«

»Okay. Nacht.«

»Gute Nacht, Liebling.«

Emily spürte nicht, wie Fletchs Lippen ihre Stirn berührten, und sie hörte auch seine geflüsterten Worte nicht mehr, da sie endlich eingeschlafen war.

»Ich werde es nie für selbstverständlich halten, dass du bei mir bist, Emily Grant. Ich werde dich und Annie bis zum Ende unserer Tage lieben. Es wird nie eine andere Frau in meinem Leben geben, die mir mehr bedeutet als du.«

EPILOG

Fletch schaute auf das kleine Mädchen hinunter, das stolz neben ihm stand. Annie stand zwischen ihm und Emily und hielt sie beide an der Hand. Sie hörte feierlich und, ohne ein Wort zu sagen, zu, während die Richterin ihn fragte, wie er seinen Lebensunterhalt verdiente und ob er der Meinung war, dass er für Annie sorgen könnte. Außerdem gab es auch noch andere Anforderungen des Gerichts zu erfüllen.

Das kleine Mädchen hatte nicht mit der Wimper gezuckt, als der Anwalt gefragt wurde, ob er dachte, dass dies die beste Lösung für Annie wäre. Selbst als Emily der Richterin erklärte, dass sie »tausend Prozent« damit einverstanden war, dass Fletch zu ihrem rechtlichen Vater wurde, hatte Annie keinen Mucks gemacht.

Sie bestand darauf, zu ihrer offiziellen Adoption ein Kleid zu tragen, was Fletch völlig überrascht hatte. Doch er hätte sich keine Sorgen zu machen brauchen, da sie an diesem Morgen mit dem rosa Rüschenkleid aus ihrem Zimmer kam ... und Kampfstiefel trug. Truck hatte sie offenbar speziell für sie bestellt. Ghost hatte ihn gewarnt und ihm gesagt, dass Annie eine Überraschung für ihn hatte, und Fletch hätte nicht stolzer sein können.

Es war offensichtlich, dass das kleine Mädchen den Tag zu etwas Besonderem machen wollte, und dass sie es schaffte, trotz ihrer Nervosität und Aufregung sie selbst zu sein, *war* etwas Besonderes.

Schließlich war Annie an der Reihe.

»Annie, Cormac Fletcher hat darum gebeten, dein rechtlicher Vater zu werden. Und darum, für deine Handlungen verantwortlich zu sein, die guten und die schlechten, und zwar für den Rest deines Lebens. Dies ist ein großer Schritt und sollte nicht auf die leichte Schulter genommen werden. Ich habe alle anderen gefragt, was sie darüber denken, aber ich habe dich noch nicht gefragt. Willst du, dass der Mann, der neben dir steht, dein Daddy wird?«

»Darf ich vortreten?«, fragte Annie feierlich.

Die Richterin war von ihren Worten überrascht und konnte nur lächeln und nicken.

»Was machst du da, Annie?«, fragte Emily, als ihre Tochter an ihr vorbeiging.

Fletch strahlte vor Stolz. Annie hatte ihn tausendmal gefragt, wie der Ablauf im Gerichtssaal sein würde. Sie hatten sich ein paar Online-Videos von Adoptionsverhandlungen angesehen und er hatte angenommen, dass sie nun wusste, wie sich alles abspielen würde. Es war offensichtlich, dass Annie sich auch Videos von anderen Gerichtsprozessen angeschaut hatte, wie aus ihrer Frage an die Richterin zu schließen war.

»Keine Sorge, Mommy, ich weiß, wie das geht«, versicherte Annie Emily.

Emily rutschte näher an Fletch heran und nahm seine Hand. Er konnte spüren, wie nervös sie war.

»Ich habe keine Ahnung, was sie sagen wird«, flüsterte sie ihm zu.

»Es wird großartig werden«, erklärte Fletch und warf Coach einen Blick zu, um sicherzustellen, dass er die Kamera auf Annie richtete, wenn sie sprach. Das ganze Team war anwesend und auch der Oberst, Rayne und Mary. Fletch saß mit geschwellter Brust da und hatte mehr Gefühle, als er mit Worten hätte beschreiben können. Er war dabei, offiziell Vater zu werden, und er konnte es kaum erwarten.

Sie beobachteten alle, wie Annie um die Bank herumging und in den Zeugenstand trat. Sie hielt die Hand hoch, so, als würde sie auf die Bibel schwören, ein weiterer Hinweis darauf, dass sie irgendwelche Gerichtssendungen geschaut hatte.

»Euer Ehren, ich heiße Annie Elizabeth Grant. Ich bin sechseinhalb Jahre alt und in der ersten Klasse. Mein ganzes Leben lang, solange ich mich erinnern kann, waren es nur ich und Mommy. Sie hat mir etwas zu essen gekauft und dafür gesorgt, dass ich in Sicherheit bin. Dann sind wir in Fletchs Wohnung gezogen und es war toll. Dann hat ein böser Mann Mommy traurig gemacht und sie hat mir ihr ganzes Essen gegeben. Ich habe mir Sorgen gemacht, aber ich wusste nicht, was ich tun sollte. Ich kann nicht arbeiten ... wissen Sie.« Annie wandte sich an die Richterin, warf ihr einen entschuldigenden Blick zu und zuckte mit den Schulten, bevor sie sich wieder zum Gerichtssaal umdrehte und fortfuhr.

»Fletch hat mir meine ersten Armeespielsachen geschenkt. Neu. Brandneu. Immer noch in der Verpackung. Sie sind wirklich toll, aber wissen Sie was? Es bedeutet nicht, dass ich die Spielzeuge, die Mommy mir geschenkt hat, nicht mochte. Sie waren vielleicht nicht neu, aber meine Mommy hat immer ihr Bestes getan. Sie hat mich nie dazu gezwungen, das komische grüne Gemüse zu essen, das wie Kugeln aussieht. Ich durfte im Dreck spielen und musste nie doofe Mädchenkleider tragen.«

»Heute trägst du aber ein hübsches Kleid«, sagte die Richterin lächelnd.

Annie schien irritiert darüber zu sein, dass sie unterbrochen wurde, antwortete aber trotzdem. »Weil heute ein *besonderer* Tag ist. Es gibt nur einen Tag, an dem ich einen Daddy bekomme, und ich wollte hübsch für ihn sein. Ich habe aber meine Kampfstiefel an.« Sie hob ein Bein, stellte ihren Fuß auf den Stuhl neben sich und zeigte der Richterin, die aussah, als müsste sie sich das Lachen verkneifen, ihre glänzenden neuen Kampfstiefel. Als sie die Richterin anerkennend nicken sah, fragte Annie: »Kann ich jetzt weitermachen?«

Fletch dachte, dass die Richterin innerlich platzen musste, doch irgendwie schaffte sie es, ein ernstes Gesicht zu bewahren, gestikulierte, dass Annie fortfahren sollte, und sagte: »Auf jeden Fall.«

»Wie ich schon gesagt habe, hat Fletch mir Geschenke gemacht, aber das ist nicht der Grund, warum ich ihn mochte. Ich mochte ihn, weil er Mommy zum

Lächeln brachte. Sie hat so hart gearbeitet und sich um mich gekümmert, aber niemand hat sich um *sie* gekümmert. Ich bin erst sechs. Ich kann noch nicht alles selbst machen. Und obwohl ich glücklich darüber bin, dass Fletch mein Daddy ist, freut es mich noch viel mehr, dass meine Mommy ebenfalls zu ihm gehört, wenn ich es tue. Und dann können sie heiraten und Mommy kann auch glücklich sein.« Annie beendete ihre Aussage mit einem breiten Grinsen und machte sich daran, aus dem Zeugenstand zu treten. Plötzlich hielt sie inne, nahm schnell wieder ihren Platz ein und hob erneut die Hand.

»Ich habe etwas vergessen ... ich kann es kaum erwarten, Annie Elizabeth Grant Fletcher zu werden ... und Fletch genannt zu werden, genau wie mein Daddy. So wahr mir Gott helfe.« Sie nickte, als wären ihre Worte Gesetz, trat aus dem Zeugenstand und ging zurück zu Emily und Fletch.

»Ich glaube, damit ist die Sache klar. Ich gewähre Ihnen, Cormac Fletcher, volles gemeinsames Sorgerecht für Ann Elizabeth Grant ab ...«

»Fletcher!«, rief Annie.

Die Richterin schüttelte nur den Kopf und fuhr fort: »Sorgerecht für Ann Elizabeth Grant *Fletcher* ab heute. Herzlichen Glückwunsch.«

Fletch neigte sich zu Emily und küsste sie. Er war glücklicher, als er je in seinem Leben gewesen war. Dann kniete er nieder und nahm Annie in die Arme. Er hörte das Klatschen der Zuschauer im Gerichtssaal, doch er hatte nur Augen für seine Tochter. »Ich hab dich lieb, Annie Fletcher.«

»Ich hab dich auch lieb ... Daddy.«

»Das war ganz schön heftig«, sagte Blade später am Abend zu Coach. Annies Aussage war köstlich gewesen und beide Männer wussten, dass sie noch jahrelang mit Fletch darüber lachen würden.

»Er ist ein verdammter Glückspilz«, stimmte Coach zu und hob sein Bier hoch.

Blade stieß mit ihm an und beide tranken. Sie verbrachten den Nachmittag in Fletchs Haus und feierten mit seiner Familie. Kaum hatte sie das Haus betreten, hatte Annie in Nullkommanichts ihr Kleid ausgezogen und war wieder in einer Uniform aufgetaucht, komplett mit Tarnkappe und allem Drum und Dran. Sie erklärte mit lauter Stimme: »Lasst uns Soldat spielen!«, und die Männer, die für tödliche Einsätze ausgebildet waren, verbrachten den Rest des Nachmittags damit, mit einer Sechsjährigen Verstecken zu spielen.

»Wir haben zwei Wochen frei, was hast du vor?«, fragte Blade Coach, während sie sich das Spiel der Dallas Cowboys in dem Fernseher über der Bar anschauten.

Coach zuckte mit den Schultern. »Ich werde einem Freund aushelfen, der einen Club für Fallschirmspringer hat.«

»Echt? Du hasst doch Fallschirmspringen.«

Coach lachte. »Ich weiß, Ironie des Schicksals, was? Er hat einen Trainer zu wenig; einer aus seinem Team hat sich das Bein gebrochen und jetzt braucht er jemanden, der ihn ersetzt. Er hat zwar jemanden, der einspringen kann, aber nicht für die ganzen zwei

Wochen. Ich habe ihm erzählt, dass ich zwei Wochen freihabe ... und jetzt bin ich mit dabei.«

»Schwächling«, hänselte ihn Blade.

»Egal. Es könnte schlimmer sein.«

»Ach ja, und wie?«

»Ich könnte dazu überredet werden, einer Sechsjährigen das Abseilen beizubringen.«

»Du Arsch«, maulte Blade.

Coach lachte über seinen Freund. »Du bist mitten in den Hammer gelaufen, und du weißt es.«

»Es ist ja nicht so, dass *Fletch* sowas tun würde. Er kriegt ja schon Panik, wenn er aus dem zweiten Stock auf den Boden springen muss. Er ist so ein Schlappschwanz, wenn sie in der Nähe ist.«

»Das ist er tatsächlich.« Coach setzte die Flasche an die Lippen, kippte den Kopf nach hinten und trank sein Bier aus. »Ich verzieh mich. Wir sehen uns später.«

»Ja. Ruf mich an und erzähl mir, wie das Fallschirmspringen so läuft. Ich würde nur ungern aus den Nachrichten erfahren, dass man dich auf dem Boden zusammenkratzen musste.«

»Arsch. Ich werde dir eine SMS schreiben.« Coach schlug seinem Freund auf den Rücken und verließ die Bar.

Er mochte Fallschirmspringen nicht besonders. Er beherrschte es zwar, so wie alle Deltas, aber irgendwie fand er, dass es nicht richtig war, aus einem Flugzeug zu springen, wenn es nicht unbedingt notwendig war.

Coach zuckte innerlich mit den Schultern. Egal, es waren ja nur zwei Wochen. Was konnte da schon passieren?

Susan Stoker ist die New York Times, USA Today und Wall Street Journal Bestsellerautorin der Buchreihen »Badge of Honor: Texas Heroes«, »SEAL of Protection«, »Die Delta Force Heroes« und einigen mehr. Stoker ist mit einem pensionierten Unteroffizier der US-Armee verheiratet und hat in ihrem Leben schon überall in den Vereinigten Staaten gelebt – von Missouri über Kalifornien bis hin zu Colorado. Zurzeit nennt sie die Region unter dem großen Himmel von Tennessee ihr Zuhause. Sie glaubt ganz und gar an Happy Ends und hat großen Spaß daran, Geschichten zu schreiben, in denen Romantik zu Liebe wird.

Besuchen Sie Susan im Netz!
www.stokeraces.com
facebook.com/authorsusanstoker
twitter.com/Susan_Stoker
bookbub.com/authors/susan-stoker

instagram.com/authorsusanstoker
Email: Susan@StokerAces.com

BÜCHER VON SUSAN STOKER

Die Delta Force Heroes:

Die Rettung von Rayne (Buch Eins)
Die Rettung von Emily (Buch Zwei)
Die Rettung von Harley (Buch Drei) **(erhältlich ab Mitte August 2019)**

Und auch die folgenden Bücher von Susan Stoker werden in Kürze auf Deutsch erhältlich sein:

Aus der Reihe »Die Delta Force Heroes«:
Marrying Emily (Buch 4)
Rescuing Kassie (Buch 5)
Rescuing Bryn (Buch 6)
Rescuing Casey (Buch 7)
Rescuing Wendy (Buch 8)
Rescuing Mary (Buch 9)

www.ingramcontent.com/pod-product-compliance
Lightning Source LLC
Chambersburg PA
CBHW060226100726
47907CB00003B/531